KB232502

5

정봉준 신무협 판타지 소설

철산전기

鐵 山 傳 記

Fantastic Oriental Heroes

철산전기5

정봉준 新무협 판타지 소설

초판 1쇄 찍은 날 § 2007년 9월 7일
초판 1쇄 펴낸 날 § 2007년 9월 17일

지은이 § 정봉준
펴낸이 § 서경석

편집장 § 문혜영
편집책임 § 서지현
편집 § 심재영

펴낸곳 § 도서출판 청어람
등록번호 § 제1081-1-89호
등록일자 § 1999. 5. 31
어람번호 § 제2-1286호

주소 § 경기도 부천시 원미구 심곡1동 350-1 남성B/D 3F (우) 420-011
전화 § 032-656-4452 팩스 § 032-656-4453
http://www.chungeoram.com
E-mail § eoram99@chollian.net

ⓒ 정봉준, 2006

ISBN 89-251-0898-8 04810
ISBN 89-251-0187-4 (세트)

5

정봉준 신무협 판타지 소설

철산전기

鐵 山 傳 記

Fantastic Oriental Heroes

[완결]

鐵
종착

도서출판
청어람

목차

제41장

포 노인의 최후

포 노인의 최후

"어, 어떻게……."

단홍립은 경악을 금치 못했다.

분명 철산은 조금 전까지만 해도 반항할 기력이 없어 보였다.

그런데 이 강렬한 충격은 무엇이란 말인가?

단홍립은 혼란스러운 표정으로 철산을 쳐다보았다.

힘겹게 서 있는 철산에게서 지금까지와는 다른 기운이 느껴지는 것 같았다.

마치 금방이라도 터질 것만 같은 화산 같은 힘.

그것은 그가 두려워하던 포 노인과 비슷했다.

"설마……."

단홍립은 믿을 수 없다는 듯 두 눈을 크게 뜨며 포 노인을 돌아보았다.

그러나 포 노인은 그에겐 신경도 쓰지 않았다.

그저 능조운의 시체 앞에서 하늘을 쳐다보고 있을 뿐이었다.

단홍립은 포 노인에게서 답을 구할 수 없자 다시 철산에게 고개를 돌렸다.

"나는 믿지 못하겠다!"

단홍립은 신경질적으로 소리치며 철산에게 몸을 날렸다.

우우웅.

그의 권풍에 바람이 몸을 떨며 울음소리를 낸다. 그의 성명절기인 파황신권이었다.

지금까지 철산은 그의 일권을 제대로 받지 못하여 피를 토했었다.

단홍립은 이번에도 크게 다르지 않을 것이라 생각했다.

아니, 사실은 다르지 않기를 바랐다.

누구를 상대하면서도 요행 같은 것은 바라지 않던 그였으나 이번만은 마음속으로 간절히 염원했다.

조금 전의 상황이 그 정도로 충격적이었기 때문이다.

하지만 하늘은 그의 기도를 들어주지 않았다.

쾅쾅!

땅을 들썩이는 굉음과 동시에 단홍립은 신음을 토하며 물러났다.

그의 전면으로는 철산이 피를 흘리면서도 버티고 서 있었다.

"이럴 수가……."

단홍립은 믿을 수 없다는 듯 중얼거렸다.

그는 조금 전의 격돌에서 자신이 크게 이득을 보지 못했음을 느꼈다.

'내가 저런 애송이 따위를 어쩌지 못하다니… 있을 수 없는 일이다.'

하지만 끓어오르는 기혈과 욱신거리는 팔은 지금의 상황을 믿지 않을 수 없게 만들었다.

단홍립은 눈살을 실룩거리며 철산을 노려보았다.

철산은 그의 매서운 시선을 정면으로 맞받으면서도 조금도 동요하지 않았다.

자신의 앞에 있는 남자가 수십 년 동안 무림의 절대고수로 군림했다는 사실 같은 것은 떠오르지도 않았다.

단지 지금 그의 머릿속을 지배하고 있는 것은 모든 힘을 쏟아내서라도 싸워야 한다는 생각뿐이었다.

처음과 비교하여 조금도 꺾이지 않은, 아니, 오히려 더욱 맹렬히 타오르고 있는 철산의 투지는 단홍립조차 질리게 만들었다.

철산이 발산하는 이 기묘한 투기, 그리고 그가 보여준 가공할 폭발력이 담긴 권력.

이 모든 것들이 어우러지자 단홍립은 기묘한 기분이 들기 시작했다.

언제 느꼈는지 기억조차 나지 않을 정도로 오래된 감정. 절로 몸이 떨리고 등줄기가 오싹해지는 그 느낌.

그것은 항상 그가 타인에게 느끼게 해주었던 그것이었다.

바로 공포와 두려움.

그는 지금 철산에게 두려움을 느끼고 있는 것이다.

우내칠존이라 불리는 그가 새파랗게 어린 청년을 꺼려한다는 사실을 누가 믿을 수 있을까?

그 자신조차도 인정하기 힘든 사실에 단홍립의 얼굴은 서서히 달아올랐다.

'싹을 잘라야 한다.'

그러나 필히 후환을 없애겠다는 단홍립의 결심은 한 사람의 목소리에 의해 깨어지고 말았다.

"그만 하게."

극도로 허무한 목소리가 나직하게 들려왔다.

힘이 실리진 않았으나 결코 무시할 수 없는 목소리에 단홍립은 굳은 얼굴로 고개를 돌렸다.

목소리가 들려왔던 곳에는 공허한 얼굴로 서 있던 포 노인이 그를 향해 다가오고 있었다.

"더 이상 피를 보고 싶지 않군."

포 노인의 말에 단홍립은 싸늘한 목소리로 대꾸했다.

"내가 그만 하지 않는다면 피를 보게 될 것이란 말인가? 저런 애송이와 다 죽어가는 자네 때문에?"

"내가 다 죽어가는 것은 사실이나, 저 친구는 만만하지 않을 걸세."

그 말에 단홍립의 얼굴이 씰룩거렸다.

포 노인의 말이 심중을 정확히 찔렀던 것이다.

그러나 단홍립은 짐짓 아무렇지도 않은 듯 코웃음을 쳤다.

"자네도 죽을 때가 되니 망령이 났나 보군. 저런 애송이를 나와 비교하다니. 혹시 내가 누구인지 잊은 것이 아닌가?

차가운 단홍립의 말에 주변 공기가 싸늘히 식어가는 듯했다.

단홍립은 장내를 지배한 자신의 기운이 마음에 드는지 흡족한 표정으로 포 노인을 응시했다.

마치 '네가 이 기운을 이길 수 있느냐?' 라고 말하는 것 같은 시선에 포 노인의 표정이 딱딱하게 굳어졌다.

"어떤가? 이래도……!"

단홍립이 기고만장하여 말하려 할 때였다.

능조운의 목숨을 끊은 이후 잠자코 서 있기만 하던 포 노인에게서 처음으로 변화가 일어나기 시작했다.

스스스스.

그의 근처에 흙이 나선 모양으로 휘감기고 상의가 팽팽히 부풀어 올랐던 것이다.

그 기묘한 모습에 단홍립의 표정 역시 굳어졌다.

"허허. 자네 너무 무리하는 거 아닌가? 몸 상태가 별로 좋아 보이지 않는군."

여유를 부리며 걱정해 주는 듯했으나 단홍립의 눈빛 한 켠에는 이미 긴장감이 떠오르고 있었다.

"어차피 더 이상 잃을 것도 없네. 마지막으로 자네를 저승길 동무로 삼고 싶군."

포 노인의 말이 끝났을 때 그의 손에 쥐여져 있던 나무막대기가 몸을 떨기 시작했다.

언뜻 보기에도 공력을 한곳으로 모두 모으고 있는 모습이었다.

포 노인의 심상치 않은 기운에 단홍립은 다급히 머리를 굴렸다.

'저놈이 다 죽어가는 상태라고는 하지만 괜히 죽기 전에 사생결단으로 덤벼들면 나만 손해 아닌가? 그리고 저 애송이도 만만치 않으니······.'

단홍립이 그런 생각을 하며 눈치를 보고 있을 때였다.

펑!

커다란 폭음과 함께 포 노인의 손에 들려 있던 막대기가 산산조각이 나서 터져 나갔다.

그와 함께 포 노인의 입에서 대갈일성이 터져 나왔다.

"같이 가자!"

포 노인의 일갈에는 듣는 이의 뼛속까지 울리게 만드는 거력이 실려 있었다.

"헛!"

단홍립은 그 소리에 대경하여 앞뒤 잴 것도 없이 그대로 줄

행랑을 쳐버렸다.

포 노인의 건재함을 알려주는 호통이 그의 망설임을 일거에 날려 버린 것이다.

단홍립의 경공이 워낙 빠른데다 그 결단 역시 신속했기에 포 노인과 철산은 그를 쫓지 못했다.

아니, 사실은 쫓을 수가 없었다.

비틀거리며 무너지는 포 노인의 모습이 그것을 입증했다.

쓰러져 있던 갈홍이 급히 철산을 불렀다.

"이보게, 날 저 친구에게 좀 데려다 주게."

철산은 갈홍을 포 노인의 곁으로 부축해 갔다.

포 노인은 얼굴이 백짓장처럼 하얗게 변하고 몸을 부들부들 떨고 있었다.

원화촉발술의 부작용이 일어나기 직전인 것이다.

온몸의 혈관이 하나씩 터져 나가는 고통은 말로 형용하지 못할 정도로 극심할진데 그의 표정은 그저 무덤덤하기만 했다.

갈홍은 그런 포 노인을 안타까운 눈으로 쳐다보았다.

"이보게, 포이. 대체 이게 무슨 꼴인가?"

그의 목소리에는 섣불리 죽음을 택한 포 노인에 대한 원망과 친우를 잃게 되는 슬픔이 배어 있었다.

포 노인은 공허한 시선으로 갈홍을 보았다.

"나중에… 저승에서라도 용서를 빌려고 했었네."

"이 친구야, 친구 사이에 용서가 다 무슨 말인가?"

"그런가? 허허. 하긴 생각해 보니 자넨 착하게 살아서 분명 극락에 갈 텐데, 난 사람을 너무 많이 죽여서 자네와 만나지 못할 것 같구먼."

포 노인의 쓸쓸한 표정에 갈홍은 눈을 붉히며 격하게 고개를 흔들었다.

"아니네, 아니야. 나도 자네 못지않은 악인이네. 괜히 사파라는 이름이 붙었겠는가? 나도 죽으면 필시 지옥에 갈 걸세. 내가 염라대왕 멱살을 잡아서라도 반드시 지옥으로 보내달라고 할 거네. 그러니 우린 지옥이든 어디든 꼭 다시 볼 수 있을 게야. 그때 가서……."

갈홍은 목이 메는지 말을 흐리며 하늘을 쳐다보았다.

갈홍이 감정을 추스르는 동안 포 노인은 철산에게 시선을 돌렸다.

"자네 몸에 폭혈진기가 있으니 앞으로 많은 역경이 생길 거네."

포 노인의 말에 철산은 자신의 왼손을 힐끔 쳐다보았다.

조금 전 단홍립의 시야에서 벗어났을 때 포 노인은 철산의 손을 잡았었다.

처음에는 그가 무엇을 하는지 몰랐으나 한순간 과격하게 요동치는 힘을 느끼고 그제야 포 노인이 자신의 힘을 나누어주려 한다는 것을 눈치 챌 수 있었다.

단홍립을 긴장하게 만들었던 철산의 권력에는 이런 연유가 있었던 것이다.

"폭혈진기는 젊었을 때 복용한 화령과(火靈果)의 기운을 이용하여 만들어낸 무공이라네. 화령과의 기운을 작게 응축시켜 필요할 때마다 끌어내는 것이지."

비록 포 노인 본인이 지닌 힘의 일부분에 지나지 않다지만 그것만으로도 엄청난 힘일 것이다.

그런 기운을 먼지가 일어나고 걷히는 길지 않은 시간 동안 전해줄 수 있는 것은 화령과의 기운이 작게 응축되어 있기 때문이었다.

포 노인은 자신의 몸에 들어 있는 작은 과일 하나를 건네주 듯 철산의 손에 그것을 심어준 것이다.

"이 폭혈진기는 기운 자체에 화기가 배어 있어 가로막는 것 은 산산이 터뜨려 버리는 습성이 있다네. 그 폭기에 당한 상대 의 모습은 참혹할 수밖에 없네. 그래서 나는 무림을 종횡할 때 많은 적을 만들었지. 조금 전 단홍립 역시 그러한 자들 중 하 나라네. 폭혈진기는 그의 무공과 상극이었기에 그는 내게 몇 번이나 쓴맛을 보았다네."

단홍립이 기이하다 여겨질 정도로 포 노인을 경계하던 이유 가 바로 그 때문이었다.

그는 과거에도 포 노인의 손에 몇 번이나 쓴맛을 겪은 전례 가 있었기에 포 노인이 큰 부상을 입고 있음을 알면서도 함부 로 손을 쓰지 못했던 것이다.

"원래 이런 무공은 만들어져서는 안 되는 것이라 생각했네. 그래서 내 한 목숨 거두어질 때 함께 가져가려 했었지."

포 노인의 얼굴에 잠시 회한의 빛이 어른거렸다.

무공 내력으로 인해 겪어야 했던 온갖 핍박과 어려움들을 떠올린 것이리라.

잠시 자신의 삶을 회상하던 포 노인의 시선이 철산의 얼굴에 고정되었다.

"부디 폭혈진기는 두 번, 세 번 생각한 후에 쓰게. 한 번 행한 실수는 다시 돌이킬 수 없게 된다네."

씁쓸해하는 포 노인의 얼굴에는 일평생 양심에 어긋난 일은 단 한 번도 하지 않았음에도 사파인이라 불리며 경시당해야 했던 안타까움이 담겨 있었다.

철산은 그가 하고 싶은 말을 마음으로 전해 받을 수 있었다.

"명심하겠습니다!"

철산의 입에서 힘이 실린 대답이 흘러나오자 포 노인은 안심했다는 듯 고개를 끄덕였다.

"이제… 가야 할 시간이군. 나를 편안하게 해주게."

포 노인의 얼굴은 이미 핏기 한 점 없이 하얗게 변했고, 피부 곳곳에 붉은 반점이 생겨나고 있었다.

원화촉발술에 의한 부작용이 한계에 이른 것이다.

이대로 둔다면 포 노인은 극심한 고통을 느끼며 몸이 터져 나갈 것이다.

그의 고통을 덜어주기 위해선 단 한 가지 방법밖에 없었다.

철산과 갈홍이 포 노인을 따라온 이유가 그것 때문이었다.

바로 포 노인의 마지막 숨을 끊어주는 것.

하지만 막상 당사자를 앞에 두고 손을 쓴다는 것은 쉬운 일이 아니었다.

철산은 잠시 망설이다 갈홍을 쳐다보았다.

이치상으로는 친우인 갈홍이 손을 쓰기보단 자신이 나서는 것이 옳았다.

하지만 사람과 사람 사이의 감정이란 것이 단순히 이치상으로만 판단할 수는 없었기에 손을 쓰기를 주저하고 있는 것이다.

그런 철산의 생각을 눈치 챘는지 갈홍은 슬픔에 잠긴 목소리를 내뱉었다.

"내 손으로 보내주고 싶네."

그 말에 철산은 고개를 숙이고 물러났다.

갈홍의 초라한 뒷모습이 흔들리는 것을 보며 철산은 조용히 하늘을 쳐다보았다.

구름 한 점 없는 하늘은 한 노인의 한과 슬픔을 모두 받아줄 수 있을 만큼 잔잔했다.

한바탕 태풍이 몰아쳐 간 단천문은 수십 구의 시체로 어질러져 있었다.

철산은 잔인하게 터져 나간 시신들을 보며 한숨을 내쉬었다.

일인의 원한이 지나치게 많은 살생을 만든 것이다.

사람의 목숨을 중요시하는 철산이었기에 지금의 상황은 마음을 천근만근 무겁게 만들었다.

또한 더욱 그를 착잡하게 만든 것은 이토록 많은 생명을 빼앗은 힘이 자신의 왼손에 심어져 있는 것과 같은 것이라는 사실이었다.

철산은 무거운 걸음을 옮겨 단천문에서 작은 수레를 하나 찾아 포 노인의 시체가 있는 곳으로 돌아왔다.

갈홍은 그때까지 멍하니 넋을 잃고 친우의 시체를 끌어안고 있었다.

"이곳을 떠나야 합니다."

철산의 말에 갈홍은 초점없는 시선을 돌렸다. 그는 마치 생기가 모두 빠져나간 것 같은 모습이었다.

"곧 그자가 다시 올 것입니다. 그전에 이곳을 떠나야 합니다."

그자란 당연히 단홍립을 가리키는 말이었다.

비록 포 노인이 마지막 남은 힘을 쥐어짜 단홍립을 쫓아내긴 했지만, 수십 년 동안 무림을 종횡하던 단홍립을 오래 속일 수는 없을 것이다.

그리 오래지 않아 자신이 속았음을 깨닫고 되돌아올 것이 틀림없었다.

물론 철산 혼자였다면 그와의 싸움을 피하지 않았을 것이다.

하지만 지금은 갈홍이 함께 있다.

철산이 정상적인 몸이라 할지라도 장담치 못할 단홍립이었

으니 지금 큰 부상을 입은 상태에서 갈홍까지 보호할 여유가
없었다.

그렇기에 일단 물러서려는 것이다.

갈홍은 역시 오랜 세월 무림에서 살아온 노강호답게 금방
정신을 차렸다.

"그래, 그래야겠지……."

갈홍은 떨리는 손으로 포이의 시체를 수레에 실었다.

철산과 갈홍이 포 노인의 시체를 실은 수레를 끌고 떠나자
단천문에는 죽은 자들만이 남겨졌다.

철산과 갈홍은 포 노인의 시신을 그의 딸 곁에 묻어주었다.

"부디 저승에서나마 딸과 함께 행복하게 살게나."

갈홍은 친우와의 이별이 못내 아쉬웠던지 포 노인의 무덤을
떠나지 못했다.

포 노인의 무덤에서 삼 일을 보냈을 때 갈홍은 철산에게 말
했다.

"자넨 이제 그만 갈 길을 가는 것이 나을 것 같군."

"어르신은……."

철산은 초췌한 갈홍의 얼굴을 걱정스레 쳐다보았다.

생기없는 그의 눈빛이 죽기 전 포 노인의 그것과 닮았다고
여겼기 때문이다.

갈홍은 그런 철산의 생각을 눈치 챘는지 고개를 저었다.

"내 걱정은 하지 말게. 난 이대로 포이의 무덤을 지키며 은

둔할 생각이네."

갈홍은 공허한 시선을 철산에게 던졌다.

"천하의 모든 사람들이 사파인이라며 지탄하던 우리라네. 그런데 단지 스쳐 지나갈 인연이었던 자네는 진심으로 우릴 대해주었지. 나는 진정으로 감탄하고 있다네. 자네의 도움은 죽어서 지옥에 떨어지는 한이 있더라도 결코 잊지 못할 걸세."

"그저 제가 옳다 여긴 일을 했을 뿐입니다."

"그 마음을 잃지 말길 바라네."

갈홍은 그 말을 끝으로 더 이상 아무 말도 하지 않고 그저 말없이 무덤만을 쳐다보았다.

친구와의 마지막 작별 인사를 나누듯이 철산은 천천히 그곳을 떠났다.

철산이 서평을 떠날 때 즈음엔 마을 전체가 시끌벅적해져 있었다.

물론 그 이유는 단천문에 일어난 혈사 때문이었다.

어느 날 갑자기 나타나 압도적인 힘으로 서평을 장악했던 단천문이 느닷없이 시체만 나뒹구는 곳으로 바뀌었으니 소란이 일어난 것은 당연한 일이었다.

그러나 떠드는 사람은 많았으되 정작 범인이 누구인지 아는 사람은 아무도 없었다.

단천문의 영향력이 워낙 컸던지라 관에서도 능력있는 포두들을 보내 사건의 진상을 알아보려 했으나 그들 역시 아무런 단서를 알아낼 수가 없었다.

누구라도 목격자가 있어야 범인에 대해 알아낼 텐데, 살아 있는 사람이 아무도 없었던 것이다.

단지 시체가 갈기갈기 찢어져 있고 수법이 매우 잔인한 것으로 미루어 단천문에 원한이 있으리라는 것만이 그들이 알아낼 수 있는 전부였다.

결국 서평을 소란스럽게 만든 단천혈사는 단천문의 오만함이 정체불명 은거고수의 화를 사게 되어 일어난 일로 결론지어졌다.

제42장

파호

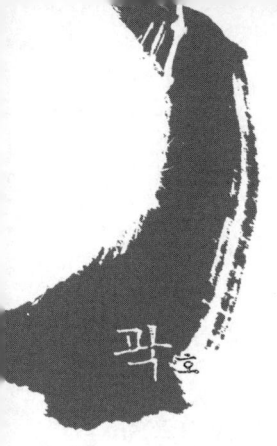

꽉호

서평을 떠나는 철산의 마음은 매우 무거웠다.

'꼭 그렇게 되어야 했을까?'

그가 행보를 늦추면서까지 서평에 온 것은 포 노인을 돕기 위해서였다.

그럼에도 결국 포 노인을 구하지 못했다는 사실이 못내 마음에 걸렸다.

'조금이라도 좋은 방향으로 바꿀 수는 없었을까?'

하지만 돌이켜 보면 그로서는 어쩔 수가 없었다.

그가 서평에 도착했을 때는 이미 포 노인의 딸이 화를 당한 후였고, 딸을 잃은 포 노인의 가슴에 자리 잡은 원한은 그를 만류해야 한다는 생각조차 할 수 없을 정도로 깊어진 상황이었다.

그렇기에 철산은 그저 포 노인의 한을 푸는 모습을 지켜보는 수밖에 없었던 것이다.

설사 그가 단천문으로 향하는 포 노인의 앞을 막았다 한들 일의 결과는 크게 다르지 않았을 것이다.

포 노인은 목숨이 붙어 있는 한 기어서라도 단천문으로 향했을 테니까.

결국 일이 이렇게까지 흘러간 것은 모두 하늘의 뜻이라고 미룰 수밖에 없는 것이다.

그럼에도 철산은 포 노인에 대한 생각을 쉬이 떨쳐 버리지 못했다.

포 노인의 피에 젖은 얼굴과 단천문에서 죽은 자들의 처참한 비명성이 계속해서 머릿속을 맴돌았기 때문이다.

"강호의 은원은 피에서 시작하여 피로 끝난다."

언젠가 들었음직한 말이 새삼 떠올랐다.

단천문의 소문주 능조운이 포 노인의 딸을 죽게 만들었고 그 원한은 단천문을 피로 물들게 했다.

만약 포 노인이 무림인이 아니었다면 힘이 있다 하더라도 그토록 많은 사람을 죽이진 않았을 것이다.

아마도 당사자인 능조운을 죽이는 것만으로도 복수를 끝냈을 것이 분명했다.

하지만 포 노인은 평범한 촌로가 아니었다.

단지 촌로가 아닐뿐더러 한때는 손속이 잔인하여 사파의 거두라고까지 불렸던 인물이다.

그런 포 노인이 스스로를 희생하여 힘을 얻게끔 만들었으니 피를 보게 된 것은 당연한 수순이었다.

결국 능조운은 그런 사실을 알지 못했기에 단천문의 모든 사람들을 죽게 만들고 그 자신 역시 비참한 최후를 맞이하게 된 것이다.

'그는 후회하지 않았을까?'

숨을 거둘 때의 포 노인에겐 아무런 미련도 남아 있지 않았었다.

분명 포 노인의 손에 당했던 자들 중엔 영문조차 모르고 죽어간 이들도 많았다. 그가 그들에게 미안함을 느끼지 않는 것은 아닐 것이다.

그의 말과 행동에는 숨길 수 없는 죄책감이 묻어나 있었다.

하지만 포 노인은 그들에게 미안함은 느낄지언정 자신의 행동을 후회하진 않았으리라. 아마 시간을 되돌린다 한들 그는 또다시 같은 선택을 했을 테니까.

그것은 포 노인이 무림인인 이상 변하지 않을 숙명이었다.

그리고 불행히도 포 노인은 무림을 떠나기 위해 그토록 오랜 세월 동안 무공을 버리고 살아왔음에도 끝내 무림인이라는 탈을 벗어버리지 못했다.

한 번 발을 담그면 결코 벗기 힘든 무림인의 업보.

그것은 포 노인 스스로가 짊어져야 할 짐이었기에 철산은 그를 도울 수가 없었다.

그런 사실을 알고 있음에도 철산의 머리는 여전히 복잡하기만 했다. 죽은 포 노인의 딸은 결코 이런 일이 벌어지기를 원치 않았을 것이라는 사실을 알기 때문이다.

그녀는 아마 죽게 되는 그 순간, 자신으로 인해 포 노인이 슬퍼하게 된다는 사실조차 슬펐을 것이다.

그런데 그녀로 인해 아버지가 손에 많은 피를 묻히고 처참한 죽음을 맞게 된다면 그 슬픔은 죽어서조차 감당하기 힘들지 않았을까?

그런 생각들이 철산으로 하여금 포 노인을 제지하지 못했던 자신을 돌이키게 만들고 있는 것이다.

하지만 고민은 꼬리에 꼬리를 물었다.

철산은 아무리 생각을 해봐도 시원한 답이 나오지 않음에 한숨을 내쉬었다.

사실 답이란 없었다. 설령 올바른 해결법이 있었다 할지라도 이미 벌어진 비극을 돌이킬 수는 없었다.

거기까지 생각이 미치자 철산은 머리를 흔들며 정리되지 않는 생각들을 떨쳐 냈다.

그의 성격상 지난 일에 얽매어 고민하는 것은 고되기만 한 일이었다.

'그래, 어차피 지난 일이다.'

철산이 개운치 못한 기억을 떨쳐 내고 있을 때였다.

맞은편 길목에서부터 요란스러운 고함 소리가 들려왔다.

'음?'

철산이 소리가 들려온 쪽을 향해 고개를 돌리니 작은 체구의 아이 하나가 허겁지겁 달려오고 있었는데 흉악하게 생긴 사내들 세 명이 그 뒤를 쫓고 있었다.

아이는 상당히 왜소한 체구였음에도 몸놀림이 매우 빨라 사내들에게서 용케 도망치고 있었다.

하지만 아무리 빠르다 하더라도 평지에서 아이가 어른의 걸음을 앞지를 수는 없는 일.

그들 사이의 거리는 조금씩 좁혀지고 있었다.

그에 따라 쫓기고 있는 아이의 얼굴에 다급함이 떠올랐다.

그러던 차에 고개를 돌린 철산을 발견한 아이의 눈에 생기가 떠올랐다.

아이는 죽을힘을 다해 철산에게 달려오며 소리쳤다.

"살려주세요. 저 사람들이……!"

반사적으로 소리 지르던 아이는 철산의 위아래를 훑어보더니 실망감을 드러냈다.

허름한 철산의 모습은 아무리 봐도 무공과는 거리가 멀었기 때문이다.

겉으로 보이는 몸집이 일반인보다는 조금 더 단단해 보이긴 했으나 그런 것은 여느 동네 파락호들과 다르지 않았다.

아무리 눈을 씻고 찾아봐도 무림인들에게서 흔히 볼 수 있는 날카로운 눈매와 비범한 기도 같은 것은 보이질 않았다.

"제기랄!"

아이의 입에서 나직한 욕지거리가 새어 나왔다.

그러나 뒤를 쫓던 사내들은 이미 지척에 이르러 목덜미를 잡기 위해 손을 뻗으려는 상황. 아이는 더 가릴 여유도 없이 그대로 철산의 뒤에 숨어버렸다.

"저 사람들이 절 죽이려 해요."

아이가 철산의 뒤에 숨어 도움을 청하자 사내들은 일순 긴장한 얼굴로 철산을 힐끗 쳐다보았다.

그러나 일견하기에도 무슨 큰 힘이 있을 것 같지 않아 보이자 이내 인상을 험악하게 구기며 위협한다.

"이봐, 괜히 다치기 싫으면 비켜."

그는 말을 하며 겉옷을 슬쩍 열어젖혀 허리에 차고 있는 칼을 보여주었다. 사내는 상대가 무림인이 아닌 이상 칼을 보면 기겁하여 도망칠 것이라 생각했다.

그러나 그의 예상은 반만 맞았다.

철산은 칼을 보고 안색이 변하지도 도망치지도 않았다.

그는 단지 한 걸음 옆으로 물러났을 뿐이다.

"엇?"

철산의 뒤에 숨어 있던 아이의 얼굴에 당혹스러움이 떠올랐다.

설마 철산이 정말 말 한마디에 물러날 줄은 생각지 못한 모양이었다.

"흠. 이상한 놈이군."

사내는 철산이 지나치게 태연한 것이 마음에 들지 않는다는 듯 인상을 썼으나 이내 관심을 돌렸다.

"흐흐흐. 이놈, 우릴 고생시킨 대가를 톡톡히 치르게 해주마."

사내는 음흉한 웃음을 지으며 허리에 차고 있던 칼을 꺼내 들었다.

시퍼렇게 번득이는 칼날에는 채 닦이지 않은 피가 묻어나 있었다.

"이 피가 쓸데없이 끼어들었던 놈의 것이다. 그놈은 처음엔 네놈을 돕겠다며 바락바락 덤볐지만 팔 하나 잘리더니 비명을 지르면서 살려달라 애원하더군. 이제 곧 네놈도 그렇게 될 테니 기대해도 좋아."

사내의 잔인한 말에 아이는 애원의 눈초리로 철산을 쳐다보았다.

그러나 철산은 그저 흥미롭다는 듯 가만히 지켜보고만 있을 뿐이었다.

그에게서 아무런 도움도 받지 못할 듯싶자 아이의 표정이 표독하게 변했다.

"쳇. 겁쟁이."

철산이 피식 웃으며 그의 말에 대답해 주려 할 때, 아이의 손이 품속에 들어갔다 나오더니 무엇인가 둥그런 것을 사내들에게 집어 던졌다.

"조심해라!"

사내들의 고함 소리가 터지는 순간 아이가 던진 물건은 땅에 처박히며 시퍼런 연기를 피워 올렸다.

연기는 마치 잔뜩 억눌려 있던 화산이 폭발하듯 순식간에 장내를 뒤덮었다.

다행히 연기에 독성이 들어 있지는 않은 듯 달리 몸에 이상이 오지는 않았다.

철산과 사내들이 뜻밖의 상황에 당황하는 동안 아이는 어른들을 비웃으며 후닥닥 도망쳐 버렸다.

"당신들이 찾고 있는 건 그 촌뜨기한테 넘겼으니까 이젠 더이상 날 쫓아오지 말라고요."

연기는 특수한 목적을 위해 제작되었는지 쉽게 흩어지지 않았다.

철산이 연기를 피해 옆으로 이동하자 사내들 역시 연기에 덮인 곳을 벗어난다.

"이런 육시랄 놈의 꼬마 새끼! 잡히면 손모가지를 잘라 버릴 테다!"

처음 칼을 들고 있던 사내가 씩씩거리며 당장 달려가려 하자 곁에 있던 자가 그를 만류했다.

"이 형, 그거보다 우선 명부부터 회수합시다."

"오 형 말이 맞소. 꼬마는 놓쳐도 큰 상관이 없지만 명부를 찾지 못하면 우리가 곤란하게 될 거요."

화를 참지 못하던 사내도 명부라는 말에 움찔하여 걸음을 멈추었다.

"제길, 명부를 찾고 나면 그 꼬마는 내 손으로 잡고 말겠소."

세 사내가 뜻을 일치하자 그들의 시선은 한곳으로 몰렸다.

철산은 옷에 묻은 매캐한 연기를 털어내다 자신에게 쏟아지는 시선을 느끼고 의아하여 사내들을 쳐다보았다.

"당신들은 내게 무슨 볼일이 있소?"

철산의 물음에 사내들은 얼굴을 흉악하게 일그러뜨리며 위협한다.

"좋게 말할 때 물건을 넘기도록 해라."

사내의 물음은 철산을 더욱 어리둥절하게 만들었다.

"무슨 물건을 말하는 것이오?"

"그 꼬마 녀석이 주고 간 물건 말이다.

철산은 그제야 조금 전 아이가 사라지기 전에 외쳤던 말 때문에 이들이 오해를 하고 있음을 깨달았다.

"그건 단지 당신들을 혼란케 하기 위한……."

"발뺌할 생각이냐?"

사내들은 이미 철산의 해명 같은 것은 들을 생각이 없는 모양이었다.

흉흉한 살기를 풍기며 포위하는 사내들을 보며 철산은 쓴웃음을 지었다.

아이가 사라지기 전에 곁을 스쳐 지나가며 중얼거렸던 말이 떠올라서였다.

"고생 한번 해보라고."

그 말마따나 사내들은 아이와 조금이라도 관련있어 보이는 인물이라면 절대 그냥 넘어가지 않을 작정인 듯했다.

심지어는 조금 전 처음 만났음이 분명한 철산조차도.

철산은 더 이상 변명하지 않고 앞으로 나섰다.

사실은 아까 아이가 쫓기는 것을 보았을 때부터 나서려고 했었다.

다만 아이가 자신을 발견했을 때 떠올랐던 영악한 눈빛이 마음에 걸려 상황을 지켜봤을 뿐이다.

그런데 이 작자들이 상관없는 사람에게조차 살수를 펼치려 하고 있으니 더 이상 물러설 필요 없었다.

더욱이 이런 자들이라면 사람을 상하게 하는 일이 잦을 것이다.

철산이 뒷골목 건달패가 싸움을 준비하듯 스르륵 소매를 걷어붙이자 사내들은 어이없다는 듯 실소를 지었다.

"우리를 상대로 알량한 주먹질이라도 해보겠다는……!"

비웃음을 가득 담아 이죽거리던 사내는 말을 제대로 끝맺지 못했다.

우측에서 함께 비웃고 있던 동료의 몸이 붕 떠오르는 것을 보았기 때문이다.

"꿱!"

돼지 멱따는 소리가 들린다 싶었을 때 반대쪽에 있던 동료가 배를 감싸 안고 땅바닥을 뒹구는 것이 보였다.

"어… 엇?"

경악성을 토해내고 싶었으나 그럴 시간조차 없었다.

시커먼 주먹이 눈앞을 뒤덮었기 때문이다.

콰직.

눈앞이 번쩍인다 싶은 순간 그걸로 끝이었다.

사내는 땅을 나뒹굴면서 한동안 잊고 있었던 사실을 되새겨야 했다.

무림은 보잘것없어 보이는 촌부가 일순간에 강자로 변모하는 곳이라는 사실을.

세 명을 한 호흡에 눕힌 철산은 아직도 자욱한 연기 사이를 뚫고 한 곳을 쳐다보았다.

그것은 바로 조금 전 아이가 사라진 방향이었다.

소년은 폴짝폴짝거리며 뛰어가고 있었다.

기분이 좋은 듯 콧노래를 흥얼거리며 한 손에는 제법 묵직한 주머니를 던졌다가 받고 있었는데 그것에 시선이 갈 때마다 입가에 절로 웃음이 번졌다.

'그자는 어떻게 되었을까?'

허름한 복장에 둔하게 생긴 남자의 모습이 떠오르자 소년의 얼굴에 뿌듯함이 떠올랐다.

내내 쫓아다니며 괴롭히던 자들을 떨어뜨리고 덤으로 자신의 도움을 무시한 건방진 작자까지 골탕 먹였다는 생각에 스스로가 대견했던 것이다.

잠시 생각이 미치자 남자의 안위가 조금은 걱정되기도 했다.

소년을 쫓던 자들은 성격이 매우 거칠어서 살인도 주저치 않았다.

이번엔 소년에게 크게 골탕을 먹었으니 아마 화가 단단히 나 있었을 것인데, 그런 그들에게 걸렸으니 무사하진 못할 것이었다.

그러나 소년은 이내 귀찮다는 듯 머리를 흔들었다.

'죽진 않았겠지. 혹시 죽었어도 그 작자 팔자가 그런 것이니 내 탓은 아니지 뭐.'

소년은 잠시 머릿속에 떠올랐던 남자의 모습을 지우며 다시 콧노래를 불렀다.

그에겐 자신 때문에 위험에 처한 타인보단 스스로의 앞일이 더 중요했다.

하지만 소년은 얼마 가지 않아 다시금 지난 일을 떠올려야만 했으니…….

바로 앞길을 가로막고 서 있는 사내 때문이었다.

"어, 어떻게……."

놀라는 소년의 모습에 철산은 별다른 말없이 손을 내밀었다.

철산의 시선이 향하고 있는 곳은 소년이 가지고 놀던 주머니.

그 뜻을 알아챈 소년은 당황하여 주머니를 등 뒤로 숨기려 했다.

그러나 이미 철산에게 발각당했다는 것에 생각이 미쳤는지 억지웃음을 지었다.

"하… 하하. 이걸 훔치려고 훔친 게 아니고요. 그냥 아저씨가 그 사람들한테 안 좋은 일을 당하게 되면 이건 쓸모없게 될 것 같아서 제가 좋은 일에 쓰려고……."

소년이 쥐고 있는 돈주머니는 바로 철산이 청파표국에서 받은 것이었다. 조금 전 소년이 연기를 터뜨리고 사라지면서 훔쳐 갔었다.

소년의 변명에 철산은 피식 웃으며 손을 조금 더 내밀었다.

"다행히 나는 아무렇지 않으니 돌려다오."

"하하. 무, 물론 돌려 드려야죠."

철산의 말에 소년은 연신 어색하게 웃으며 슬그머니 뒷걸음질쳤다.

소년의 수상한 행동에도 철산은 별다른 표정 없이 가만히 지켜보기만 했다.

철산이 별반 반응 없자 소년의 뒷걸음질은 조금씩 보폭이 커졌다. 꾸물거리며 물러나는 듯했는데 어느새 둘 사이의 거리가 십여 장이나 벌어지게 되었다. 그 또래 아이들과는 차이가 있는 보폭. 거리가 벌어지자 소년의 얼굴에 여유가 돌아왔다.

"헤헤헤. 멍청이, 잡을 수 있다면 돈을 돌려주지."

말과 함께 소년의 몸이 휙 돌아선다.

그대로 줄행랑을 치려는 것이다.

뜀박질에는 자신이 있는지 소년의 얼굴에는 혹여 잡힐지 모른다는 걱정 따위는 없었다. 그런 자신감이 괜한 것이 아님을 보여주듯 소년은 순식간에 멀어져 간다.

그 모습에 철산은 피식 웃으며 숨을 깊게 들이쉬었다.

온몸 가득 충만한 기운이 들어찬다 싶은 순간, 그의 몸이 소년의 뒤를 바짝 쫓았다.

소년의 뜀박질은 어린 나이라고는 믿기 어려울 정도로 빨랐지만 철산은 그보다 더욱 빨랐다. 채 이백 장을 가기도 전에 소년은 철산에게 목덜미를 잡혀 대롱대롱 매달리는 신세가 되어야 했다.

잠시 자신의 처지를 눈치 채지 못한 소년은 공중에 뜬 채로 두 발을 열심히 허우적거리다가 한참이 지나서야 놀람성을 토해냈다.

"으헛!"

대경하여 고개를 돌린 소년은 철산과 눈이 마주치고 말았다.

소년의 얼굴에 또다시 어색한 미소가 떠오른다.

"아, 하하. 걸음이 참 빠르시네요."

"그런 소리를 자주 듣는 편이지. 그보다 이젠 돌려받을 수 있을까?"

철산이 빙긋이 웃으며 말하자 소년은 어쩔 수 없다는 듯 돈주머니를 꺼냈다.

소년의 손은 주기 싫다는 의사를 강렬하게 나타내기 위함인지 돈주머니를 꽉 움켜쥐었다. 그러나 철산이 잡아당기자 더 이상 버티지 못하고 놓치고 말았다.

"고맙구나."

철산은 돈주머니를 품에 넣고는 별다른 말없이 돌아섰다.

소년의 악의 짙은 장난으로 자칫 쓸데없는 일에 휘말려 크게 다칠 뻔하기도 했고 돈을 잃어버릴 뻔하기도 했지만 굳이 꾸짖고 싶은 생각은 들지 않았다.

그저 '저 녀석도 어린 나이에 참 힘들게 사는구나' 라는 생각만 들었을 뿐이다.

철산이 더 이상 가타부타 말도 없이 자기 갈 길을 가버리자 소년의 얼굴에 허탈함이 떠올랐다.

호되게 당할 거라 생각하고 도망칠 궁리만 잔뜩하고 있었기 때문이다.

설마 이대로 가버릴 줄은 전혀 생각지도 못했다.

'칫. 무시하는 건가?'

소년은 이를 부드득 갈며 철산의 뒷모습을 노려보았다.

'두고 보자.'

소년은 저 어수룩해 보이는 촌놈의 앞길을 결코 평탄치 않게 만들고야 말겠다고 결심했다.

서평을 떠난 지 사흘이 지났을 때 철산은 낙양에서 팔백 리

정도 떨어져 있는 임주(林州)라는 작은 마을에 도착했다.

평소 그의 걸음걸이였다면 진작 거쳐 갔을 마을이었다.

요 며칠 생각할 것이 있어 행보가 더뎌져 이제야 도착하게
되었다.

날이 저물어가고 있었기에 철산은 그곳에서 하루를 머물기
로 했다.

여행객이 잦은 마을이 의례 그렇듯 임주 역시 마을 자체는
작았으나 객잔은 번듯하게 들어서 있었다.

철산은 객잔을 들어서려다 문득 생각난 것이 있어 뒤를 돌
아보았다.

어둑어둑한 땅거미 너머 멀찌감치 떨어져서 이쪽을 흘깃거
리고 있는 작은 그림자가 보인다.

이제는 그다지 낯설지 않은 그림자를 확인하고는 객잔으로
들어갔다.

객잔 안에는 네 명의 사내가 커다란 탁자 하나를 차지한 채
와자지껄하니 술잔을 나누고 있었다.

철산이 들어서자 그들은 잠시 대화를 멈추고 시선을 집중했
으나 평범해 보이는 행색에 이내 자신들의 대화로 돌아선다.

잠시 객잔 안을 살피고 있으니 곧 열대여섯 살 정도 되어 보
이는 점소이가 다가와 자리를 안내해 준다.

우선 식사부터 할 요량으로 간단한 음식 한두 가지를 시키
고 주변을 둘러보는 철산의 눈에 쭈뼛거리며 다가서는 인물이
보였다.

"이봐요. 난 오늘 하루 동안 아무것도 못 먹었다고요."

화난 듯이 말하며 철산의 맞은편에 털썩 주저앉는 것은 그를 골탕 먹이려 했던 소년이었다.

철산은 소년이 내내 쫓아다녔다는 것을 이미 알고 있었기에 웃으며 그의 말을 받았다.

"내가 널 먹지 못하게 하기라도 했단 말이냐?"

철산의 말에 소년은 약이 올라 얼굴이 빨갛게 달아올랐다.

"당신이 가져간 주머니, 거, 거기에 내 것도……!"

소년은 씩씩거리며 말을 제대로 잇지 못했다.

그제야 철산은 소년이 왜 그렇게 악착같이 쫓아왔는지 알 수 있었다.

알고 봤더니 철산의 돈주머니를 훔친 후에 그 안에 자신이 지닌 돈까지 모두 넣어놨던 모양이다.

그것을 통째로 철산에게 빼앗겼으니 소년은 당연히 빈털터리가 되어버린 것이다.

지은 죄가 있으니 차마 달라고 나서진 못하고, 그저 철산이 알아서 돌려주기만을 바라며 쫓아다닌 듯했다. 그러다 굶주림에 못 견뎌 결국 철산의 앞에 나타난 것이다.

그런 사정은 알지 못했던 철산은 약간 미안한 생각도 들었다.

철산이 돈을 돌려주어야겠다는 생각을 할 때 점소이가 음식을 들고 나왔다. 음식을 보자 혼자 씩씩거리며 분을 삭이고 있던 소년의 얼굴이 탐욕에 물든다.

"먹고 싶으면 먹어라."

철산의 한마디가 떨어지자마자 소년의 손이 잽싸게 음식 그릇을 낚아채 갔다. 마치 먹잇감을 발견한 맹수와 같은 움직임이었다.

소년이 허겁지겁 주린 배를 채우는 동안 철산은 점소이를 불러 다시 먹을 것을 시켰다. 한참 동안 바쁘게 손을 놀리던 소년은 음식으로 가득 찬 입을 쓱 닦는다. 허기가 가시고 포만감에 물들어서인지 소년의 얼굴에 여유가 생겨났다.

"이봐요. 내가 장난을 좀 치기는 했지만 그것 때문에 나도 고생을 많이 했으니까 이걸로 우리 둘 사이의 셈은 끝내자고요. 음식값은 그 돈주머니에 넣어뒀던 것으로 충당될 거예요. 사실 그 돈이면 이런 잡탕 따위 열 그릇도 넘게 살 수 있지만 그냥 내가 손해 보는 셈치죠 뭐."

소년은 마치 크게 인심이라도 쓴다는 양 말하며 철산의 눈치를 살폈다. 말을 하며 상대의 눈치를 살피는 것이 습관인 듯했다.

"그러지."

철산이 순순히 고개를 끄덕이자 소년은 잠시 의아한 표정을 지었다. 말은 거창하게 했으나 원래 그가 지니고 있었던 돈은 동전 몇 닢이 고작이었다.

주머니를 찾았을 때 분명 액수를 확인해 보았을 테고 그렇다면 자신의 말이 거짓임을 알고 있을 텐데 별다른 말을 하지 않는 것을 이해할 수 없었기 때문이다.

그것은 지금까지 그가 겪어왔던 어른들과 사뭇 다른 반응이었다. 대부분의 어른들은 아주 사소한 돈이라도 자신과 상관없는 사람을 위해서 쓰기는 꺼려한다.

재물에는 별다른 관심이 없어 보이는 인물. 소년은 그런 부류를 잘 알고 있었다. 바로 칼 한 자루에 목숨을 걸고 살아간다는 무림인들.

그러나 아무리 봐도 눈앞의 인물은 시골에서 상경한 촌부로밖에 보이지 않았다. 단지 몸이 튼튼해 보인다는 것을 제외한다면 어느 저잣거리에 나가도 흔히 볼 수 있는 외모인 것이다.

그의 지식 속에 무림인이라 하면 우람한 체격에 칼날 같은 안광이 어우러져, 보기만 해도 간담이 서늘해져 와야 했다.

그러니 눈앞의 이자는 결코 무림인 같은 것은 아닐 것이다.

'그러고 보니 그 작자들한테서는 어떻게 벗어났지?'

소년은 자신을 쫓아다니던 자들이 결코 녹녹치 않은 인물들임을 알고 있었다.

일전에 그들을 따돌리기 위해 궁리하던 중에 한가닥 하는 것 같은 무림인에게 도움을 청했었다. 그 무림인은 제법 협기가 있는지 선뜻 나서서는 그들 앞을 막아섰다.

덕분에 도망칠 시간을 벌었다고 좋아했었는데 정작 그 무림인은 채 반 각을 버티지 못했고 결국 다시 쫓기는 신세가 되어 철산과 마주치게 것이다.

그런 자들에게 오해를 사게 되었는데 멀쩡한 몸으로 빠져나온 것은 아무리 생각해 봐도 이상한 일이었다.

'한번 알아볼까?'

잠시 객잔을 둘러보던 소년은 중앙의 큰 탁자에 자리 잡고 있는 자들에 시선이 닿자 눈을 반짝였다.

그들은 하나같이 덩치가 크고 얼굴 생김이 사나웠다.

게다가 대화 곳곳에 거친 욕설과 음담패설이 끼어 있어 대충 보아도 바른 생활을 하는 자들은 아닌 듯했다.

시시껄렁해 보이는 그들의 모습에 소년은 히죽 웃으며 그들에게 다가갔다.

"그러니까 오 형 말은 청호무관에 정말 그 화진 땡중이 와 있다는 거요?"

"아, 그렇다니까. 안 그러면 내가 뭐 하러 호북에서 여기까지 왔겠어?"

"그 땡중이 대체 무슨 일로 하산을 한 게요? 듣기로는 여간해선 산에서 내려오는 일이 없다고 하던데."

"글쎄, 그거까진 모르지. 우린 그저 기회 봐서 그 땡중을 없애 우리의 가치를 높이기만 하면 될 뿐이야."

그들이 주거니 받거니 대화를 하고 있을 때 앳된 음성이 끼어들었다.

"그 화진이라는 사람이 혹시 소림사의 불괴신승(不壞神僧)을 말하는 건가요?"

그 물음에 사내들은 의아하다는 표정으로 소년을 힐긋 쳐다보았다. 그러나 소년에게서 별다른 이상한 점을 찾지 못하자 경계의 눈빛을 거둔다.

"맞다. 그 불괴신승이지. 그런데 너 같은 꼬마도 그 이름을 아느냐?"

"그냥 이름을 알뿐만 아니라 직접 본 일이 있기도 하죠."

아이의 묘한 말투에 사내들은 약간 의아한 표정을 지었으나 이내 대수롭지 않게 넘긴다.

불괴신승이라는 별호는 워낙 유명한 것이기에 이런 어린아이가 알아듣는다 해도 크게 이상할 일은 아니었다. 그들이 소년에 대한 관심을 끄고 다시금 저희들끼리 술잔을 주고받으며 대화를 나누려 할 때였다.

"그건 그렇고, 제가 아저씨들한테 용건이 있는데요."

소년의 말에 그들은 다시금 고개를 돌려야 했다.

"용건이라니 무슨……?"

의아함에 고개를 돌리던 사내의 얼굴에 느닷없이 소년의 주먹이 꽂힌다.

퍽.

작디작은 소년의 주먹에 얻어맞는다 한들 크게 다칠 리는 없었으나 콧잔등이 시큰해지는 고통을 안겨주기는 충분했다.

"억!"

놀란 사내가 한 손으로 코를 감싸고 다른 손으로 소년을 잡으려 들었다.

그러나 소년은 어느새 뒤로 물러나 있었기에 사내의 손은 허공을 붙잡을 뿐이었다.

건장한 어른이 허리 부근도 오지 않는 작은 아이에게 얼굴을 얻어맞고 손을 허우적거리는 모습은 매우 우스꽝스러운 광경이었다.

"크하하하하. 조 형, 방금 어린애한테 얼굴을 맞은 것 맞소?"

"에이. 설마. 우리가 잘못 본 거겠지. 칼 한 자루로 하남성을 공포에 떨게 만든다는 낭아도가 어린애한테 얻어맞다니, 어찌 그런 일이 있을 수 있겠소?"

낄낄거리며 비웃는 소리에 콧잔등을 얻어맞은 사내가 얼굴을 붉힌다.

"개놈의 자식, 감히 나를 치다니 죽고 싶으냐?"

거친 숨을 토해내며 핏발을 올리는 것이 여간 화가 난 게 아닌 듯했다. 같은 어른이라도 움찔하게끔 만드는 거친 언행이었음에도 소년은 별반 놀라는 표정이 없었다.

마치 단단히 믿고 있는 것이라도 있는지 그저 태연자약하게 입을 연다.

"저도 아저씨를 때리고 싶진 않았어요. 사부님이 그렇게 하라고 시키지만 않았다면 말이죠."

"뭣이? 네놈 사부가 누군데?"

당장이라도 달려들듯 뜨거운 콧김을 내뿜으며 다그치자 소년은 뒤를 가리켰다.

"저기 느긋하게 앉아 계신 분이에요. 겉보기에는 덜떨어진 농촌 총각같이 생겼지만 실력은 정말……."

소년이 한껏 자랑을 하려할 때 사내가 어이없다는 듯 소리친다.

"뒤에 있긴 누가 있다는 거야? 너 지금 날 놀리는 거냐? 내가 만만해 보여? 엉?"

사내의 말에 소년이 어리둥절하여 뒤를 돌아보고는 억 소리를 낸다.

조금 전까지 꼼짝없이 앉아 있던 철산이 어느새 사라진 탓이다.

"엇? 없을 리가 없는데……."

당황해하는 소년의 목덜미에 두터운 손이 내려와 앉는다.

"네놈 사부라는 작자에게 안내해라. 안 그러면 어른을 놀리면 어떻게 되는지 알려주마."

어른의 거센 손아귀에 잡히자 옴짝달싹할 수가 없었다.

"하, 하하. 아마 점원한테 물어보면 알 거예요."

소년은 어색한 웃음을 흘리며 주방 쪽으로 고개를 돌렸다. 때마침 탁자를 정리하기 위해 나오던 점소이가 그들의 시선 집중에 놀라서 움찔한다.

철산은 소년이 사내들에게 다가갈 때 이미 이층 객실로 올라와 있었다.

소년의 행동들에 관심이 생기지 않는 것은 아니었으나 지금은 남의 일에 신경 쓰고 싶지 않았다.

며칠 동안 겪은 일들을 정리하는 것만 해도 머릿속이 복잡

했다.

게다가 무엇보다 그의 왼손에 꿈틀거리고 있는 힘. 그것은 봉황이 커다란 날갯짓을 하기 전과 같이 한껏 몸을 웅크리고 있었다. 그러다가 가끔 한 번씩 기지개를 켜듯 요동을 칠 때면 왼팔 전체가 뜨거워지는 듯한 착각이 일어났다.

그것이 포 노인에게 전해 받은 화령과의 기운임은 굳이 생각지 않아도 알 수 있었다.

포 노인은 그 기운을 이용한 폭혈신공 하나만으로 무림에서 활동할 당시 적수가 없었을 정도라 했으니 그 위력은 의심할 필요가 없을 터였다.

무림인이라면 누구나 바라마지 않는 힘. 하지만 철산에게는 그저 부담스럽기만 할 뿐이었다.

스스로의 의지로 얻은 것이 아닐뿐더러 화령과의 힘을 느낄 때마다 단천문에서의 끔찍했던 혈사가 떠올랐기 때문이다.

포 노인 역시 힘을 전해주며 함부로 사용하지 말기를 당부하지 않았던가.

철산 역시 포 노인의 손에 당한 자들을 보았기에 결코 이 힘을 쓸 생각이 없었다. 문제는 그런 다짐이 상대와 겨룸에 있어 오히려 한 팔을 묶는 것과 같은 제약이 된다는 점이다.

결국 철산에게 있어 포 노인이 전해준 힘은 매우 강력한 무기이면서도 그의 주먹을 자유롭게 하지 못하는 짐이었다.

철산은 주먹을 꽉 쥐어보았다.

뜨거운 기운이 금방이라도 폭발할 것만 같이 요동을 쳐온다.

그런데 희한하게 왼팔을 제집처럼 맴돌면서도 무형의 경계령이라도 쳐져 있는지 몸 쪽으로는 접근을 하지 못했다.

무토심공이 몸으로의 진로를 막고 있기 때문이었다.

무토심공에 의지가 있어 스스로 막아서는 것은 아니었다.

그 힘을 꺼리는 철산의 심중이 그가 운용하고 있는 무토심공에 반영되어 자연스레 그렇게 된 것이었다.

물론 이런 식으로 신체 한 부분에 기운을 가두는 것이 좋지 않다는 것은 천수화타 공손약에게 들은 바 있었다.

하지만 지금으로서는 그 기운을 받아들이고 싶은 마음이 들지 않았다. 단지 팔 하나에 깃든 힘만으로도 부담스러워 제약이 생긴 것처럼 느껴지는데 몸 전체에 이런 낯선 기운이 맴돈다면 자신의 방식대로 싸울 수가 없을 거라 생각되기 때문이다.

어쨌든 지금 그에게 떨어진 급선무는 한 가지였다.

'이 제약에 적응하는 것.'

다행히 지금 그의 목적지엔 그 과제에 도움이 되는 사람이 많을 것이다.

'중원무림의 본산지라······.'

철산이 잠시 생각에 잠겨 있을 때였다.

계단이 시끄럽게 울리더니 이어 문 앞이 소란스러워진다.

"이곳이냐?"

"예. 제가 분명 이방으로 안내해 드렸어요."

앞의 거친 목소리는 낯선 것이었고 뒤의 대답하는 목소리는 객잔의 점소이의 것 같았다.

철산이 의아하여 문 쪽을 쳐다보았을 때 방문이 벌컥 열리며 한 무리의 사내들이 우르르 몰려들어 온다.

"무슨 일이오?"

철산의 물음에 앞장서서 들어서던 사내가 퉁방울만 한 눈을 부릅뜨며 버럭 소리를 질렀다.

"네놈이 아이를 시켜 나를 모욕했느냐?!"

철산은 영문을 알 수 없었다.

느닷없이 남의 방에 들어와 자신을 모욕했다며 길길이 날뛰고 있으니 이것을 어떻게 받아들여야 한다는 말인가?

철산에게서 대답이 없자 사내는 더욱 화가 치솟는 모양이었다.

"네가 이 낭아도 조진을 만만하게 봤나 보구나. 어디 살점이 떨어져 나가고도 그럴 수 있나 보자."

조진은 더 이상 볼 것 없다는 듯 칼을 뽑아 들었다.

스르릉.

낭아도라는 별호에 맞게 도신이 들쭉날쭉한 형태라 겉보기에 매우 위협적으로 보였다.

문을 가로막고 있던 조진이 칼을 뽑아 들고 철산에게 다가들자 그의 뒤편에서 잡담을 주고받으며 낄낄거리던 자들이 구경거리를 놓칠 수 없다는 듯 냉큼 안으로 따라 들어왔다.

그들이 방 안으로 들어오자 그들 뒤에 숨어 있던 소년의 모습이 드러났다.

소년은 철산이 자신을 쳐다보자 혀를 삐죽 내밀며 약 올리는 표정을 지었다. 그를 보자 철산은 일이 어떻게 된 것인지 알게 되었다.

'헛. 맹랑한 녀석이군.'

철산이 실소를 짓자 조진은 기가 막혔다.

지금껏 그의 낭아도를 보고도 이렇게 여유있는 자는 한 번도 보지 못했었다. 그도 그럴 것이 그의 낭아도는 실용도보다 상대를 겁주기 위한 용도로 만들어졌기 때문이다.

톱니처럼 삐죽삐죽한 칼날은 직접 맞아보지 않아도 살점이 떨어져 나가는 끔찍한 고통이 느껴질 것같이 무시무시했다. 이런 낭아도와 마주한 상대는 거의 대부분이 꽁무니 뺄 생각부터 했고 간혹 상대해 오는 자들도 칼날에 신경을 쓰느라 제대로 움직이질 못했었다.

물론 그가 상대해 온 자들 대부분이 고수라는 단어와는 거리가 먼 인물들이긴 했다. 눈앞의 인물 역시 그들과 다를 것이라는 생각은 들지 않았다.

척 보기에도 무공과는 거리가 멀어 보이는 외모.

그런 자가 빌어도 시원치 않을 판에 이토록 담담하니 말 그대로 '나 죽여줍쇼' 하고 비는 것과 무엇이 다르리.

"오냐. 네가 염라대왕 면담이 그토록 하고 싶었던 모양인데, 어르신이 도와주마."

조진이 이를 갈며 철산에게 달려들려 할 때였다.

그의 뒤에 서 있던 사내 중 한 명의 입에서 경악성이 터져 나왔다.

"헉!"

소리친 것은 아까 일층에서 이야기를 주도하던 사내였다.

그는 처음엔 동료의 행동에 그저 흥미롭다는 표정으로 구경만 하다가, 방에 들어와 철산의 얼굴을 보고는 고개를 갸웃거렸었다.

그러다 갑자기 헛바람을 들이키며 소리를 지른 것이다.

그의 목소리에 막 달려들려던 조진이 발길을 멈추고 돌아본다.

"오 형, 무슨 일이오?"

조진뿐만 아니라 다른 동료들 역시 소리 지른 사내를 쳐다보았다.

그러나 소리친 사내는 그저 놀란 얼굴로 철산에게서 시선을 떼지 않았다.

"다, 당신 혹시 호북 청룡무관에 머물렀던 적이 있지 않소?"

사내의 물음은 철산으로서도 의외였다.

그가 청룡무관에서 비무대행을 했던 것은 불과 닷새도 되지 않는 짧은 시간이었다. 그런데 그런 자신을 알아보는 사람이 있을 줄은 몰랐다.

어찌 되었든 철산으로서는 굳이 숨길 필요도 없을 뿐더러 숨길 성격도 아니었기에 고개를 끄덕였다.

"일전에 잠시 신세를 지긴 했었소."

"그, 그럼 혹시 안휘성에서 오시는 길이 아니오?"

"맞소."

철산이 대답하자 사내는 급히 조진에게 달려들어 그의 칼을 빼앗아 버렸다.

"오 형, 이게 무슨 짓……."

조진이 놀라 소리치려 하자 사내는 그의 입을 틀어막아 버렸다.

그리고는 조진의 입이 다물어지자 철산을 향해 정중히 포권을 해왔다.

"소인은 오장환이라고 합니다. 일전에 철환신편 방량, 방 대협을 따라 청룡무관에 갔다가 뵈었던 적이 있습죠. 후에 안휘성에 가서서 무명을 날리셨다는 소문은 들었는데 이곳에 계셨군요."

마치 조상이라도 만난 양 공손하기 짝이 없는 오장환의 태도에 그의 동료들은 모두 어리둥절했다.

오장환은 그들 중에서 가장 거만하고 행동에 거침이 없는 인물이었다. 그런 인물이 이토록 조심스러우니 당연히 그 이유가 궁금한 것이다.

그들과는 반대로 철산은 철환신편이라는 단어가 나오는 순간 오장환이 저자세로 나오는 이유를 알 수 있었다.

철산이 청룡무관에서 철객으로 머물러 있을 당시 매일 많은 비무자들을 상대했었다.

철환신편 방량은 그중에 한 명이었다.

그는 한 자루 철편을 무기로 쓰는 인물이었는데 손속이 매우 잔인하여 그의 상대는 항상 전신이 피로 물들곤 했다.

그는 호북성의 사파인들 사이에선 매우 유명한 인물로 항상 자신이 호북 최고수라고 떠들고 다녔다.

단지 입으로만 떠드는 것이 아니라 상당한 무공이 갖추고 있었기 때문에 그를 따르는 자들도 꽤 있었다.

아마도 방량은 그들을 모아 문파라도 하나 만들려고 했던 모양이었다.

하지만 그를 따르는 인원은 문파를 만들기엔 턱없이 부족했고, 그는 부하들을 모으기 위해 자신의 명성을 높이기로 했다.

그 수단으로 호북 최고라는 청룡무관을 희생양으로 삼으려 했던 것이다.

그리고 부하들을 우르르 데리고 청룡무관에 찾아가 몇 명의 무객들을 피투성이로 만드는 데까지 성공했다.

하지만 그의 불운은 무객들이 참혹하게 당하는 모습을 철산이 목격했다는 데 있었다.

필요 이상으로 잔인하게 손을 쓰는 모습에 철산은 아무 말 없이 앞으로 나섰고, 그날 방량은 곤죽이 되도록 얻어맞아야만 했다.

결국 방량은 기세등등하게 들어왔다가 돌아갈 때는 실신한 채로 부하들에게 들려 나가게 되었다.

오장환은 아마 그때 방량의 뒤를 따라왔던 인물 중 한 명인 모양이었다.

"그런데 무슨 일로 찾아온 것이오?"

철산이 조진과 그의 낭아도를 쳐다보았다. 그 시선에 오장환은 식은땀을 흘리며 어색한 웃음을 지었다.

"하, 하하하. 정말 실례가 많았습죠. 장 대협이 계신 줄 알았으면 결코 이렇게 무례한 짓은 안 했을 겁니다."

오장환이 이렇게 쩔쩔매는 것은 단지 방량이 처참하게 두들겨 맞았기 때문만은 아니었다. 물론 방량이 오장환이나 그의 동료들로서는 감히 넘보기 어려울 정도로 강했고, 그런 방량이 철산의 한 주먹을 막아내지 못했다는 것은 큰 충격이긴 했다.

하지만 그보다 오장환을 더욱 긴장되게 만드는 것은 철산이 안휘성에 간 이후부터의 행적이었다.

안휘성의 난다 긴다 하는 문파들을 단신으로 꺾고 자객들을 두 손 들게 만들었다는 소문은 호북성에서도 쟁쟁했다.

남들이 알지 못한 보석을 먼저 발견했다는 자긍심 때문이었을까? 그의 행적은 호북 무림인들의 관심의 대상이었다.

그렇기에 오장환이 이토록 정중한 것이다.

이쯤 되자 그의 동료들도 철산의 정체가 심상치 않음을 눈치 챌 수 있었다.

분을 이기지 못해 씩씩거리던 조진 역시 처음의 기세와 달리 슬쩍 물러나 있었다. 자신들로서 감당하기 힘든 일이 벌어지면 가장 먼저 도망치기 위해서였다.

그러나 철산은 그들의 모습을 보면서도 별로 신경 쓰지 않았다.

그에겐 애초에 이들을 어떻게 하겠다는 생각도 없었다.

그런 기색을 읽었음인지 오장환은 한결 가벼워진 표정으로 조심스레 물어왔다.

"저희가 잘 알지도 못하면서 괜히 휴식만 방해한 것 같군요. 저희는 이만 물러나려 하는데 거기에 관해 대협의 의중은 어떠신지?"

자신이 화가 났을 거라 지레짐작하고 쩔쩔매는 그의 모습에 철산은 웃음을 금치 못했다.

"나는 당신들을 잡은 적이 없는데 왜 내게 물어보는 것이오?"

그 한마디에 오장환은 안도의 표정을 지으며 재빨리 동료들을 문밖으로 밀쳐 냈다.

"헤헤. 쉬시는데 방해해서 죄송합니다. 소인들은 이만……."

오장환에 떠밀려 자의반 타의반으로 쫓겨나던 중에 조진이 문턱을 잡고 버티며 철산에게 소리쳤다.

"이보시오!"

그의 부름에 철산이 다시 고개를 돌리자 조진의 사납던 표정은 온데간데없어졌다.

"혹시 이 꼬마… 아니, 소협이 대협의 제자 분 되십니까?"

조진이 가리키는 것은 철산을 골탕 먹이려 했던 소년이었다.

철산은 달리 생각할 것 없이 고개를 저었다.

"아니오."

철산의 답이 떨어지자마자 조진의 얼굴이 확 일그러졌다.

자신이 아이의 장난에 놀아났음을 눈치 챈 것이다.

"이 죽일 놈!"

조진이 이를 바드득 갈며 돌아선다.

소년이 이상한 분위기를 느끼고 꽁무니를 빼려 했으나 오장환의 거친 손이 뒷덜미를 낚아챈 후였다.

"아악! 정말이에요. 저 사람 제자라는 말은 거짓말이지만 시킨 건 사실이란 말이에요!"

소년은 발버둥을 치며 오장환의 손아귀에서 벗어나려 했으나 어른의 손에서 빠져나가기란 쉽지가 않았다.

'연, 연막탄이……'

급히 품속을 뒤졌으나 손에 만져지는 것은 아무것도 없었다.

아마도 며칠 전 썼던 것이 마지막이었던 모양이다.

빠져나갈 방법을 찾아야겠다고 생각이 떠올랐으나, 조진이 낭아도를 받아 들고 다가오자 그 살기등등함에 몸이 떨려 아무 생각도 나지 않았다.

얄미운 철산을 골탕 먹이기 위해 벌렸던 장난이 자신의 목숨을 위협하는 큰 일이 되어 돌아온 것이다.

"건방진 새끼, 어떻게 괴롭혀 줄까?"

조진이 입 냄새를 풍기며 얼굴을 들이밀며 말하자 소년은 더 이상 참지 못하고 소리쳤다.

"잘못했어요! 살려주세요!"

소년의 외침은 조진에게 아무런 효과가 없었다.

"그래, 죽이진 않으마."

조진은 아까 얻어맞은 코를 매만지며 잔인한 표정을 지었다.

용서와는 거리가 먼 모습.

그때 뜻밖의 목소리가 그런 조진의 살기에 찬물을 끼얹었다.

"제자는 아니지만 아는 사이이긴 한 것 같소."

무슨 소리인가 싶어 고개를 돌렸던 조진의 얼굴이 다시금 구겨졌다. 철산이 쳐다보고 있었기 때문이다.

단지 쳐다보고만 있을 뿐 아니라 소년에게 손짓까지 하고 있었다. 소년이 다시 한 번 발버둥을 치자 오장환은 한숨을 쉬며 손을 풀어주었다.

소년이 방 안으로 쪼르르 달려들어 가는 모습에 조진이 울컥하여 나서려 했으나 오장환이 그를 제지하며 고개를 흔든다.

철산의 방문이 완전히 닫히고 나자 오장환은 일행을 아래로 끌고 내려왔다.

"아니, 대체 저놈이 누군데 이러는 거요?"

조진은 자신들을 제어하던 묘한 긴장감이 사라지자 더 이상 참을 수 없다는 듯 소리쳤다.

일행 역시 그게 궁금했던지 모두 오장환만 쳐다보고 있었다.

오장환은 목이 타는지 술병을 통째로 들어 한차례 들이붓고서는 그제야 대답한다.

"자네들은 오늘 죽다 살아난 건 줄 알아야 되네. 저자가 바로 일전에 내가 이야기했던 그 인물이라네. 당금 무림 최고의 신성이라는 난투무귀 말이야."

"헉!"

"그, 그게 정말이오?"

일행의 얼굴에 경악이 떠오른다.

특히 철산을 향해 칼까지 들이댔던 조진은 얼굴이 하얗게 질린 채 그 자리에 털썩 주저앉아 버렸다.

단지 이름만으로 조진과 같은 자를 주저앉게 만드는 능력.

그것이 바로 무림인들이 그토록 바라는 명성이 지닌 힘이었다.

"곽호예요."

침상에 누운 채로 생각에 잠겨 있는 철산의 귀에 들려온 이름이었다.

힐끗 고개를 돌려보니 소년, 곽호가 의자에 앉은 채로 쳐다보고 있었다.

곽호는 위기에서 벗어나자 원래의 영악함이 되살아났는지 싱글거리며 웃고 있었다.

땅에 닿지 않는 발을 까딱거리며 쳐다보는 모습이 무언가 반응을 보이길 강요하는 것 같았다.

"좋은 이름이구나."

반쯤은 진심이 담긴 말에 곽호는 헤헤 웃으며 고개를 끄덕인다.

"그런 소리 많이 들어요. 그런데 제 마음에는 별로 안 드는 이름이에요."

"어째서?"

"이름에 호랑이가 들어가 있어서 대개의 사람들이 절보고 용감하게 크라고 말하곤 하거든요. 부모님도 그런 의미에서 이름을 지어주셨다고 하더군요. 하지만 저는 호랑이처럼 용감한 것보다는 여우처럼 영리하게 살고 싶어요. 왜냐면 용감하면 힘들게 살면서도 일찍 죽지만, 영리하면 오랫동안 편하게 잘살 수 있거든요. 그러다 보니 제가 영리하게 행동할 때마다 이름과는 정반대로 사는 것 같아서 마음이 불편하죠."

곽호는 잠시 철산의 눈치를 살피더니 다시 이어서 말한다.

"사실 아저씨에게 장난을 칠 때도 속으로는 많이 불편했었어요. 이거야말로 이름과는 어울리지 않는 짓이 아닌가 싶어서 말이죠. 그래도 저는 어쩔 수 없었어요. 단지 이름 때문에 지금까지 살아온 방식을 바꿀 수는 없잖아요. 그래서 운명에 대항한다는 마음으로 저지른 짓이었어요. 아저씨도 이해할 수 있죠? 운명에 항복하고 주어진 삶대로 살 수 없다는 제 마음을요."

대체 무슨 말을 늘어놓나 싶더니 결국 자신의 행동에 대한 변명이었다.

곽호의 엉뚱한 변명에 철산은 피식 웃음을 지었다.

"참 영리한 삶의 방식이구나."

철산의 칭찬에 곽호는 헤헤 웃으며 머리를 긁적인다.

"저도 지금까진 그런 줄 알았는데 오늘 보니 그렇게 영리하진 않더라고요. 아직 더 배워야 하나 봐요."

철산에게 장난을 쳤다가 호되게 당할 뻔한 일을 말하는 것이다. 하지만 만약 곽호가 장난친 대상이 철산이 아닌 다른 일반인이었다면 일이 곽호의 뜻대로 진행되었을 것이다.

그 결과가 어쩌면 피를 부르는 것일 수도 있다.

이쯤에서 따끔하게 말해줄 필요가 있었기에 철산은 표정을 굳히며 말했다.

"내가 보기엔 영리한 것을 더 배우기보다 부모님이 지어주신 이름을 따르는 것이 네 건강에 좋을 것 같구나."

철산의 말에 곽호는 등골이 오싹해져 왔다.

왠지 그 말에 토라도 달면 당장 철산의 주먹이 날아올 것 같은 착각이 들어 황급히 고개를 끄덕여야 했다.

그것은 철산이 말을 하며 은연중에 살기를 발출했기 때문이었다.

"저, 저도 그렇게 생각해요."

곽호는 두려움에 떨면서도 끝까지 한마디 하는 것은 잊지 않았다. 그 말을 끝으로 방 안에 어색한 정적이 찾아들었다. 사실, 어색하다는 것은 곽호 혼자만의 느낌이었다.

철산은 그에게 그다지 신경을 쓰지 않고 있었다.

어쩌면 방 안에 다른 사람이 있다는 사실조차 잊어버리고 있는 모습이었다. 잠시 어찌할 바를 모르고 방 안을 서성거리던 곽호는 다리가 아픈 듯 구석에 쪼그려 앉아 문 쪽을 쳐다보았다. 영악하던 얼굴에 두려움이 떠올라 있었다. 밖에 나가면 왠지 조진 등이 지키고 있을 것 같았기 때문이다.

곽호는 문을 주시하다가 철산에게 시선을 돌리고는 이내 한숨을 푹 내쉰다.

멍하니 생각에 잠겨 있는 철산을 보자 그에게 구원받은 자신이 한심하게 느껴진 것이다.

'에휴. 저런 시답잖은 작자한테 빌붙어야 하나?'

철산은 곽호의 생각을 아는지 모르는지 그저 사색에 잠겨 있을 뿐이었다.

제43장

불괴신승

불괴신승

다음날 날이 밝자마자 철산은 객잔을 나섰다.

내리쬐는 햇빛을 정면으로 받으며 걸어가던 철산이 문득 고개를 돌렸다.

두 걸음 정도 떨어진 곳에서 종종거리며 따라오던 곽호가 같이 뒤를 돌아본다. 그러나 이내 뒤에 아무도 없다는 것을 확인하고는 머쓱한 표정으로 머리를 긁적인다.

철산이 쳐다본 것이 자신임을 깨달은 것이다.

"난 숭산으로 가려고 한다."

철산이 자신의 목적지를 밝히자 곽호의 얼굴에 반색이 떠올랐다.

"엇. 잘됐네요. 저도 그쪽으로 가려던 참이었어요. 혼자 가면 심심할 테니 길동무나 해요."

말이 길동무지 실상은 그곳까지의 여비를 신세지겠다는 소리다.

상당히 뻔뻔한 말이었으나 철산은 별말없이 승낙했다.

"그러지."

사실 정말 목적지가 같은 것인지 아니면 일부러 같은 척하는 것인지 알 수 없었지만, 어쨌든 아이 혼자 먼 길을 혼자 가게 놓아두는 것도 어른이 할 짓은 아니라는 생각이었다.

물론 아이치고는 장난이 심하긴 하지만 그렇다고 크게 해를 끼칠 거라고는 생각되지 않았다.

수상한 자들에게 쫓기는 것을 보면 무슨 사정이 있긴 있을 것이다. 다만 굳이 꼬치꼬치 물어봐야겠다는 생각은 들지 않았다.

철산이 별다른 말없이 그냥 걸어가 버리자 오히려 곽호가 어이없는 기색을 드러냈다.

'아니, 느닷없이 동행이 생겼으면 당연히 이것저것 물어보는 것이 당연한 거 아냐? 나 같은 건 의심할 필요도 없다는 거야 뭐야?'

이런저런 질문이 날아올 것에 대비해 준비해 놓았던 대답들이 아깝다는 생각이 들었다. 왠지 노력을 빼앗긴 것 같다는 느낌에 철산을 노려보았으나 철산은 그저 앞만 보고 걸어갈 뿐이다.

곽호는 그 뒤를 바짝 따라붙으며 연신 주변을 두리번거렸다.

혹시 조진과 그의 패거리들이 어제의 일에 앙심을 품고 기다리고 있지 않을까 염려가 되는 모양이다. 곽호로서는 그들이 철산의 별호를 듣자마자 곧바로 짐을 싸서 줄행랑쳐 버렸다는 사실을 알 길이 없었다.

반나절이 지나도 아무 일이 없자 곽호는 드디어 마음이 놓였는지 슬슬 입을 열기 시작했다.

"그런데 아저씨, 정말 궁금한 게 있는데 며칠 전에 그 작자들 손에서는 어떻게 벗어난 거예요? 그리고 어제 그놈들하곤 또 무슨 사이예요? 왠지 아저씨를 겁내는 것 같던데."

곽호는 기회가 왔다고 생각했는지 며칠 동안 품고 있던 의문을 하나씩 끄집어냈다.

철산은 걸음을 멈추지 않고 슬쩍 곽호를 쳐다보았다.

곽호의 얼굴에는 의문이 풀릴 때까지 계속해서 물어볼 것이라는 결연한 의지가 드러나 있었다.

"며칠 전에 네 뒤를 쫓던 자들과는 네 덕분에 한차례 다툼이 있었다. 어지간하면 말로 해결해 보려 했는데 말이 통할 만한 상황이 아니라 손을 쓰게 되었지. 어제 그자들의 경우엔 딱히 나를 두려워했다기보단 자신들보다 힘있는 상대를 두려워한 거겠지."

그 말에 곽호는 묘한 표정을 지으며 다시 물었다.

"그럼 아저씨가 힘이 세다는 말인가요?"

"직접 겨뤄보진 않았지만, 어제 그들보다는 그럴 것 같구나."

'쳇. 뭐야? 결국 자기 자랑이네.'

그가 기대했던 것은 남들보다 달리기가 빨라 그들을 따돌릴 수 있었다든지, 돈을 써서 그들에게서 빠져나왔다는 따위의 대답이었다.

그런데 그런 잔꾀가 아니라 힘으로 그들을 제압했다고 하니 믿기 힘들었다. 물론 전날 그 파락호들의 태도를 보면 뭔가 있는 것 같긴 했다.

'뒤를 봐주는 사람이라도 있는 건가? 혹시 차림새는 저리 허술해도 어느 졸부의 숨겨진 아들 같은 거 아냐? 아니면 뒷골목 깡패 두목의 친척이라던가.'

곽호는 묵묵히 걸어가는 철산의 뒷모습을 유심히 쳐다보았다.

다듬지 않은 머리에 삼 년은 족히 입었음직한 허름한 옷차림은 저잣거리의 거지들보다 조금 나은 정도였는데 그럼에도 그리 흉해 보이진 않는다.

아마도 과하게 넓진 않았으나 보기 좋게 벌어진 어깨와 왠지 묵직해 보이는 분위기 때문인 것 같았다.

'깡패 쪽이 더 신빙성있군. 어제 그자들이 벌벌 떠는 걸로 봐서는 그쪽에서 이름깨나 있나 보지?'

사실 낭아도 조진이 곽호가 생각하는 것처럼 그리 녹녹한 인물은 아니었다.

비록 삼류라곤 하나 조진 역시 강호에 이름을 내걸고 사는 무림인. 일개 건달패가 두려워 꼬리를 말 정도라면 진작 무림에서 떠났을 것이다.

단지 그 대상이 건달이 아닌 철산이었기 때문에 수치심 같은 것을 느낄 겨를도 없었을 뿐이다.

그런 사실을 알지 못하는 곽호였기에 조진 등은 삼류 파락호들, 그리고 철산은 이름이 좀 알려진 파락호 정도로 여긴 것이다.

진실이야 어찌 되었든 곽호는 자신의 머릿속에 만들어진 답이 만족스러운지 히죽 웃으며 철산의 옆에 나란히 섰다.

"히히. 어른이 아이를 놀리려들다니. 나는 다 안다고요."

득의만면한 중얼거림에 철산이 힐끗 쳐다보자 곽호는 재빨리 말문을 돌린다.

"그건 그렇고 숭산에는 왜 가는 건가요? 거기엔 절하고 도관밖엔 없다고 하던데."

"수행하러 간다."

"엥? 수행? 설마 옛날 책 같은데 보면 자주 나오는 그런 비무 수행 같은 걸 말하는 건 아니겠죠?"

설마 하는 곽호의 물음에 철산은 고개를 끄덕였다.

곽호의 얼굴에 황당함이 떠올랐다.

"푸하하하. 요즘 시대가 어떤 시댄데 그런 걸 해요? 무슨 문파 깨기라도 할 속셈이에요? 그런 건 다 옛날 사람들이 자신들을 본받게 하기 위해 지어낸 이야기들이라고요. 나 같은 어린애도 아는데."

마치 웃긴 농담이라도 들은 듯 소리 내어 웃는 곽호를 보자

정말 자신이 말도 안 되는 일을 하고 있는 것 같아 쓴웃음이 나
왔다.

'나도 그렇게 생각했었던가?'

세상에 나오지 않고 양주에서 조용히 살았을 때의 그였다면
아마 지금 곽호의 반응과 크게 다르지 않았을 것이다.

그때의 철산은 싸움을 하는데 수련 같은 것을 한다는 자체
를 이해하지 못했었다. 아무리 무공을 수련한 무림인이라도
본능으로 싸우는 주먹꾼에겐 당하지 못할 것이라는 생각을 했
었다.

그랬기에 무술 도장을 다녔다고 자신이 정말 강해진 줄 알
고 거들먹거리는 자들을 보며 비웃곤 했었다.

우삼광을 찾기 위해 낙양을 오지 않았다면 그 생각은 변함
이 없었을 것이다. 그랬다면 지금쯤 자리를 잡고 평탄한 삶을
살았을지도 몰랐다.

하나 이미 우물 밖의 세상을 보았고 더불어 쓴맛까지 보게
되었다. 마음속에 응어리진 커다란 짐을 덜어내지 못한다면
당당하게 살 수 없게 된 것이다.

그 빚을 갚기 위해선 수행을 해야 했다.

그들, 무림인들이 수련을 통해 그렇게 강해질 수 있다면 자
신과 같은 주먹꾼 역시 수련으로 강해질 수 있음을 보여주기
위해.

그래서 마음의 응어리를 모두 풀어내기 위해.

그렇게 여기까지 오게 되었다.

물론 그런 사정을 알지 못하는 곽호였으니 저런 반응은 당연한 것이었다.

곽호는 철산이 가타부타없이 피식 웃어버리자 답답하다는 듯 가슴을 콩콩 쳤다.

"아휴. 아직도 모르겠어요? 아저씨한테 수련인가 뭔가 시킨 그 사람한테 속은 거라니까요. 그런 식으로 고수가 될 수 있으면 무림에는 진작 고수들로 넘쳐 나지 않았겠어요? 안 그렇다는 건 제 말이 맞다는 거잖아요."

곽호는 철산의 뒤를 졸졸 따라다니며 계속해서 입을 쉬지 않았다. 마치 철산의 생각을 바꾸는 것이 지상과제라도 되는 양 설득에 매우 열심이다.

철산은 듣는 둥 마는 둥 하며 가끔 고개를 끄덕여 주는 것으로 맞장구쳐 줄 뿐이다.

사실 근 몇 년간 항상 혼자서 지내다시피 했던 그에겐 이토록 계속해서 걸어오는 대화가 귀찮기도 했다. 그러면서도 한편으로는 쫑알쫑알 떠들어대는 것이 싫진 않았다.

'길 가는데 심심하진 않겠군.'

곽호의 설득은 관도를 반나절 걸어 다른 마을에 접어들 때까지도 이어졌다. 그는 자신의 박식함을 자랑하는 것을 즐기고 있는 듯했다.

"제가 산채… 아, 아니, 전에 살던 곳에 친하게 지내던 아저씨들이 무림에 대해 잘 알아서 들었는데요. 무공이라는 것은 어렸을 때부터 명가에 입문해서 체계적으로 배우지 않으면 아무 소용 없는 거래요. 그렇지 않으면 아무리 잘 배워봤자 고수가 될 수 없다더라고요. 그러니까 결국 아저씨가 아무리 여기저기 떠돌아다니면서 배워봤자 제대로 무공 익힌 사람들한텐 한 주먹거리도 안 된다는 말이에요. 그런 진짜 무림인은……."

곽호가 말을 이어가고 있을 때 마을 곳곳에서 시끌벅적한 말소리가 들려왔다.

"청호무관에서 불괴신승이 신공을 보여주고 계시대."

"또?"

"허허. 몇 번이면 어떤가? 우리 같은 사람이야 그런 진귀한 구경은 눈요깃거리 아니던가?"

"그건 그렇지. 그럼 빨리 가보세."

사람들의 대화 소리에 곽호의 얼굴에 반색이 떠오른다.

"우리도 거기 구경하러 가요."

"불괴신승이란 것이 소림의 그 스님을 말하는 것이냐?"

"맞아요. 그 불살부괴(不殺不壞) 불투부괴(不鬪不怪)한다는 중이에요. 그 외에 불괴신승이라 불리는 사람이 달리 누가 있겠어요?"

불살부괴(不殺不壞) 불투부괴(不鬪不怪).

그 여덟 글자가 포현하는 괴팍한 승려에 대한 이야기는 남궁산에게 들어본 기억이 있었다.

소림이 낳은 최고의 괴승이라 했던가?

불괴신승의 실제 법명은 정구(正口)였다.

정구는 날 때부터 소림에서 키워져 나이 스물이 채 되기 전에 나한십팔공을 모두 익혀, 한때는 기재 중의 기재라 불렸었다.

하나 그의 괴행이 시작된 것은 그의 속세 나이 스물다섯 때부터였다. 소림을 지탱해 줄 무승으로 잘 커가던 그가 돌연 무공 수련을 그만둬 버린 것이다.

천하 무림인들이 누구나 바라마지 않는 소림의 신공비급들이 주어졌음에도 그는 거들떠보지도 않았다.

이유를 묻는 사문 어른들의 질문에 그는 이렇게 말했다고 한다.

"무공을 익히게 되면 힘을 써보고 싶고, 힘을 쓰게 되면 사람을 상하게 되지 않겠습니까? 그렇게 되면 승려가 마땅히 지켜야 할 십계(十戒)를 어기게 되는 것이니 저의 행동은 그런 사태를 미연에 방지하고자 함입니다."

승려로서 마땅히 지켜야 할 마음가짐인 것은 분명하다.

하나 소림이 그런 것을 몰라서 무승을 키우는 것이 아니지 않는가?

무림에 반쯤 발을 담갔으니 자의든 타의든 유사시에는 스스로를 지키고 보호해야만 했다. 그렇기에 불도를 닦는 측면에서 너무도 당연한 정구의 말은 현실상 당연하지 않은 것이었다.

그런 원로들의 말에 정구는 다시 답을 했다.

"몸을 지키기 위해서라면 굳이 사람을 상하게 하는 무공을 익힐 필요가 없습니다. 저는 남의 공격에 스스로 무너지지 않는 공부를 쌓겠습니다."

그 이후 그는 다른 모든 무공을 포기하고 외문기공만을 익히기 시작했다. 무공의 기재였기 때문인지 그는 단 삼 년 만에 대공을 이루었다며 나타나서는 원로들에게 이와 같이 말했다.

"이제 저는 어떤 공격에도 무너지지 않는 불괴의 몸이 되었습니다. 더 이상의 무공은 제게 필요치 않습니다."

그의 말대로 그는 결코 무너지지 않았다.
호남의 사파 거두라는 독패권 이장생이 시비를 걸고 무공을 자랑했다가 주먹이 퉁퉁 부은 채로 도망쳐야 했고, 산동의 고수 잔혈마도 엽광이 돈을 내놓으라고 그의 앞을 가로막았다가 서른일곱 자루의 칼을 부러뜨리고 칼 값도 못 건진 채 물러났다.
그들은 물러나며 하나같이 이렇게 소리쳤다고 한다.

"이런 돌중!"

돌중.

불괴신승을 달리 표현한 말이다.

불투(不鬪) 불살(不殺) 불괴(不壞).

결코 싸우지 않고 죽이지 않으며 쓰러지지도 않는다.

그의 괴이한 원칙을 이해하지 못한 무림인들은 괴팍하다는 뜻을 반대로 비꼬아 그를 불괴승이라 불렀다. 그리고 반대로 그의 행동이 옳다 여긴 사람들은 그렇지 않다는 뜻을 담아 그를 불괴신승이라 불렀다.

중으로서는 지극히 옳았으나 무림인으로 보아서는 괴이한 인물.

괴이하면서도 괴이하지 않다는 의미가 담긴 불괴(不怪)라는 말이 그대로 별호가 된 승려. 그가 바로 불괴신승이었다.

남궁산이 그에 관해 이야기 할 때 상당히 묘한 표정을 지었다.

"가진 것, 그리고 가질 수 있는 것을 내어놓는다는 것이 얼마나 어려운 일이던가? 그런 의미에서 그는 존경받아야 할 사람이긴 하지. 무림인이기 이전에 출가인으로서의 본분을 지켰으니 말이지. 그런 측면에서만 보자면 소림의 모든 승려들이 창피해야 할 일이야. 승려이면서도 무공이라는 세속의 때를 버리지 못했으니까. 그러니 분명 존경 받아야 할 부분이 있긴 한데……."

이 부분에 이르러 남궁산은 인상을 살짝 찌푸렸었다.

고개를 절레절레 젓던 남궁산의 모습이 떠오르려는 찰나,

곽호의 손에 이끌려 들어가려던 작은 무관에서부터 우레와 같은 환호성이 터져 나왔다.

"와아. 스님 대단하오."

"꺄아악. 스님 오빠 최고!"

좁은 무관을 가득 채운 마을 사람들. 그리고 그들의 시선을 빼앗고 있는 것은 웃통을 벗고 올록볼록 우람한 근육들을 드러낸 채 몸을 자랑하고 있는 중년 사내, 아니, 승려였다.

파르스름하게 빛나는 머리와 승복으로 보이는 바지, 그리고 주변의 환호가 아니었다면 결코 승려임을 알 수 없었을 것이다.

"껄껄껄. 이 정도는 아무것도 아니라오. 소승이 왕년에 길을 가는데 돈이 떨어져 있기에 그것을 줍다가 미쳐 날뛰는 황소하고 박치기를 한 일이 있었는데… 여기 보시오, 여기. 이게 그때 난 흉터요. 그때 황소가 꽥 소리를 내더니 풀썩 쓰러져 버립디다. 아 황소 주인이 뒤늦게 달려와서 스님 괜찮냐며 안절부절못했지만 소승은 아무 끄떡도 없었다 이거요. 응? 그래서 황소는 어찌 됐냐고? 이 양반아, 어찌 되긴 뭘 어찌 돼? 당연히 잡아 먹었… 헙. 이건 못 들은 걸로 하시오. 아무튼 세상에 소승보다 몸이 튼튼한 사람은 없을 거라는 거요. 그런데 소승이 날 때부터 이렇게 몸이 튼튼했느냐? 아무리 통뼈라도 이렇게 튼튼할 수는 없는 일. 소승을 이렇게 튼튼하게 만들어준 것은 바로 이 중환단! 이 중환단이 무엇이냐? 시주들도 소림의 대환단, 소환단에 대해서는 들어보셨을 거요. 바로 그 중간쯤 되는 영약으로 대환단만큼은 못하지만 소환단보다는 뛰어난 것이 바로 이 중환단인 것이오. 그럼 이 중환단의 효용이 무엇이냐?"

청산유수와 같이 흘러나오는 말소리는 여느 저잣거리의 약장수에 비교해 전혀 꿀리지 않는 전문인의 그것이었다.

그 어이없는 광경에 여간해선 놀라지 않는 철산도 입을 다물 수가 없었다.

불괴신승이라 하면 어찌 되었든 무림에서도 유명한 인물.

무슨 일이 있어도 상대를 공격하지 않는다는 말에 혹한 자들이 무수히 그를 찾았다. 불괴신승을 이기지 못해도 그에게 당할 위험이 없고, 반대로 그를 쓰러뜨리기만 하면 단번에 큰 명성을 얻을 수 있었으니 사파의 인물들이 그런 그를 가만 내버려 둘 리가 없었다.

물론 실력이 뛰어난 자라면 그런 요행을 쓰지 않아도 진작 명성을 얻었을 테니 주로 불괴신승을 찾는 이들은 일류라 부르기엔 실력이 조금 떨어지는 작자들이긴 했다.

하나 운이라도 기대하고 찾아드는 이들이 기백 명은 되었을 텐데 그 어느 누구도 목적을 달성하지 못한 것을 보면 불괴신승의 대단함은 헛소문만은 아닐 것이다.

그런 인물과 눈앞에 보이는 약장수 비스무리한 승려를 대입시키기란 상당히 어려운 일이었다.

곽호 역시 철산의 생각과 그리 다르지 않은 모양이었다.

"에엑? 저게 뭐야? 할머니, 저 땡중이 진짜 불괴신승 맞아요?"

확인차 옆에 앉아 있는 노파에게 물어보자 노파는 두 번 생각하지 않고 고개를 끄덕인다.

"아암. 저분이 바로 대단한 신승이시지. 내 삼십 년을 달고 살았던 요통도 저분이 파는 중환단을 먹고 말끔히 나았단다. 홀홀홀."

노파의 대답에 곽호는 어이없는 표정으로 고개를 절레절레 내둘렀다. 하지만 철산은 곽호와는 달리 처음처럼 어이없진 않았다.

이야기 중간중간에 불괴신승이 자신의 몸을 돌이나 각목 같은 것으로 후려치는 것을 보았기 때문이다.

사람들을 자신의 이야기에 몰입하게 만들기 위한 행동일진 데 장터의 어지간히 요령있는 차력사라면 누구나 보여줄 수 있는 재주다.

그것을 아는 것은 철산이 예전 양주에 살 때 차력을 하며 약을 파는 사람들과 어울릴 기회가 있었기 때문이다. 그때 그들에게 몇 가지 묘기가 그리 어렵지 않은 요령만 있으면 아무나 할 수 있는 것임을 알고 어이없어했던 적이 있었다.

사실 무공을 익힌 무림인이라면 굳이 차력이 아니더라도 내공을 이용하여 저런 묘기쯤은 간단히 보여줄 수 있다.

그런데 불괴신승은 어떤 내공이나 요령도 쓰지 않고 순수하게 자신의 몸과 근력만 사용하여 그런 묘기를 보여주고 있었다.

돌을 몸에 부딪쳐 박살 내고, 각목을 머리로 두 동강 내는데 조금도 주저함이 없다. 그것은 몸이 정말로 돌보다 단단하게 단련되지 않으면 결코 보여줄 수 없는 묘기인 것이다.

게다가 노파의 말대로라면 저 중환단이라는 것이 대환단이니 소환단이니 하는 것만큼은 아닐지라도 어느 정도 효용이 있을 것이다.

비록 세간에 알려진 것과 같이 거룩한 성승의 모습은 아니지만 그렇다고 소문이 완전히 헛된 것도 아닌 모양이었다.

그 즈음에 이르자 철산은 남궁산의 지었던 묘한 표정과 말을 이해할 수 있었다.

"아무리 봐도 그놈은 중이 될 재목은 아니었어. 그렇게 입이 가볍고 자기 잘난 맛에 사는 놈을 데려다 머리 깎여놓고 중을 시켜놓았으니… 쯧쯧."

남궁산의 말을 되새기고 있을 때 불괴신승은 한차례 일장연설을 끝내고는 또다시 묘기를 선보이고 있었다.

이번에 그가 보이는 묘기는 건장한 장한들을 불러 자신의 몸을 때리게 하는 것이었다. 외문기공을 익히지 않은 자라면 결코 하기 힘든 묘기.

몇몇의 장한들이 앞으로 나선다. 필시 마을에서 힘깨나 쓴다는 인물들일 것이다.

그들이 주먹을 붕붕 휘두르며 불괴신승의 몸을 여기저기 후려팼다. 그리고는 각기 자신들의 주먹을 아픈 듯이 부여잡고는 물러난다.

그 모습에 마을 사람들의 함성이 또다시 터졌다.

"어허. 이 마을 젊은 시주들 몸보신 좀 해야 쓰것소. 저~ 짝 아래 마을보다 영 비리비리 하구만."

그 말에 오기가 생긴 마을 청년 몇이 또 나섰다가 망신만 당하고 들어간다.

"또 없소? 누구든 소승에게 충격을 줄 수 있다면 이 중환단 한 꾸러미를 공짜로 드리겠소이다."

그의 어투는 절대로 그럴 일은 없다는 듯 자신만만했다.

자신감을 넘어 약간은 거만해 보이기까지 했지만 선뜻 나서는 사람은 없었다.

그도 그럴 것이 윗마을 아랫마을 통틀어 힘깨나 쓴다는 청년들이 모두 실패했으니 그들만 못한 이들로서는 괜히 나서봤자 웃음거리만 될 뿐이었다.

무관 안에 잠시 정적이 흘렀다.

"험험. 뭐 없는 것 같으니……."

불괴신승이 그럴 줄 알았다는 듯 웃으며 다음 순서로 넘어가려 할 때였다. 조용한 구경꾼들 사이에서 한 아이가 외쳤다.

"우리 사부님이 도전해 보신대요!"

사람들의 이목이 모두 소리가 들려온 아이에게로 향했다.

아이는 물론 곽호였다.

곽호는 자신에게 쏠린 사람들의 시선을 의식하자 손가락으로 자신의 옆을 가리켰다.

사람들의 시선이 그 손가락을 따라 그의 옆에 버티고 서 있는 철산에게로 옮겨졌다.

"호오. 힘 좀 쓰게 생겼는데?"

"장씨보다 힘아리없어 보이는구만 뭘."

여기저기서 사람들의 수군거림이 들려왔다.

철산은 곽호를 힐끗 쳐다보았다.

곽호는 장난과 호기심이 반반 뒤섞인 표정으로 말했다.

"아저씨가 세다고 하길래 한번 보고 싶어서요. 뭐 어때요? 위험한 것도 아닌데."

하지만 많은 사람들이 지켜보고 있는 가운데 눈요기 삼아 힘을 드러낸다는 것은 위험함과는 다른 의미에서 부담스러운 상황이었다.

그런 철산의 심정을 아는지 모르는지 불괴신승은 빙그시 웃으며 손짓을 했다.

"껄껄껄. 부담 갖지 말고 나오시오. 내 살살 맞아드리리다."

불괴신승의 넉살 좋은 말에 사람들이 가가대소 웃어젖히며 너도나도 부추긴다. 철산은 어쩔 수 없이 무관의 중앙으로 나섰다.

불괴신승의 정면으로 다가서자 농담을 하며 여유를 보이던 불괴신승이 약간 놀란 표정을 지었다.

"허허. 시주는 무슨 무술 같은 걸 한 모양이오?"

철산을 제대로 보자 그의 몸매가 다른 사람과 다름을 느낀 것이다. 잠시 철산을 살피던 불괴신승의 시선이 보통 사람과 비교할 수 없이 굵은 철산의 목덜미와 팔뚝을 차례로 훑었다.

그 시선이 수많은 흉터와 굳은살이 뒤덮인 손등에 이르자 각지게 나와 있던 불괴신승의 가슴팍 근육이 놀라듯 움찔한다.

"허허. 이번에는 아무래도 준비 좀 하고 맞아야겠소."

전과 다른 불괴신승의 말에 사람들은 일말의 기대를 가지고 시선을 집중했다.

헙헙거리며 몸을 풀던 불괴신승이 기마자세를 취한다.

"자, 내가 신호를 보내면 치시오. 후웁."

그가 호흡을 깊게 들이쉬자 놀라운 일이 벌어졌다. 그렇지 않아도 보통 사람보다 훨씬 우람한 근육들이 두 배가량이나 커진 것이다.

"우와!"

사람들의 경악성이 여기저기서 터져 나왔다.

불괴신승은 마치 바람 들어간 가죽공마냥 순식간에 부풀어 오른 몸을 자랑하듯 가슴을 팡팡 소리 나게 치며 말한다.

"이제 치시오."

두껍게 자리 잡은 복근과 가슴의 근육이 더욱 깊이 파이며 꿈틀거렸다. 상당한 힘을 집중하고 있는 모양이었다.

그 모습에 철산은 약간의 갈등에 빠져야 했다.

불괴신승의 신공이 대단해 보이긴 했으나 자신의 주먹은 집채만 한 천연 바위조차 일격에 부서뜨린다. 불괴신승에 대한 걱정을 하지 않을 수 없는 것이다.

철산이 쉽게 손을 쓰지 못하고 머뭇거리자 불괴신승의 이마에 조금씩 힘줄이 돋아났다.

"험험. 시주, 어서 치시오."

하나 철산은 아무리 생각해 보아도 내키지가 않는다.

"하지 않는 것이 좋을 것 같습니다."

철산이 그렇게 말하며 물러나자 불괴신승의 얼굴이 조금 더 붉어졌다.

"어허. 거참. 쳐보라니까. 시주 같은 사람한테 얻어맞는다고 소승이 다치거나 하진 않소이다. 그냥 빨리 치는 것이 소승을 돕는 일이오."

불괴신승이 그렇게까지 호전적으로 말해오자 철산도 약간의 호승심이 생겼다. 수많은 무림인들의 공격에도 끄떡 않았다는 불괴신승에게 자신의 힘이 통할지 알아보고 싶은 욕구다. 또한 힘에 사정을 둔다면 큰일이야 생길까 싶기도 했다.

철산이 잠시 생각 끝에 다시 앞으로 나서려고 할 때 불괴신승이 더 견디기 어려웠던지 참고 참았던 숨을 푸확 내뱉으며 버럭 소리를 질렀다.

"빌어먹을. 숨 막혀 죽겠네. 좀 쳐주시오!"

사자후와도 같은 그의 고함에 철산은 더 이상의 망설임을 버릴 수 있었다.

"그럼 조심하십시오."

쉬익.

매끄럽게 미끄러진 철산의 오른 주먹이 뒤로 크게 젖혀졌다.

그 기세에 불괴신승의 안색이 대변했다.

그는 지금 참고 참았던 숨을 내뱉느라 바짝 긴장시켰던 몸이 풀어진 상황이었다. 지금 이 순간 각진 근육을 자랑하던 그의 가슴은 나잇살을 이기지 못해 축 처졌고 배는 올챙이마냥 불룩하게 솟아나왔다. 그런 상태에서 철산이 무시무시한 기세로 주먹을 휘둘러 오고 있는 것이다.

"잠……."

멈추라고 말을 하기에는 이미 늦었다.

불괴신승은 다급히 숨을 들이마시며 몸을 쇠처럼 단단하게 굳히려 했다.

그러나 그러기엔 철산이 움직임이 지나치게 빨랐다.

부웅.

바람 소리가 들린다 싶은 순간, 철산의 주먹은 이미 불괴신승의 복부에 닿아 있었다.

"흐읍!"

빠악!

급하게 들이쉰 숨이 코와 입으로 삐져나오는 기묘한 소리가 둔중한 격타음에 섞여서 울려 퍼졌다.

태산같이 굳건하던 불괴신승의 몸이 크게 한차례 들썩인다.

철산이 주먹을 빼며 물러났다.

조금 전 무슨 소리를 들은 것 같았기에 고개를 들어보자 불괴신승은 인자한 표정으로 웃고 있었다.

"스님, 괜찮으십니까?"

철산의 물음에 불괴신승은 태연히 등을 보이고 돌아서서는 여유로운 태도로 뒷짐을 진다.

"허허허. 소승은 아무렇지도 않소. 이 정도 충격쯤은 아무 것도 아니외다."

그때 불괴신승의 앞쪽에서 무관의 제자인 듯 보이는 청년이 조심스럽게 그에게 다가갔다.

"저… 사숙님, 정말 괜찮으십니까?"

"어허. 괜찮대도."

"그… 그런데 입에서 피가……."

"으잉? 피?"

청년의 말에 불괴신승은 당황한 듯 입가를 슥슥 문지르더니 헛기침을 한다.

"험험. 이 이건 잘못해서 혀를 깨물어서 그런 게다. 난 끄떡 도 없어."

"검은데요?"

"어허. 검든 희든 난 아무… 뭬, 뭬야? 피가 검어? 이런 제기 랄. 어서 중환단, 아니, 대환단. 대환단을 가져와라. 없으면 본 사에 가서 훔쳐서라도 가져와!"

불괴신승의 처절한 고함 소리가 진정되었을 때쯤엔 무관 안 에 구경꾼은 철산과 곽호만이 남게 되었다.

결국 그날의 청호무관에서의 구경거리는 그것으로 끝이 난 것이다.

"어험. 이거 소승이 추태를 보였구려."

한참 동안 난리법석을 떨더니 중환단을 병째로 들이부어 우적우적 씹어 먹고 와서는 하는 말이었다.

불괴신승의 말에 철산은 미안함을 금치 못했다.

"죄송합니다. 역시 하지 말았어야 했는데."

철산의 사과에 불괴신승은 허허 웃으며 손을 내저었다.

"아니오. 가끔 이런 충격도 받아야 몸이 녹슬지 않는다오. 이 정도 충격은 아주 적당하다 할 수 있소."

괜찮다는 듯 웃는 그의 모습을 빤히 쳐다보던 곽호가 머리를 갸웃거리며 묻는다.

"스님, 정말 괜찮으신 거 맞아요?"

"괜찮다고 했지 않느냐? 이렇게 웃으면서 말하는걸 보면 모르겠느냐?"

"그런데 왜 울고 있어요?"

곽호의 말에 불괴신승은 급히 눈가를 훔친다.

"아, 아냐. 우는 게 아니란다. 이… 이건 그래. 땀이야 땀. 난 특이 체질이라 가끔 눈에서도 땀이 나거든. 어허 덥다. 여기 왜 이렇게 더워? 눈에서 땀이 식을 줄을 모르는구먼."

어색하게 손부채질을 하는 그의 모습에 철산은 웃음을 억지로 참아야 했다. 다행히 그에게 큰 부상은 없는 듯했기에 한결 마음이 놓인 것이다.

이런 무의미한 일로 인해 사람이 다친다면 그것이야말로 불행한 일이 아닌가?

불괴신승이 다치지 않았음을 확인하자 철산은 포권을 하며 일어났다.

"전 그럼 이만 가보겠습니다."

철산의 인사에 불괴신승이 다시금 당황한 기색을 띤다.

"아니, 가긴 어딜 간다고 그러오? 여기서 조금 더 놀다 가시오. 내 아직 보여줄 묘기가 많이 남았다오."

"가봐야 할 곳이 있습니다."

철산이 소림사를 향하고는 있으되 급히 가야 할 일은 아니었다.

그럼에도 불괴신승의 만류를 거절하는 것은 이곳에 있자니 왠지 분위기에 휩쓸리는 것 같았기 때문이었다.

조금 전 불괴신승을 향해 주먹을 내지른 일도 그렇지만, 그뿐 아니라 지금 이 순간에도 불괴신승이 멀쩡한 것을 확인하자 안심이 되는 한편 다시 한 번 주먹을 실험해 보고 싶은 생각이 치밀어 오르고 있었다.

처음엔 그것이 구경꾼들의 부추김에 평정심이 깨어진 탓이라 생각했었는데 지금에 와서 보니 불괴신승 스스로가 주변에 그런 기분을 느끼게끔 유도하고 있는 것 같았다.

물론 불괴신승이 고의적으로 주변의 호승심을 불러일으킨다고는 생각지 않았다.

철산의 생각에는 불괴신승의 인간됨이 워낙 속세에 때 묻지 않고 감정에 솔직했기에 그런 것 같았다.

아이의 곁에 있으면 따라서 아이가 된다고, 항상 자신의 외공에 대한 자부심을 가지고 다른 사람과 겨루어보고자 하는 그의 행동이 주변 사람들의 마음까지 움직이는 것이다.

그러고 보면 불괴신승에 얽힌 고수들은 딱히 그들이 잘못했다기보단 그런 분위기에 휩쓸려 손을 쓴 경우가 더 많았을 듯 싶었다.

철산은 그런 상황을 대충이나마 눈치 챘기에 이렇게 떠나려 하는 것이다. 호승심을 가지는 것이 나쁜 것은 아니었으나 과하면 피곤할 테니까.

그런 철산의 태도에 불괴신승은 안절부절 어쩔 줄을 몰라했다.

마치 연인과 헤어지는 시간을 안타까워하는 것 같은 그의 표정에 철산은 의아하여 물었다.

"제게 달리 무슨 할 말이 있으십니까?"

철산의 말이 떨어지자마자 불괴신승은 기다렸다는 듯 냉큼 말한다.

"시주는 인과의 법칙이라는 것을 들어보았소? 우리 불문에서 가장 중시하는 말인데, 쉽게 말해서 모든 결과에는 원인이 있다는 말이오. 소승이 이런 무관에서 약장사, 아니, 중생구제를 하게 된 것에도 이유가 있고 또한 시주가 이곳에 온 것에도 물론 이유가 있지요. 모든 일에 적용되는 것이 바로 인과의 법칙이니 조금 전 시주가 소승을 가격한 일을 결과라 친다면 그 일에 따른 원인은 바로 소승과 구경하던 여러 시주들의 부추김 때문이었지요. 또한 그 일을 원인이라 친다면 그 결과는 소승이 입에서 피를 토하는 것으로 나타났소이다. 그렇다면 소

승이 피를 토한 것을 원인이라 친다면 그 결과는 무엇이 되어야 하겠소?'

장황하면서도 빠르게 쏟아지는 그의 말은 철산으로서도 제대로 이해하기 힘들었다.

"무슨 말씀이신지?"

철산이 의아하며 묻자 불괴신승의 얼굴에 그제야 화색이 감돈다.

"간단하오. 대시오."

팔소매를 어깨까지 걷어붙이는 불괴신승이었다.

청호무관의 제자들은 자신의 차례라며 바락바락 소리 지르는 불괴신승을 뜯어말리느라 한참 동안 고생해야 했다.

'정말 괴승은 괴승이로군.'

중이 될 재목이 아니라는 남궁산의 말이 매우 공감이 갔다.

한참 후에야 진정이 된 불괴신승은 아무 일도 없었다는 듯 처음과 같은 인자한 웃음을 보내왔다.

"허허. 이거 또다시 추태를 보이게 되었구려. 가끔 스스로를 통제하지 못해 이런다오. 이해하시오."

누가 보았다면 전혀 다른 사람인 줄 알았을 것이다.

문득 불괴신승이 다른 무공을 익히지 않은 것은 정말 탁월한 선견지명이었을지도 모른다는 생각이 들었다.

자신도 모자라 주변 사람까지 들끓게 만드는 호승심을 지닌 인물이 고강한 무공까지 익혔다면 아마 많은 사람이 봉변을 당했을 것이다.

그나마 남을 상하게 하지 않는 외공만을 익혔으니 이 정도 였지, 그렇지 않았다면 무림에는 한 명의 골칫거리가 생겼으 리라.

추론이야 어찌 되었든 지금의 불괴신승은 다소 광기가 있긴 하되 평소에는 매우 인자한 중년 스님이었다.

"볼일이 있으시다고? 그럼 어서 가보시오. 소승 때문에 많 이 지체하게 되었구려."

부드러운 목소리와는 달리 어깨는 금방이라도 주먹을 내뻗 을 듯이 움찔움찔거린다.

철산이 인사를 하며 일어나려 할 때 별말없이 조용하던 곽 호가 입을 열었다.

"스님이 정말 불괴신승 맞아요?"

"속세에서는 그렇게도 부르는 것 같더라만, 정확한 법명은 정구란다. 그런데 그건 왜 묻느냐?"

불괴신승의 물음에 곽호의 얼굴에 잠시 갈등의 빛이 떠올랐 다.

그러다 무언가 결정했다는 듯 입술을 지그시 깨물더니 다시 묻는다.

"그럼 혹시 곽동이라는 분을 아세요? 스님과 막역한 사이였 다고 하던데."

"음? 곽동?"

불괴신승이 고개를 갸웃거렸다. 낯선 이름인 모양이다. 곽호가 초조한 표정으로 설명을 덧붙인다.

"산동의 호랑이라고 불렸던 분인데 모르시겠어요?"

"산동 호랑이? 아하! 어린 시주가 말하는 게 혹시 산동의 고양이 곽칠이 아닌가?"

"으잉? 곽칠? 아버지 이름이 곽칠이었어요?"

뜻밖이라는 곽호의 말에 불괴신승은 웃음을 참기 힘들다는 듯 껄껄거린다.

"네가 곽칠의 아들이었구나. 네 아버지 원래 이름이 곽칠이었는데 그 이름이 너무 평범하고 촌스럽다면서 바꾼 이름이 곽동이었지. 그래, 이제 생각나는군."

불괴신승의 설명에 곽호의 안색이 대번에 밝아진다.

"그런 걸 알고 있는 걸 보면 정말 불괴신승이 맞으시군요. 조카의 절 받으세요."

곽호는 말이 끝나기도 전에 넙죽 엎드려 절을 했다.

"어허. 조카라고 할 것까지야……."

불괴신승은 난처한 듯 말은 하면서도 사양하진 않는다.

곽호가 절을 마치고 자리에 앉자 불괴신승은 의미심장한 얼굴로 말을 꺼냈다.

"그래, 날 찾아왔다는 것은 뭔가 볼일이 있는 거겠지?"

"네. 아버지의 말씀과 한 가지 물건을 전하러 왔어요."

불괴신승의 얼굴에 기대감이 떠올랐다.

"그래그래, 나는 그가 신의가 있음을 진작부터 알고 있었지. 그럼 빨리 꺼내봐라."

그 말에 곽호가 철산을 힐끗 쳐다본다.

그 경계의 눈빛을 덤덤히 받으며 철산은 자리에서 일어났다.

어차피 남의 일에 끼어들 생각도 없기에 별로 미련도 없었다.

"그럼 전 이만 가보겠습니다."

불괴신승은 철산이 곽호와 일행인 줄 알았던지 약간 의외라는 표정을 드러냈을 뿐 굳이 붙잡지는 않았다.

철산이 나가자 곽호가 자신이 찾아온 목적을 꺼내놓았다.

"스님, 아버지를 도와주세요."

난데없는 곽호의 말에 불괴신승은 어리둥절한 표정을 짓는다.

"으잉? 넌 돈 갚으러 온 것이 아니었단 말이냐?"

이번에는 곽호가 어리둥절해 한다.

"엥? 돈이요? 아버지가 돈을 빌렸었나요?"

"십 년 전에 은자 열다섯 냥을 도둑질하듯이 빌려갔었지. 난 네가 그걸 갚으러 온 것인 줄 알았는데?"

"전 그냥 스님이 아버지하고 막역한 사이라기에 도움을 청하러……."

"막역은 얼어죽을. 똥 싸다 뒷간에 빠져 허우적거리기에 건져 났더니 돈 안 내놓으면 똥을 묻힌다고 해서 어쩔 수 없이 돈을 빌려준 사이일 뿐이야. 젠장. 꼭 갚는다고 해서 십 년을 하루같이 기다렸거늘. 그놈은 분명 돈 빌린 것도 잊어버리고 있을 거야."

불괴신승은 생각하면 노기가 치솟는지 이를 바드득 갈았다.

그의 반응에 곽호는 당혹스러운 얼굴로 물었다.

"그럼 아버지를 도와주지 않으실 건가요?"

"나보고 돈도 안 갚는 신용없는 인간을 도우란 말이냐? 게다가 난 당분간 이곳을 떠나지 못할 처지야."

곽호의 얼굴에 절망스러움이 떠올랐다. 잠시 고개를 숙이고 있던 그가 기운없이 품 안에서 얇은 서첩을 꺼낸다.

"그, 그럼 이건 어쩌죠?"

"그게 뭔데?"

곽호가 꺼낸 서찰을 시큰둥하게 살펴보던 불괴신승의 안색이 크게 변했다.

"아무래도 너의 이야기를 자세하게 들어봐야 하겠구나."

조금 전과 달라진 그의 태도에 곽호의 얼굴에 다시금 기대감이 생겨난다.

"몇 달 전의 일이었어요."

작은 무관 안에 곽호의 이야기 소리가 흘러나오기 시작했다.

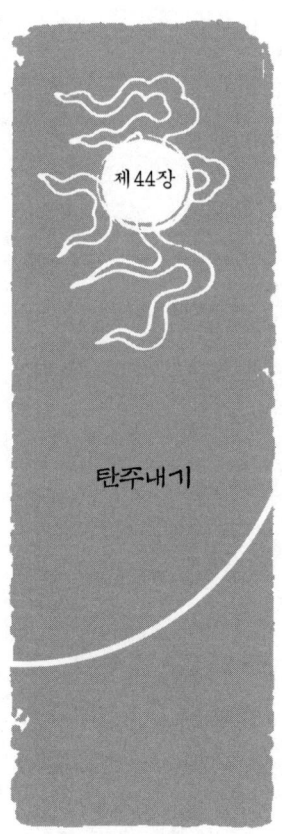

제44장

탄주내기

탄주내기

청호무관을 나온 철산은 천천히 걸음을 옮겼다.

그의 머릿속으로는 조금 전 불괴신승과의 일이 떠오르고 있었다.

그가 느낀 바로는 불괴신승의 외공은 정말 대단한 것이었다.

결코 완전하지 않은 상태에서 부딪쳤음에도 철산의 주먹은 그에게 거의 충격을 주지 못했었다.

마치 주먹에 실린 힘이 불괴신승의 몸에 닿자마자 흩어지는 듯한 기분이었다.

철산도 그동안 비무행을 하며 많은 외공의 고수를 만났지만 철산의 주먹은 그들에게도 충분히 통했었다.

불괴신승과 같이 막연한 기분을 느끼게 한 상대는 없었다.

만약 그런 상대가 적이라면 어떻게 싸워야 할지 쉽사리 떠오르지가 않았다.

아마 불괴신승이 외공 외의 무공은 배우지도 쓰지도 않을뿐더러 무엇보다 싸우지 않는다는 철칙이 있음을 몰랐다면 망설임없이 그에게 비무를 청했을 것이다.

'확실한 것은 절대 쉬운 상대는 아니라는 거겠지.'

소림사로 행로를 잡은 것이 새삼 잘한 선택이었다는 생각이 들었다.

불괴신승과 같은 인물을 키운 소림사라면 분명 철산을 난감하게 만들 정도의 고수들이 많을 것이다.

그런 생각에 철산의 발길이 조금씩 빨라지려 할 때, 뒤에서 급하게 달려오며 외치는 소리가 들려왔다.

"아저씨, 같이 가요!"

철산이 힐끔 뒤를 돌아보자 저 멀리 달려오고 있는 곽호가 보였다.

"헉헉. 무슨 걸음이 그렇게 빨라요?"

곽호는 철산의 앞에 이르자 턱에까지 차 오른 숨을 가라앉히며 투덜거렸다.

철산은 그의 호흡이 안정되길 기다려 물었다.

"너는 정구 스님께 볼일이 있었지 않느냐?"

"그 스님 완전 사이비예요. 한참 동안 이야기하게 하더니 결국엔 자긴 아무것도 할 수 없다면서 아저씨하고 같이 소림사로 가보라고 하더라고요."

"나와?"

"네. 아저씨도 소림사에 용무가 있다고 하니까 꼭 아저씨하고 같이 가라면서 서신까지 써주던데요?"

결국 다시 소림사까지 철산에게 신세를 지겠다는 소리였다.

아이와의 동행은 자칫 행보를 늦추게 할 수 있는 일이었지만, 딱히 급할 것 없는 철산으로서는 크게 문제 될 것은 없었다.

게다가 그동안 같이 걸어오면서 곽호가 뒤처지지 않기 위해 부지런히 움직이는 것을 보기도 했기에 쉽게 고개를 끄덕였다.

그렇게 다시 동행이 되어 나흘 정도를 걸어가자 숭산이 위치한 등봉현에 이르렀다. 마을에서 하루를 쉬고 이튿날 날이 밝자마자 숭산을 올랐다.

산행이었음에도 워낙 사람 발길이 잦은 길인지라 오르기가 매우 수월했다.

철산과 곽호가 산문에 접어들었을 때는 정오가 다 되었을 무렵이었다.

산문 안으로 돌로 만들어진 계단을 타고 올라가자 건물들이 보이기 시작했다.

본전이 보이는 곳에 이르러 주변을 둘러보고 있을 때 서른 남짓한 승려가 다가왔다.

"소승은 지산이라 합니다. 두 분 시주께서는 관람을 오신 것인지요?"

산문을 올라온 이들은 철산과 곽호 말고도 몇 명이 더 있었으나 승려는 철산에게만 다가와 묻는다.

다른 이들은 모두 사찰로서의 소림사에 온 것이지만 철산과 곽호는 무림의 소림사를 찾아온 것을 알고 있는 모양이다.

산문에 올라 잠시 두리번거리는 짧은 시간에 그러한 사실을 추측한 것으로 보아 지산의 눈초리가 여간 날카로운 것이 아님을 알 수 있었다.

철산이 정중히 포권을 하며 그에게 답을 하려 할 때 곽호가 먼저 앞으로 나서며 말했다.

"저희는 정구 대사께서 보내서 왔어요."

그 말에 지산이 놀란 얼굴로 되묻는다.

"정구 사숙께서? 혹시 그 분께 무슨 일이라도 생긴 것이오?"

"그건 아니고, 여기 오면 아버지를 도울 수 있을 거라고 하셨거든요."

"소시주의 부친께 무슨 일이 있소?"

지산이 영문을 모르겠는지 고개를 갸우뚱거리자 곽호가 품에서 서신을 꺼낸다.

"정구 대사께서 보내신 편지예요."

곽호가 내민 서신을 받아 든 지산이 잠시 선 채로 서신을 쭈욱 훑어보더니 안색이 가볍게 변했다.

"일단 어른들께 알릴 테니 두 분 시주께서는 객당에서 기다려 주시겠습니까?"

지산은 철산과 곽호를 지객당으로 안내해 주더니 어딘가로 바쁘게 사라져 갔다.

지객당에 남게 되자 곽호가 철산을 돌아보며 말했다.

"조금 기다려 보세요. 그 스님이 아저씨에 대해서도 묻길래 싸우려고 여기 가는 중이라고 말했어요. 그랬더니 편지에다 아저씨에 관해서도 쓴다고 하더라고요."

지산은 간 지 얼마 안 되어 돌아왔다.

"방장 스님께서 두 분을 뵙겠다고 하십니다."

그를 따라 간 곳은 사찰 한가운데 자리 잡고 있는 아담한 건물이었다.

"스님, 두 분 시주님을 모셔왔습니다."

지산의 말에 안에서 부드러운 음성이 들려왔다.

"들어오시게."

안으로 들어서자 풍채가 좋은 노승이 가장 먼저 눈에 띄었고 노승의 앞으로 두 명의 노인과 장년인이 나란히 앉아 있었다.

"노납이 소림의 방장을 맡고 있는 혜공이라네. 정구가 보낸 서신에는 소시주가 중요한 이야기를 해줄 것이라 쓰여 있더군. 무슨 이야기인지 들어봐도 되겠는가?"

곽호는 방장 스님과의 독대를 예상하고 있다가 생각지 못하게 여러 명과 대면하게 되어 당황한 모양이었다. 그러던 차에 노승의 질문을 받게 되자 입이 떨어지지 않는지 그저 고개만 끄덕거렸다.

"허허. 우선 앉아서 차분히 이야기해 보세."

혜공의 부드러운 말에 정신을 차린 곽호가 자초지명을 털어놓기 시작했다.

"저는 곽호라고 하는데, 아버지가 녹림을 이끌고 계세요."

녹림이라는 말에 방 안에 있던 인물들의 안색이 가볍게 굳어진다.

방 안의 묘한 분위기에 곽호가 주눅 드려 할 때 인자한 목소리가 흘러들었다.

"녹림의 총채주라면 산동맹호 곽동, 곽 시주를 말하는 거겠군. 섭여 년 전에 그를 일면한 적이 있었는데 녹림도답지 않게 협기가 있었지. 그런데 소시주가 그의 아들이었구먼. 계속 이야기해 보게."

혜공의 목소리는 절묘한 시기에 흘러나와 방 안의 묘한 분위기를 일시에 걷어버렸다.

"아버지는 몇 달 전까지 녹림을 꽉 쥐고 계셨어요. 다른 산채의 두목 아저씨들은 무섭게 생기긴 했지만 아버지 앞에서는 꼼짝도 못했었죠. 그런데 부채주인 상 아저씨가 외부의 인물들을 데리고 산채에 들어온 날부터 모든 것이 바뀌었어요. 각 산채의 두목 아저씨들은 아버지 말을 잘 안 들었고 상 아저씨는 대놓고 아버지를 위협하기까지 했었죠. 그렇게 한 달 정도 지났을 때 아버지가 한밤중에 저를 찾아오시더니 이상한 책 같은 것을 주면서 도망치라고 하셨어요. 일전에 인연이 있었으니 도와줄 거라면서 소림사의 불괴신승을 찾아가라 하셨죠.

아버지가 시키는 대로 방 뒤쪽에 숨어서 지켜보니 상 아저씨가 사람들을 이끌고 들어와서 무슨 물건을 내놓으라며 협박을 하더니 아버지를 공격하는 거예요. 그래서 일단 산채를 빠져나와 뒤를 쫓는 사람들에게 도망치면서 여기까지 오게 된 거예요."

곽호의 설명이 끝나자 방 안의 인물들은 알듯말듯한 얼굴로 서로의 시선을 교환했다.

그들의 입술이 조금씩 움직이는 것으로 보아 전음으로 무언가를 상의하는 듯 보였다.

의논이 끝나자 혜공이 다시 질문을 던진다.

"소시주는 그들이 찾는 책자라는 것이 어떤 것인지 혹시 알고 있는가?"

"그렇지 않아도 산채를 나오자마자 살펴봤는데, 사람 이름하고 무슨 위치 같은 것만 잔뜩 적혀 있더라고요. 정구 대사님은 상 아저씨가 데려온 외부인들이 속한 조직의 연락책 같은 거라고 했어요."

곽호의 말에 지금껏 아무 말도 하지 않고 있던 이들이 놀란 듯 소리쳤다.

"인명부!"

그들은 곽호가 지니고 있는 책의 가치를 알고 있는 모양이었다.

"어서 꺼내보거라."

개중 나이가 젊은 축에 속하는 장년인이 급히 손을 내밀었다.

그는 어지간히 급한 성격인 듯 직접 곽호의 품을 뒤지려고까지 했다.

곽호가 그의 손길을 피해 몸을 움츠리며 소리쳤다.

"안 돼요!"

곽호의 말에 장년인의 손이 우뚝 멈추었다.

그는 곽호의 외침을 이해할 수 없다는 듯한 표정이었다.

"뭐가 안 된다는 말이냐?"

"먼저 아버지부터 구해주세요. 그럼 이 책을 드릴게요."

그 말에 장년인의 얼굴이 딱딱하게 굳어졌다.

"어린 녀석이 감히 우리에게 조건을 거는 것이냐?"

그의 고압적인 태도에 곽호는 겁먹은 표정을 짓긴 했으나 결사적이었다.

"아버지를 구해주지 않으면 이걸 넘겨주지 않을 거예요."

곽호의 말은 방 안의 여러 사람들의 심기를 불편하게 만든 모양이었다. 그중 참을성이 제일 없는 것은 가장 먼저 손을 내밀었던 장년인이었다.

"이 녀석, 혼이 나고 싶으냐?"

장년인은 눈을 부라리며 곽호의 멱살을 잡으려 들었다.

아마 가볍게 겁이라도 주려는 모양이었다. 그러나 그는 목적을 달성하지 못했다.

그의 손목을 잡아채는 거친 손이 있었기 때문이다.

"아직 아이입니다."

장년인의 손을 막은 것은 지금껏 아무 말도 하지 않고 있던 철산이었다.

장년인은 눈여겨보지도 않던 자에게 손목을 잡히자 크게 노기가 뻗친 듯 호통을 치며 손을 빼내려 들었다.

"놓아라!"

그러나 손이 바위에 눌리기라도 한 듯 빠지지 않자 철산의 허벅지를 후려 차며 자유로운 손으로는 철산의 가슴을 가격하려 들었다.

그 움직임은 절도가 있으면서도 번개와 같이 빨랐다. 그토록 근접한 상태에서는 결코 피하기 어려운 공격인 것이다.

"이 시주, 손에 사정을 두시오!"

일의 심상치 않음에 혜공이 급히 소리쳤으나 이미 뻗어나간 장년인의 공격을 거둘 수 없었다.

혜공의 노안에 성급한 장년인의 행동을 막지 못했음을 자책하는 표정이 떠오르려는 순간.

멍하니 당할 것 같던 철산이 무릎을 들어 올리며 잡고 있던 장년인의 손을 자신의 가슴 앞으로 끌어당겼다.

파곽.

가벼운 격타음과 함께 장년인이 잡혀 있던 손을 부여잡고 물러났다.

"허어. 놀라운 젊은이로다."

상황을 지켜보던 두 노인이 감탄성을 터뜨렸다.

그들은 조금 전 확실한 장년인의 우세를 점치고 있었다.

두 사람 사이가 워낙 가까운데다 장년인의 무공이 비범함을 알고 있기 때문이다.

그런데 실제로 벌어진 일은 그들의 예상을 완전히 벗어났다.

허벅지를 노리던 장년인의 발은 철산의 무릎에 가로막혀 튕겨져 나갔고 그의 주먹은 철산의 손에 잡혀 있던 자신의 손을 후려치는 우스운 꼴이 펼쳐졌던 것이다.

미리 대비하고 있었다 할지라도 막아내기가 쉽지 않은 공격을 간단한 움직임으로 반격까지 했으니 보잘것없어 보이던 철산이 달리 보였다.

그들이 제삼자의 입장으로 감탄을 하는 반면, 장년인의 얼굴은 낭패함과 수치심이 어우러져 붉게 달아올라 있었다.

자신에게 반항하기에 대수롭지 않게 혼을 내줄 요량으로 공격했던 것인데 가벼이 손을 쓰다 오히려 체면을 구기게 된 것이다.

"네놈은 누구냐?"

장년인이 살의를 드러내며 물었다. 제대로 답하지 않으면 곧바로 손을 쓸 기세다.

경내에서 피가 뿌려짐을 우려한 혜공이 슬쩍 앞으로 나섰다.

"노납도 궁금하군. 시주는 누구요? 정구의 서신에는 본사에 비무 수행을 하기 위해 왔다고 적혀 있었소만?"

혜공의 말에 장년인은 물론이고 내내 침착함을 유지하고 있던 두 노인조차 어이없음을 드러냈다.

"허허. 소림사에 비무 수행이라… 대담하구만."

"요즘 젊은이들 중에도 그런 걸 하는 이가 있다니 놀라울 뿐이오."

두 노인은 놀라는 가운데서도 여유를 잃지 않았지만 장년인은 그렇지 않았다.

"미친놈이었군. 미친놈에겐 몽둥이가 약이지."

혜공에 의해 잠시 사그라졌던 살기가 다시 피어올랐다.

장년인은 이미 한차례 수모를 당했기에 결코 그냥 넘어갈 생각이 없는 모양이었다.

어지간하면 만류했을 혜공도 장년인의 성미를 아는지 더 이상 그를 제지하지 못했다.

"정체를 밝히지 못하는 것을 보니 필시 떳떳한 놈은 아니겠구나. 하긴 녹림의 도적패와 함께 다니는 것을 보면 듣지 않아도 알 만하다."

정체를 밝히지 않은 것이 아니다. 이름을 물어놓고 답할 시간조차 주지 않고 자신들끼리 판단하고 떠들고 있기에 잠자코 지켜본 것뿐이었다.

그런데 이제는 도적이라 모욕을 하니 철산으로서도 화가 났다.

정파인이라는 것이 어찌 저토록 성급하고 편협하단 말인가?

"당신은 입으로 싸우려는 것 같군."

"뭐, 뭐야? 이런 건방진 놈!"

오는 말이 곱지 않으니 자연 가는 말도 고울 리가 없다는 진리를 모르는지 장년인은 노발대발한다.

더 이상의 대화는 불필요함을 이제야 느낀 것인지 장년인이 공력을 끌어올리며 철산을 노려보았다.

격돌이 불가피한 상황. 장력을 뻗으려는 장년인에 앞서 철산의 몸이 움직이려는 할 때.

갑작스레 카랑카랑한 목소리가 방 안을 쩌렁쩌렁 울렸다.

"정구 녀석이 보낸 비무 수행자는 어디 있느뇨?"

필시 방장실 밖에서 들려오는 목소리건만 마치 바로 옆에서 소리친 것마냥 또렷했다.

"아이쿠. 귀청이야!"

아직 어린 곽호가 잔뜩 인상을 쓰며 귀를 틀어막았다.

막 격돌하기 직전의 철산과 장년인은 그 목소리를 듣자 투지가 가라앉음을 느끼고 뒤로 물러났다.

일순 싸움이 멎자 혜공이 반색을 하며 문을 열어젖혔다.

"굉료 사숙님, 여기입니다."

혜공의 말이 떨어지자마자 방장실 앞에 왜소한 승려 하나가 뚝 떨어져 내렸다. 마치 하늘에서 뛰어내리기라도 한 듯 아무런 기척조차 없이 나타난 노승의 얼굴은 나이를 짐작하기 힘들었고 입은 승복은 해질 대로 해져 누더기라 부르는 것이 어울릴 법했다.

잘못 보면 시중의 동냥하는 거지로 여겨질 모습이었으나 그 눈빛만큼은 뇌전이 치듯 강렬했다.

그가 나타나자 장년인은 물론이고 혜공과 두 노인이 황급히 고개를 숙인다.

"후배들이 굉료 대사님을 뵙습니다."

굉료라 불린 노승은 그들의 인사는 받는 둥 마는 둥 방 안을 둘러보더니 철산에게 시선이 고정되었다.

"옳커니! 네 녀석이렷다?"

굉료는 그대로 방장실에 들어오더니 철산의 손을 덥석 잡고는 밖으로 잡아당겼다.

"어서 나와서 나와 놀아보자꾸나. 저 녀석들과 어울리면 몸에 곰팡내만 배일 뿐이야."

그의 괴행에 철산은 적잖이 당황스러웠다.

필시 범상치 않은 신분의 인물임은 분명한데 하는 행동은 괴이하기만 한 것이다. 불괴신승이라 불리는 정구가 늙어서 노망이 난다면 이와 비슷할 것 같았다.

그러나 철산은 굉료의 손을 뿌리치진 않았다.

굉료에게선 혜공 등을 대할 때 느꼈던 가식과 거만함이 없었기 때문이다. 철산이 순순히 밖으로 나오자 굉료는 마음에 든다는 듯 흐뭇하게 웃었다.

"우헤헤. 네 녀석은 구파의 고리타분한 녀석들하고 다르구나. 정구가 보냈다기에 그럴 줄 알았다."

굉료는 말을 하며 철산의 손을 놓더니 훌쩍 뛰어 백여 보쯤 물러난다.

"이제 시작해 보자."

"무엇을……."

그러나 철산이 물어보기도 전에 굉료의 손에서 검은 물체가 쏘아진다.

쒜애액.

바람을 가르며 날아드는 것이 무엇인지 알아차릴 새도 없이 암기는 철산의 귀를 스치고 지나갔다. 미처 반응하기도 전의 일이었다.

"이번 건 예고였다. 이제 진짜로 간다."

굉료의 음성이 들려옴과 거의·동시에 또 하나의 암기가 날아들었다.

패앵.

이번엔 정확히 가슴을 노리고 들어왔지만 미리 준비를 하고 있었기에 가까스로 옆구리 너머로 피해낼 수가 있었다.

안도의 숨을 돌리려는데 굉료가 못마땅한 듯 소리친다.

"으잉? 피하면 안 되지. 정구가 이야기 안 해줬냐?"

"그럼 제자리에서 막아내란 말씀이십니까?"

"그렇지. 그 자리에서 움직이지 말고 내 염주알을 모두 막아내야지."

그 암기의 정체는 굉료가 지니고 있는 염주알이었던 모양이다.

철산은 어이가 없었다. 대체 이게 무슨 일이란 말인가?

어째서 영문도 모른 채 굉료의 염주알을 막아내야 하는지 이해할 수가 없었다.

철산의 표정에 굉료가 김빠진 얼굴로 다가온다.

"뭐야? 정말 몰랐나?"

"이 일에 관해 아무 이야기도 듣지 못했습니다."

철산의 말에 굉료는 난처한 기색을 드러냈다.

"이런 빌어먹을 녀석. 감히 사람을 속이다니."

잠시 정구를 비난하던 굉료가 사정을 이야기했다.

"일전에 정구 그 녀석이 외공으로 제놈 몸을 완성시켰다고 하도 까불길래 내 탄주술을 이기진 못할 거라고 했더니 그놈이 대뜸 한다는 소리가 한 번 겨뤄보자고 하더군. 건방진 놈이 아닌가?"

굉료는 괘씸한 와중에도 재미있겠다는 생각에 정구와 내기를 하게 되었다. 백 보를 사이에 두고 굉료가 염주알을 튕기면 정구는 그것을 피하지 않고 몸으로 막아낸다는 것으로 모두 백팔 개의 염주알을 견뎌내면 정구가 이기는 것이고, 그것을 견디지 못하면 굉료가 이기는 것이었다.

"호오. 굉료 사숙님의 탄주술을 몸으로 막아내겠다니, 정구가 무모한 짓을 했군요."

혜공이 어이없다는 표정으로 고개를 젓는다.

굉료라는 인물이 비록 무림에 널리 알려지진 않았으나 그를 아는 이들에게 있어 그 존재감은 절대적인 것이었다.

굳이 소림 최고령 최고 배분을 들먹이지 않는다 할지라도 그의 행동은 괴팍하면서도 한편으로 현기가 흘러 숱한 고승들이 가르침을 청하려 들었다.

또한 그는 특이하게도 일평생 단 한 가지의 무공만을 익혔는데, 손가락으로 염주알을 튕기는 탄주술이 바로 그것이었다.

핑료의 탄주술은 칠십이절기에 드는 것은 아니었으나 그에 못지않은 일절로 꼽혔다. 탄주술의 위력만큼은 무림 제일이라는 우내칠존과 비교해도 밀리지 않을 정도였다.

그렇기에 아무리 외공이 대단한 정구라 할지라도 그것을 몸으로 견뎌내겠다는 것은 불가능에 가까웠다.

혜공이 이야기를 듣지도 않고 확단하는 것은 그런 연유였다.

그러나 이어서 들려오는 핑료의 말은 혜공을 놀라게 하기에 충분했다.

"나도 처음엔 방장 사질처럼 생각했었지. 그런데 그놈… 생각보다 잘 버티더라고."

"헛. 그럼 정구가 이겼다는 말씀이십니까?"

경악하는 혜공의 말에 핑료는 다시 고개를 저었다.

"그건 아니지. 그래도 명색이 그놈보다 한 갑자는 더 살았는데 꼴사납게 질 수야 없는 것 아니겠나?"

"그렇다면……."

"그놈이 염주알을 일흔여덟 개를 몸으로 받아내더니만, 더 못 견디겠던지 이렇게 소리치더군. '사숙조님이 소질 때문에 무리하셔서 건강에 해를 끼칠까 걱정되오니 잠시 손을 멈추십시오'. 물론 나는 '헛소리 집어치우고 염주알이나 받아라' 라고 답해줬지. 그랬더니 그놈이 한다는 소리가 '소질이 생각 같아서는 그 염주알을 모두 받아주고 싶사오나 급히 해야 할 일이 생각나 그러지 못하겠습니다. 대신 나중에 소질을 대신하여 염주알을 받아낼 사람을 보내겠으니 시간을 좀 주시지요'.

사실 그때 끝장을 낼 수도 있었지만 그놈 말에 흥미가 생기더군. 그래서 과연 그 녀석이 어떤 놈을 보낼까 두고 보자는 생각에 그러라고 했지. 그런데 이 녀석이 그때부터 사람을 보내기는커녕 날 살금살금 피해 다니지 않던가? 그래서 한 번 된통 호통을 치며 나머지 염주알을 받으라 했더니 이번엔 꼭 자신을 대신 할 사람을 보낸다더군."

굉료는 말을 마치며 철산을 가리켰다.

"그래서 제가 왔다는 거군요."

철산은 쓴웃음을 지을 수밖에 없었다.

이제 보니 불괴신승이 사람들을 불러 모아 자신을 쳐보라며 권하던 것이 그를 대신할 사람을 찾기 위함이었던 모양이다.

그런 마을에서 일반인을 상대로 시험을 해보았자 굉료의 탄주술에 맞설 만한 인물을 구할 수 있을 거라 생각한 자체가 보통 사람의 사고와는 동떨어진 것이었는데, 어이없게도 우연히 그곳을 지나가던 철산이 거기에 걸려들고 만 것이다.

결국 철산은 영문도 모른 채 두 괴승의 내기에 끼어들게 되었다. 어찌 보면 이용당했다고 볼 수도 있는 처지였으나 철산은 화가 나기보단 오히려 흥미가 생겼다.

정구의 외공이 결코 만만치 않음은 겪어봤는데 그런 정구조차 견뎌내지 못할 정도의 힘이라면 어느 정도인지가 궁금했던 것이다.

게다가 굉료의 탄주술은 소림에서도 가히 일절로 꼽히는 대단한 것이라지 않던가?

철산이 소림사에 온 목적이 소림의 고수와 겨루기 위함이었는데 굉료라는 숨은 고수와 겨룰 기회가 생겼으니 그로서는 기회라고 할 수도 있었다.

그런 철산의 심정을 모르는 혜공은 난감한 얼굴로 굉료를 설득하고 있었다.

"사숙, 이 시주는 본사의 손님으로 온 것이니 해를 입었다간 세인들의 비난이 있을 것입니다. 더욱이 정구에게 아무런 사정도 듣지 못했다 하니 이 일은 없었던 것으로 해주시면 안 되겠지요?"

혜공의 말은 비단 굉료에게만 향한 것이 아니라 조금 전 화를 이기지 못해 손을 쓰려 했던 장년인에 대한 질책도 담겨 있었다.

장년인이 그 말뜻을 알아듣고 고개를 숙였다.

사태를 지켜보고만 있던 두 노인들이 혜공의 말에 힘을 실어주었다.

"굉료 대사님의 탄주술이야 굳이 보지 않아도 대단한 것이거늘 어찌 확인하려 드십니까?"

"괜히 아까운 젊은이가 다치기라도 하면 손을 쓴 대사님도 기분이 좋지 못할 것입니다."

그들이 합심하여 만류를 하자 막무가내인 굉료도 마음이 흔들리는지 그저 염주알만 만지작거릴 뿐이다.

그때 모두를 놀라게 하는 말소리가 들렸다.

"한 번 받아보겠습니다."

철산의 한마디에 말리던 혜공과 노인들이 눈살을 찌푸린다.

"젊은이, 객기가 심하구먼."

"우리가 괜히 말리는 것처럼 보이는가?"

노인들의 어투엔 언짢은 기색이 역력했다. 기껏 생각해서 나섰는데 철산의 한마디에 쓸데없는 짓이 되어버린 것이다.

철산은 모르고 있었으나 두 노인의 신분은 소림의 방장인 혜공에 뒤지지 않았다. 정파의 명숙이 셋씩이나 권고를 하는 데도 말을 듣지 않는다는 것은 생각지도 못했던 일이었다.

"우리 말을 듣지 않겠다는 것인가?"

좋지 않은 심사를 보여주듯 그들에게서 무형의 기운이 발출되었다. 그것을 느낀 철산의 표정 역시 굳어졌다.

"저의 일입니다."

상관하지 말라는 뜻이 담긴 말이었다.

"괘씸한!"

두 노인이 은연중에 뿌리던 기운이 철산을 압박해 왔다.

그들의 사고방식으로는 일개 방랑 무인이 자신들의 권위에 반항할 수 있다는 것이 말도 되지 않는 일이었다.

'힘으로라도 굴복시키겠다.'

멀찍이 떨어진 굉료를 제쳐 두고 두 노인과 철산 사이에 묘한 기류가 흐르기 시작했다.

칼날처럼 예리하면서도 온 몸을 압사시킬 듯이 짓눌러오는 기운. 그것은 실체가 아니면서도 실체와 같은 위협감과 고통을 안겨주었다.

"네놈이 벗어나는 방법은 간단하다."

"꿇어라. 무릎을 꿇고 잘못했다고 빌어라."

머릿속을 울려오는 두 노인의 목소리는 고통 속에서도 달콤한 유혹이 되어 들려온다.

굳이 그들의 말대로 무릎을 꿇진 않더라도 뒤로 물러나기만 해도 그 압력은 상당히 낮아질 것이다.

그러나 철산은 그들의 말대로 무릎을 꿇지도 물러나지도 않았다. 제자리에서 꼼짝도 않고 그들의 압력을 몸으로 받아내고 있었다.

괴롭지 않은 것은 아니다.

눈이 타 들어갈 것 같았고 몸이 짓뭉개질 것 같았다.

아마 다른 사람이었다면 진작 그들이 시키는 대로 하거나 압력을 버티지 못하고 실신했을 것이다.

그러나 철산에게 있어 이런 고통은 너무도 익숙하다. 이 정도 고통을 견디지 못했다면 여기까지 오지도 못했다.

버티기 힘들어도 버틸 것이다.

그가 수련을 하는 이유가 무엇이던가? 이처럼 힘으로 남을 굴복시키려는 자들에게 굴복하지 않기 위해서였다.

그들은 그것을 모른다.

그들은 단지 자신들이 쌓아온 권위를 알아주지 않음을 탓하며 억누르기만 할 뿐이다. 당하는 자의 굴욕감 같은 것은 그들에게 아무런 감흥도 주지 못할 것이다.

'당하기만 할 것 같은가?'

심해지는 고통은 분노를 불러일으키고, 분노는 억누르고 있던 투지를 자극한다. 솟아오르는 투기는 폭풍과 같이 일어나 단번에 철산의 몸을 휘감고 노인들의 기운과 부딪쳐 갔다.

콰쾅!

현실로 들리지는 않았으나 분명히 느낄 수 있는 폭발이 일어났다. 그리고 노인들과 철산 사이를 가득 채우던 무형의 기운이 씻은 듯이 사라졌다.

"으음……."

내내 여유롭던 노인들도 이번에는 꽤나 놀란 모양이었다.

"아무래도 하늘이 높다는 것을 직접 가르쳐 주어야겠군."

노인들 중 조금 더 키가 작은 노인이 앞으로 한 걸음 나섰다.

이제는 더 이상 훈계조의 분위기가 아니다. 번뜩이는 눈빛 속에는 짙은 살기가 담겨 있었다.

그에 맞서는 철산 역시 조금도 물러섬이 없다.

돌이킬 수 없는 싸움이 벌어질 찰나,

슈웅.

날카로운 파공성이 그들 사이에 날아들었다. 뜻밖의 상황에 앞으로 나서던 노인이 놀라며 고개를 돌렸다. 그의 시선이 닿는 곳에 굉료가 천천히 걸어오고 있었다.

"나만 놔두고 뭐 하는 게냐?"

굉료의 목소리는 어떻게 들으면 화가 난 것 같기도 했고 또 어떻게 들으면 평소와 다름없는 것 같기도 했다.

그러나 그가 염주알을 날린 시기는 매우 절묘해 노인과 철산이 격돌하려는 순간을 끊어놓았다.

철산은 끓어오르던 투기가 서서히 가라앉고 마음이 차분해지는 것을 느끼곤 한 걸음 물러났다.

그것은 노인들 역시 마찬가지인 듯 조금 전의 살기는 조금도 느껴지지 않았다.

"후배들이 대사님 앞에서 추한 모습을 보여 드렸습니다. 용서해 주시지요."

그들의 사과에 굉료는 별거 아니라는 듯 손을 휘휘 내저었다.

"됐으니까, 이 시주 그만 괴롭히고 가게. 그래야 내가 정구와의 내기에서 이길 것이 아닌가?"

직설적인 굉료의 말에 노인들은 잠시 당혹스러운 기색이었다.

굉료의 말투는 그들이 괜한 일로 철산을 괴롭힌다고 하는 것 같았기 때문이다.

그러나 그들은 차마 굉료에게 반박하진 못했다.

그들이 철산에게 권위를 내세우듯 굉료는 그들에게 권위를 내세울 자격이 충분했기 때문이다.

"그럼 후배들은 이만 물러가겠습니다."

노인들은 잠시 철산을 매섭게 노려보더니 그대로 돌아서 가 버렸다. 그들이 얌전히 물러나자 장년인 역시 고개를 숙여 보이더니 사라졌다.

굉료가 그들의 뒷모습을 보며 나직이 중얼거렸다.

"쯧쯧. 정파의 기둥이라는 것들이 배에 기름기만 덕지덕지 묻어가지고서는… 에잉."

장내에 굉료와 혜공, 철산과 곽호 네 사람만이 남게 되자 굉료는 고개를 돌리며 말했다.

"방해꾼도 사라졌으니 이제 시작하세."

그는 철산이 어떤 방식으로 자신의 염주알을 받아낼지가 궁금했던 모양이다.

뭐라 대답할 새도 없이 순식간에 백 보가량의 거리를 벌리더니 혜공에게 소리를 지른다.

"장문 사질은 그 꼬마 시주를 데리고 멀찍이 떨어져 있게."

혹여 곽호가 다칠까 봐 염려되는 모양이었다.

혜공이 곽호의 손을 잡고 철산에게서 떨어지자 굉료가 잠시 시간을 둔다. 아마도 준비하라는 뜻이리라.

"백팔 개의 염주알 중에 세 개를 썼으니 백다섯 개가 남아 있네. 자네가 그것을 모두 받아낸다면 내가 지는 것이지."

"준비되었습니다."

철산의 담담한 말에 굉료는 한차례 껄껄 웃더니 넓은 승포 자락에 손을 집어넣었다.

슈웅.

집어넣는 손은 보였으나 빼는 손은 거의 보이지 않았다.

그럼에도 무엇인가 무서운 속도로 날아든다.

조금 전에 철산이 미처 반응할 사이도 없었을 정도로 빨랐던 탄주술이었다. 뭔가 날아온다고 느꼈을 때는 이미 맞은 직후가 될 것이다.

그 위력을 익히 알고 있는 혜공은 안타까운 표정으로 고개를 절레절레 저었다. 굉료의 염주알에 맞는다면 죽진 않을지언정 큰 부상을 입을 것이다.

'너무 무모했어.'

혜공이 불 보듯 뻔한 결과를 예상하고 있을 때, 미동조차 않고 있던 철산이 움직였다.

타앙.

뭔가 튕겨져 나가는 소리를 들으며 혜공의 눈이 부릅떠졌다.

그의 시선이 향한 곳에는 조금 전과 별로 변한 것이 없었다. 다만 한 가지 바뀐 것이라고는 철산의 주먹이 앞으로 뻗어져 있다는 것뿐이다.

조금 전의 소리는 허공에 우뚝 멈추어져 있는 철산의 주먹에서 난 소리였다.

'허. 설마 굉료 사숙의 염주알을 주먹으로 쳐냈다는 말인가? 이런 말도 안 되는 일이…….'

혜공이 불가능에 가까운 일을 보고 놀람을 금치 못하고 있을 때 철산은 묵묵히 굉료를 쳐다보기만 했다.

괭료의 탄주술을 막아냈다는 것은 충분히 자랑스러울 만한 일이었음에도 그는 여전히 담담하기만 했다.

그러나 표정없는 신색과는 달리 속으로는 상당히 격동하고 있었다.

'보인다.'

철산은 괭료가 소맷자락에 손을 넣는 순간부터 전신의 감각을 모두 일깨우고 있었다.

이전에 워낙 불시에 당했다고는 하나 염주알이 날아오는 모습을 전혀 감지하지 못했었기 때문이다.

그런데 이 한 번의 시험으로 자신감이 살아났다.

'정신을 차리면 보지 못할 것이 없다.'

그때 다시 하나의 염주알이 날아들었다.

이번에는 처음 것보다 조금 더 속도가 빨랐다.

철산 역시 다시 주먹을 내뻗었다.

타앙. 슈웅.

묵색 염주알이 날아들고 튕겨져 나가는 일이 반복되었다.

처음엔 공백을 두고 날아들던 염주알이 시간이 지날수록 주기가 빨라졌다. 일흔 개가 넘어서부터는 대여섯 개가 한 번에 날아드는 것같이 느껴질 정도였다.

게다가 날아드는 속도와 염주알에 실린 힘 역시 조금씩 빨라지고 강해진다.

처음부터 이렇게 날아들었다면 도저히 막아낼 엄두가 나지 않았을 것 같았다. 속도와 힘이 조금씩 가중되었기에 철산은 아직까지 적응하며 버텨낼 수 있었다.

일흔 개를 넘어 여든 개를 받아냈을 때 철산은 서서히 몸의 한계를 느끼기 시작했다.

주먹이 버티지 못하는 것이 아니라 눈으로 속도를 쫓지 못하는 것이다. 이미 반쯤은 감으로 쳐내고 있었지만 그 마저도 힘들어지고 있었다.

아흔 개째의 염주알을 받아낼 무렵엔 슬슬 팔에도 무리가 오기 시작했다. 주먹이 아리고 어깨가 저릿저릿해져 왔다.

하나하나를 받아낼 때마다 그 힘이 몸 내부를 울려온다.

충격이 쌓여가자 서서히 눈이 감기고 의식은 허공에 붕 뜬 것마냥 가물가물거린다.

쒜앵.

눈앞이 캄캄해져 오는 가운데 본능이 위험 신호를 보내왔다.

반사적으로 주먹을 내뻗자 또 한 번의 거대한 충격이 온몸을 강타해 온다.

콰앙.

굉음과 함께 몸 전체가 들썩거렸다. 힘의 여력에 뒤로 넘어가지 않은 것이 신기할 정도였다. 더 이상은 버티기 힘들어 보이는 모습. 그러나 그런 와중에도 철산은 포기하는 표정이 아니다. 아니, 포기는커녕 오히려 그의 입가엔 희미한 웃음이 떠올라 있었다.

그 웃음의 의미는 조금 전 눈이 감긴 채로 염주알을 받아냈던 것 때문이었다.

'이거다!'

아흔두 개째의 염주알이 날아들 때 철산은 아예 스스로 눈을 감았다. 깜깜한 그의 시야에 하얀 궤선이 번뜩이며 날아든다.

철산은 그것을 향해 주먹을 내질렀다.

콰앙.

그의 몸은 뒤로 밀려났으나 염주알은 정확히 허공으로 튕겨 오른다. 아흔세 개째 염주알이 날아들자 이번에는 앞으로 한 걸음을 내딛으며 주먹을 내질렀다.

콰앙.

철산의 몸이 나아간 만큼 밀려난다.

다음 염주알이 날아들기 전에 그의 발이 또다시 앞으로 내딛어졌다. 그리고 염주알을 받으며 다시 밀려난다.

그러기를 수차례.

백 개째의 염주알이 날아들었을 때 굉료와의 거리는 이미 오십 보 정도로 줄어들었다.

굉료는 철산이 다가옴에도 아무런 반응 없이 그저 승복 소맷자락에서 염주알을 한 알씩 꺼내어 더욱 빠르게 던지기만 할 뿐이다.

빨라지는 염주알 못지않게 앞으로 나아가는 철산의 발길도 점점 속도를 더해간다. 이제는 염주알이 그에게 날아가는 것인지, 그가 날아가는 염주알에 뛰어드는 것인지 분간하기 어려울 정도였다.

백네 개째가 날아들었을 때 두 사람의 거리는 삼십 보도 채 되지 않았다. 염주알이 굉료의 손에서 튕겨짐과 거의 동시에 철산의 주먹이 뻗어진다.

꽈앙.

나무로 만들어진 염주알과 피골로 이루어진 주먹이 격돌하는 마치 쇠가 부딪치는 듯한 굉음이 터졌다.

철산의 몸이 주춤 하는 순간, 마침내 굉료의 손에서 마지막 백다섯 개째의 염주알이 튕겨졌다.

마지막은 그전까지의 것들과 달리 아무런 파공음도 흘러나오지 않았다. 그저 빛과 같이 자연스럽게 허공에 녹아들 뿐이다. 그에 대응하는 철산의 주먹 역시 지금까지처럼 맹렬하지 않았다.

마치 바람을 어루만지듯 부드럽게 뻗어진 주먹이 염주알에 닿음과 동시에 뒤로 밀려난다. 마치 염주알이 주먹을 힘으로 밀쳐 내는 것 같은 광경이었다. 주먹이 빠르게 밀려날수록 염주알에 실린 힘은 더욱 거세게 날뛴다.

한없이 밀려날 것 같은 주먹이 어느 선에 이르자 밀리는 속도가 조금씩 줄어든다. 염주알의 기세가 꺾이고 있는 것이다.

그때를 기다렸음인지 철산의 입에서 쩌렁쩌렁한 기합이 터졌다.

"타핫!"

완전히 젖히고 있던 그의 어깨가 무서운 회전력을 담아 앞으로 쏟아진다. 동시에 염주알과 맞닿아 있는 그의 주먹이 번개같이 앞으로 쏟아졌다.

피잉.

그의 주먹에 달라붙어 있던 염주알이 하늘 높이 튕겨져 나갔다.

"오오!"

혜공의 입에서 탄성이 터져 나왔다.

철산은 기어코 굉료의 탄주술을 모두 받아낸 것이다.

"아저씨, 대단해요!"

곽호가 들뜬 목소리로 외치며 달려왔다.

곽호가 철산의 곁에 도착해 무언가 말을 꺼내려 할 때 어느새 다가온 굉료가 그를 막았다.

"사질, 이놈 좀 방으로 옮겨줘."

굉료의 말에 어리둥절해하던 곽호는 뒤늦게 철산이 의식을 잃었음을 깨달았다.

"허허. 정말 근성이 대단한 시주입니다."

"대단한 정도가 아니라 저놈 저거 근성으로 산도 옮길 놈이야."

철산은 굉료와 혜공의 대화 소리에 조금씩 정신이 들었다.

"스님들, 깨어났어요."

곽호의 외침에 담소를 나누던 굉료와 혜공이 침상으로 다가온다.

"정신이 좀 드시오?"

"심려 끼쳐 드려 죄송합니다."

철산이 몸을 일으키며 대답하자 혜공은 걱정스러운 표정을 지었다.

"일단 소환단을 복용시키긴 했소만 상태가 어떤지 모르겠구려."

"이놈이 요즘 젊은것들처럼 약골인 줄 아나? 내 탄주술을 주먹으로 받아낸 철골이야. 이 정도쯤은 몸살 한 번 앓은 것만도 못할걸?"

굉료의 말대로 철산의 몸은 아무런 이상도 없었다. 영약이라 소문난 소환단을 복용해서인지 몸이 오히려 전보다 가볍게 느껴지기까지 했다.

"전 괜찮습니다."

철산이 침상에서 내려오자 굉료가 기다렸다는 듯이 물어온다.

"자네, 대체 언제부터 기절해 있었던 건가? 마지막의 그 권법은 뭐지?"

굉료의 물음에 철산은 잠시 생각을 정리하곤 대답했다.

"의식을 잃은 것은 백네 번째 염주알을 받아냈을 때였습니다. 마지막에는 아마도 무극문의 무극무변을 흉내 냈던 것 같군요."

"무극문?"

"그렇습니다."

철산은 비무 수행을 하며 무극문의 노인을 만났던 이야기를 했다.

"내 그 노시주를 만나보진 않았지만 듣기만 해도 무의 경지에 이르렀음을 알 것 같군. 그런데 자넨 그전에 기절했었다면서 그런 무공을 썼다는 것은 어떻게 아는가?"

"의식을 잃은 것 같았는데 이상하게도 저의 행동과 주변의 모든 것들이 뚜렷하게 보이더군요."

"오호. 자신을 관조한다라… 내 탄주술이 자넬 부처로 만들어줄 뻔했군."

그때 대화를 듣고 있던 곽호가 궁금하다는 듯 물었다.

"그런데 승부는 어떻게 된 거예요? 아저씨가 염주알을 전부 받아냈으니까 스님이 진 건가요?"

그 말에 철산은 고개를 저었다.

"몸을 움직이면 안 된다는 규율이 있었음에도 발을 떼었으니 내가 패한 것이지."

"아니지. 몸을 움직이면 안 된다는 것은 염주알을 피하지 말고 받아내라는 뜻에서 정한 규칙이었지. 자네는 피한 게 아니라 오히려 달려들어 정면으로 받아냈으니 규칙을 어긴 것은 아니네."

곽호가 머리를 긁적이며 다시 물었다.

"그럼 스님이 진 게 맞네요?"

굉료 역시 머리를 긁적이며 고개를 끄덕인다.

"으잉? 그렇게 되는 건가?"

"그런데 내기 조건이 뭐였는데요?"

곽호의 물음은 혜공과 철산 역시 궁금했던 것이었다.

분위기상 물어보지 못하고 있었는데 곽호가 시기적절하게 물어본 것이다. 곽호의 물음에 굉료는 잠시 기억을 더듬는 듯했다.

"그게 뭐였더라? 하도 오래돼서 잘 생각이 안 나는구먼. 분명 진 사람이 옷을……."

중얼거리던 굉료가 무언가 생각났는지 아차 소리치며 철산을 쳐다본다.

"그냥 자네가 진 걸로 하세."

곽호가 이해가 안 된다는 듯 묻는다.

"그렇지만 아까는 스님이 졌다고……."

"뭐야? 이 녀석아, 이놈이 움직이는 걸 봤냐 못 봤냐? 내가 억지를 쓰는 게 아니라 정해진 규칙이 그렇잖아. 움직이면 안 된다는데 왜 움직여? 아, 억울하면 움직이질 말던가!"

굉료는 절대 물러설 수 없다는 듯 버럭버럭 소리를 질렀다.

"대체 내기가 뭐였는데요?"

곽호의 물음에 굉료는 갑자기 목소리를 낮추어 웅얼거리듯 말했다.

"진 사람이 옷 벗은 채로 이긴 사람 업고 경내 한 바퀴 돌기."

괴승들의 어처구니없는 내기에 소림을 책임지고 있는 혜공의 얼굴에 창피함이 떠올랐다.

"장철산이라 합니다."

"오오. 그 이름은 소승도 근간에 들은 기억이 있소. 난투무귀라 불렸던 것 같은데, 호북과 안휘를 한차례 떠들썩하게 하셨다고?"

철산이 이름을 밝히자 혜공은 놀랍다는 반응이었다.

그저 일개 낭인이라 여기고 있었는데 생각보다 대단한 인물이었던 것이다.

'하긴 사숙의 탄주술을 받아내는 인물이 별 볼일 없을 수는 없지.'

혜공은 반색을 하며 말을 꺼내기 시작했다.

"그렇다면 설명하기가 편하겠구려. 최근 무림에 기이한 일이 벌어지고 있다는 소식이 들어왔소. 각 지역을 대표하는 문파들이 약속이라도 한 것처럼 바뀌고 있다는 것이지. 어느 한 지역만 그런 것이 아니라 중원 곳곳에서 그런 일이 벌어지고 있다더구려. 한 지역의 패권을 놓고 다투거나 한 것도 아니고 그냥 별다른 이유도 없이 어느 날 갑자기 멀쩡하던 문파가 문을 닫고 신흥 문파가 새로운 패주가 된다는 것이오. 문을 닫은 문파 중에는 구대문파와 연관이 있는 곳도 꽤 되었기에 그냥 좌시할 수만은 없었오. 그래서 각 문파에 연락을 하여 일의 경위를 조사하려 했었다오. 그런데 종남파의 천강 진인이 뜻하지 않은 정보를 전해왔소. 새로이 나타난 문파들이 모두 하나의 암중 세력에 속했을지도 모른다는 것이오."

"암중 세력?"

무림의 정세에는 별반 관심이 없던 굉료도 암중 세력이라는 말에는 흥미가 생긴 모양이었다.

"아직도 그런 걸 만드는 작자가 있나?"

무림 역사상 음모와 술수로 세상을 혼탁하게 만드는 세력들은 수도 없이 많았다. 그들 중 어떤 자들은 무림을 자신의 손아래 놓으려 하기도 했고, 또 어떤 자들은 무림의 세력을 이용하여 황권을 노리는 황당무계한 음모를 세운 자들도 있었다.

그러나 그런 암중 세력이 마지막으로 모습을 드러낸 것이 이미 두 세대가 훨씬 넘었다. 지금에 와서 무림은 정파를 위주로 돌아가고 있었고, 마도를 걷는 이들은 감히 조직을 세울 엄두조차 내지 못하고 있었다.

이런 시기에 암중 세력이라는 것이 등장해 보았자 그 힘을 키우는 데는 한계가 있을 것이다.

사실이든 아니든 적어도 대부분의 정파무림인들이 그렇게 생각을 하고 있었다.

그런데 혜공의 입에서 흘러나온 말은 그런 지식을 뒤엎는 것이었다.

"몇 년 전에 종남일절 하 시주가 실종되는 사건이 있었소. 종남파에서는 하 시주의 행방을 찾기 위해 백방으로 수소문하던 중 몇 달 전에 그가 감금된 곳을 찾아냈다오. 그때 하 시주를 감금하고 있던 자들이 정체를 알 수 없는 집단이었다고 하오. 그런데 지금 무림에서 분란을 일으키고 있는 자들이 그들과 동일 집단일지도 모른다는 것이 천강 진인의 설명이었소."

혜공은 말을 하며 의미심장하게 철산을 쳐다보았다.

"천강 진인의 말로는 그때 종남파에 큰 도움을 준 청년 고수가 있었다고 하던데 그것이 장 시주가 아니오?"

"저 역시 사람을 찾던 중에 그렇게 된 것이었습니다."

"허허. 역시 그렇구려. 어찌 되었든 천강 진인의 추측은 괜한 것이 아니었소. 얼마 전에는 천룡문이 괴인들에게 습격을 받아 큰 피해를 입은 일이 있었다 하오."

그 말에는 철산도 놀라움을 느꼈다.

천룡문은 우내칠존의 한 명인 천룡무제 단운곡이 있는 곳이었기 때문이다. 가만히 듣고 있던 굉료 역시 상당히 놀란 모양이었다.

"허어. 종남일절에 이어서 천룡무제라… 그놈들은 우내칠존을 뒤집어엎을 속셈인 건가?"

"때마침 천룡무제 단 시주는 다른 곳에 볼일이 있어 자리를 비웠었다 합니다."

"그럼 그렇지. 아무리 대단하더라도 천룡무제가 있었다면 쉽게 공격할 수가 없었겠지."

굉료의 말에 혜공의 표정이 무거워졌다.

"놀라운 것은 천룡문을 습격한 자들 중에 상천기로 추정되는 자가 있었다는 겁니다."

굉료가 다시금 놀라며 반문했다.

"상천기? 혈천마제 말인가?

우내칠존은 흔히 이존 이제 이마 일절로 불린다.

그들은 각자의 성향에 따라 삼선 일중 삼악으로 나뉘는데 혈천마제는 파천권마, 만겁마존과 더불어 삼악에 속하는 인물이었다.

같은 사파에 꼽히더라도 상천기는 다른 두 명이 자신들의 체면을 중요시 여기는 것과 달리 손에 피를 묻히는 것을 전혀 거리끼질 않았다.

일단 살심이 동하면 남녀노소를 가리지 않았기에 그의 행적이 남은 곳은 항상 피로 잠기곤 했다.

천룡문은 전통적인 정파의 명문으로 그런 사파인들을 원수처럼 여기는 곳이었다. 그런 곳에 상천기가 발을 내딛었으니 그곳에서 벌어졌을 처참한 일들은 굳이 듣지 않아도 알 만했다.

"천룡문에서는 많은 이들이 죽었는데, 그중엔 천룡무제의 어린 손자들까지 끼어 있어 그의 분노가 하늘을 찌를 지경이라 합니다."

"그 친구 성격이 불같은데, 무림이 한바탕 뒤집어지겠군."

"종남일절과 천룡무제를 건드릴 만한 세력이 동시에 두 곳이라 볼 수는 없을 터이니 결국 천강 진인의 말은 사실이 되는 셈이지요."

"그렇다면 혈천마제가 그들의 수장인 건가?"

"그게 이상합니다. 혈천마제는 평생을 혼자서 활동했는데 어느 날 갑자기 조직을 만들 수는 없는 일일 테니까요. 하지만 그렇다고 어느 누가 혈천마제를 수하로 부린다는 것도 이상한 일이고…….”

우내칠존의 무공은 서로 동등하다는 것이 알려진 정설이다.

혈천마제를 수하로 부린다는 것은 그를 압도할 수 있을 만한 인물이어야 할 텐데, 그런 인물이 우내칠존 외에 또 있을 리가 없었다.

혜공의 설명에 철산은 문득 서평에서 있었던 일이 떠올랐다.

“사실은 이곳에 오기 전에 과거 폭혈검마라 불렸던 분과 파천권마를 만난 일이 있었습니다.”

철산이 서평에서 있었던 일을 간략하게 말하자 혜공과 굉료는 경악을 금치 못했다.

그동안 오랜 세월 모습을 보이지 않던 우내칠존이 근래 한꺼번에 모습을 보이고 있는 것이다. 게다가 알게 모르게 그들 중 두 명이 목숨을 잃었다 하니 어찌 놀랍지 않겠는가?

“그렇다면 역시 그들을 부리는 자가 따로 있다는 말이로군.”

혜공의 안색이 크게 어두워졌다.

혈천마제만 해도 크게 부담이 되는 인물이었는데 파천권마까지 적이라 하니 마음이 무거울 수밖에 없는 것이다. 게다가 정황으로 보아서는 만겁마존 역시 그들과 한패일 가능성이 컸다.

“우내칠존 세 명이라…….”

혜공의 무거운 마음을 알리듯 방 안에 적막이 감돌았다.

무거운 분위기가 부담스러웠는지 곽호가 조심스레 물었다.

"그런데 제가 가지고 있는 명부라는 것은……."

곽호의 말에 혜공이 잊고 있었다는 듯 설명한다.

"아마도 그들 조직에 몸담은 인물들에 대한 것이지. 그들은 중원 곳곳에 방대하게 흩어져 있는 녹림을 자신들 조직의 연락책으로 쓰려고 했던 모양이네. 아마 곽 시주는 그것을 막으려다 화를 입으신 것 같군."

곽호의 얼굴에 초조함이 떠올랐다.

"스님, 아버지를 구해주세요."

금방이라도 울 것 같은 곽호의 모습에 혜공은 인자하게 웃으며 고개를 끄덕였다.

"당연히 그리할 것이네. 지금 본사에 화산과 공동의 젊은 제자들이 머물고 있으니 그들을 보내어 곽 시주를 구하도록 하면 될 것일세. 그래서 말인데……."

혜공은 철산을 똑바로 쳐다보며 말을 이었다.

"정말 미안한 말이네만 장 시주가 그들을 좀 도와줄 수 없겠는가? 다들 기개는 뛰어난데 경험이 미천하여 염려가 된다네."

혜공의 말에 굉료 역시 혀를 차며 혜공의 말에 힘을 실어준다.

"그 녀석들은 자네하고 달리 뼈대가 비리비리해서 큰일을 할 수 있는 놈들은 아니야."

두 사람의 말에 곽호는 간절한 눈빛으로 철산을 쳐다보았다.

철산은 어차피 그냥 지나칠 생각은 없었기에 흔쾌히 승낙했다.

"알겠습니다."

"고맙네. 사실은 본사의 연륜 있는 제자들을 보내고 싶지만, 그들은 지금부터 암중 세력을 조사하는 일에 투입될 것이네. 그들이 천룡문을 기습할 정도라면 이미 밖으로 나올 준비가 끝났다는 소리일 터이니 조만간에 큰일이 생길 것 같네. 그래서 소시주가 지닌 명부가 꼭 필요하다네. 소시주, 부친은 노납의 이름을 걸고 반드시 구출할 테니 그 명부를 넘겨줄 수는 없겠는가?"

혜공의 말에 곽호가 자신도 모르게 움찔하여 품속에 손을 집어넣었다. 원래 부친을 완전히 구하기 전엔 절대 꺼내지 않을 생각이었다.

사람의 됨됨이야 어찌 되었든 그의 부친은 녹림도였고, 정파의 인물들과는 친해질 수 없는 부류였다. 그렇기에 명부라는 가치있는 물건이 있어야만 안심할 수 있는 것이다.

그러나 혜공의 부드러운 눈빛은 그런 곽호의 결심을 단박에 흔들어놓았다. 정파무림에서도 첫손에 꼽히는 소림의 방장이 한낱 녹림도 아이에게 이토록 간곡하게 부탁한다는 것이 쉬운 일은 아닐 터. 큰 위기가 닥쳐올 상황이었기에 힘으로 빼앗는다 해도 크게 탓할 사람도 없었을 것이다.

그럼에도 혜공은 곽호의 의견을 묻고 있었다.

곽호는 더 이상 버티지 못하고 명부를 혜공의 손에 건네주었다.

"아까 그 사람처럼 힘으로 빼앗으려 했으면 절대 안 드렸을 거예요."

굳은 의지가 담긴 곽호의 말에 혜공은 허허 웃으며 합장으로 답한다.

"정말 고맙네."

몇 가지 사항을 더 이야기한 끝에 철산이 곽호를 데리고 방장실을 나갈 때 혜공이 그를 불렀다.

"아까 장 시주와 시비가 붙었던 사람은 화산의 일대제자인 장충이라 하네. 그리고 그 노인들은 공동의 장로들인 복마쌍노(伏魔雙老)라네."

화산의 일대제자와 공동의 장로들. 정파를 대표하는 명숙들이다. 철산은 혜공이 뜻하는 바를 충분히 알 수 있었다.

"유의하겠습니다."

철산은 포권을 하며 그곳을 물러났다.

방장실을 나오자 지산이 기다리고 있었다.

"방장 스님께서 일단 오늘은 객당에서 머무시라 하셨습니다."

지산이 안내해 준 방에 들어가 채 일각이 되기도 전에 굉료가 찾아왔다.

"어허. 젊은 친구가 아직 날도 이른데 이대로 자려는 건 아니겠지? 오늘 한 번 질리도록 놀아보세."

꿩료는 철산의 뚝심이 어지간히도 마음에 들었던 모양이다.

철산은 그날 날이 거의 세도록 꿩료의 탄주술에 대한 이론들을 듣고 그에 대응하는 방법을 생각해 내야 했다.

제45장

녹림행

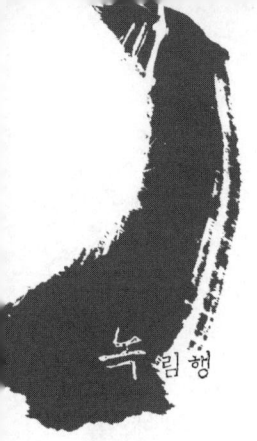
녹림행

　　　　　　다음날 아침 식사를 마치고 나자 지산이 찾
아왔다.

　"다른 시주들은 산문 앞에서 기다리고 계십니다."

　지산을 따라 산문 앞으로 나가자 청년들 십여 명이 담소를
나누며 기다리고 있었다.

　"드디어 무림에 나가게 된다는 대사형의 말씀을 듣고 잔뜩
기대를 했건만 상대가 고작 녹림도라니, 정말 실망했지 뭔가?"

　"그래도 화산의 사형들은 저희보다 사정이 나은 겁니다. 저
희는 본산에 한 번 들어가면 최소한 십 년 동안은 산을 내려오
지 못할 겁니다. 그래서 강호에서 기억에 남을 모험을 하길 원
했는데 그런 도적 떼 따위와 싸우게 될 줄이야……."

"그래도 혹시 모르지 않습니까? 녹림에 생각지도 못하게 거마라도 있을지?"

"허허. 사파의 거마가 무슨 볼일이 있다고 녹림에 붙어 있겠나? 우리 상대는 별 볼일 없는 도적들이라네."

그들은 강호 출도의 상대가 녹림도라는 사실에 실망한 기색이 역력했다. 철산과 함께 걸어오던 곽호가 그들의 대화에 얼굴이 붉으락푸르락해졌다.

정파의 유력한 명문 제자들에겐 한낱 산 도적에 불과한 녹림이었지만 곽호에게는 고향과 같은 곳이었다. 정파 제자들이 이토록 경멸해 마지않는 산 도적들도 그에겐 가족과 같은 이들인 것이다.

곽호는 분노의 눈초리로 정파 제자들을 노려보았다.

꽉 쥔 주먹과 거칠어진 호흡이 금세라도 덤벼들 것 같은 기색이다.

철산은 곽호가 걱정되어 걸음을 살짝 늦추었다. 다행히 곽호는 스스로 화를 삭이며 경거망동하지 않았다. 그저 이를 악물고 정파 제자들을 노려보기만 할 뿐이다.

철산은 그런 곽호의 모습에 한숨을 내쉬었다.

곽호가 나이답지 않게 감정을 억누르고 분을 삭이는 이유는 정파인들의 도움을 받지 못하면 부친을 구할 수 없기 때문일 것이다.

지인들의 모욕을 듣고도 나서서 반박할 수 없다는 굴욕감은 나이가 어리기에 더욱 클 수밖에 없다.

부들부들.

떨리는 곽호의 어깨에 철산의 손이 얹어졌다.

그의 거친 손에서 전해지는 따뜻한 온기에 곽호의 떨림이 잦아들었다.

지산은 그런 사정을 눈치 채지 못한 듯 정파 제자들과 인사를 주고받았다.

"시주님들과 동행할 분들입니다."

지산의 소개에 정파 제자들은 철산과 곽호를 쳐다보았다.

하나 별다른 특이한 점을 찾지 못하자 이내 눈길을 돌렸다.

"곧 방장 스님과 장충 대협이 나오실 것입니다. 소승은 할 일이 많아 이만……."

지산은 자신의 역할은 끝났다는 듯 꾸벅 합장을 하고는 돌아갔다.

정파 제자들은 철산과 곽호가 있음에 개의치 않고 자신들끼리 대화를 나누었다. 대화 내용은 주로 철산과 곽호가 걸어오며 들었던 녹림도에 대한 비방들이었다.

그들이 녹림도에 대해 한마디 한마디 할 때마다 곽호의 어깨가 움찔움찔하며 몸에 힘이 들어가는 것이 느껴졌다.

아마 그들의 대화를 조금만 더 들었더라면 곽호가 아무리 또래의 아이들보다 인내심이 강하다 할지라도 결코 참기 힘들었을 것이다.

다행히 그들이 더 이상 떠들기 전에 내전 쪽에서 일노이소가 모습을 나타냈다.

"혜공 대사님을 뵙습니다."

젊은 제자들의 인사에 혜공은 부드러이 미소 지으며 합장으로 화답했다. 이후 곁에 있던 장충에게 시선을 돌렸다.

"다시 한 번 말하지만 무엇보다 다치는 일이 없도록 안전에 각별히 유의하시게. 왠지 느낌이 좋지 않다네."

혜공의 당부에 그의 곁에 있던 장충이 크게 웃으며 답한다.

"하하하. 그깟 산도적 놈들을 때려잡는데 무에 위험한 일이 있겠습니까? 더욱이 사매까지 동행할 터이니 심려 마십시오."

장충은 말과 함께 은근슬쩍 시선을 혜공의 곁에 있는 여인에게 던졌다. 하지만 여인이 그의 말과 시선에 아무런 반응도 보이지 않자 눈가에 실망의 기색이 스쳐 지나갔다.

혜공은 그런 장충의 기색은 알지 못했으나 여인이 언급되자 미소를 지으며 고개를 끄덕였다. 여인에 대한 믿음이 조금 전의 불안함을 다소 씻어준 모양이었다.

이윽고 혜공은 사손뻘 되는 젊은 제자들을 한 명 한 명 쳐다보았다. 젊은 제자들은 혜공의 눈에 들기 위해 가슴을 활짝 펴고 눈을 부릅뜨는 등 자신들의 기개를 드러내려 애썼다.

하지만 혜공은 그들의 헌앙한 모습을 무덤덤하게 지나쳤고, 오히려 아무렇지도 않게 서 있는 철산에 이르렀을 때야 부드러운 미소와 함께 다시금 고개를 끄덕일 뿐이었다.

장충은 그런 광경이 마음에 들지 않았던지 철산에 머물러 있는 혜공의 시선을 몸으로 가로막으며 말했다.

"저희 걱정은 마시고 대사님도 그만 들어가 보시지요."

장충의 말에 혜공은 자애로운 미소를 지으며 합장을 했다.

"모두에게 부처님의 은덕이 함께하길 빌겠네."

혜공이 경내로 돌아가자 장충은 더 이상 기다릴 것 없다는 듯 소리쳤다.

"바로 출발하자!"

그의 외침에 제자들 중 한 명이 철산과 곽호를 가리킨다.

"저들도……."

철산을 보는 장충의 눈살이 크게 찌푸려졌다.

"함께 간다."

장충은 퉁명스레 내뱉고는 몸을 휙 돌려 산문 밖으로 나가 버렸다. 젊은 제자들이 그 뒤를 따라 황급히 쫓아갔다.

철산은 어차피 그들과 어울리기는 진작 포기했으므로 그들이 모두 움직이기를 느긋하게 기다렸다.

그때 철산의 뒤에서 고운 목소리가 들려왔다.

"오늘은 괜찮아 보이는군요."

목소리가 들린 곳으로 고개를 돌린 곽호의 입에서 탄성이 튀어나왔다. 쳐다보기만 해도 눈이 탁 트이는 듯한 아름다운 여인이 서 있었기 때문이다.

그녀는 혜공과 함께 걸어왔던 여인이었는데 곽호가 정파의 기재들을 노려보느라 미처 보지 못했던 것이다.

'아무리 그래도 그렇지, 이렇게 선녀 같은 여자를 못 보다니. 곽호야, 곽호야, 넌 아직 남자가 되려면 멀었구나.'

그가 그런 생각을 하며 자책을 하고 있을 때 그의 곁에서 담담한 대답 소리가 들려왔다.

"잘 지냈소?"

목소리의 주인은 철산이었다.

'어? 설마 이 곰 같은 인간이?'

이토록 허름하고 보잘것없는 사내가 저런 선녀 같은 여인과 아는 사이라고는 생각하기 힘들었다.

하지만 장내에 남아 있었던 것은 그와 철산뿐.

곽호의 바람과 달리 그녀는 철산을 바라보며 말을 이었다.

"큰 활약을 하고 있다는 소문은 들었어요."

"소문일 뿐이오."

무뚝뚝하면서도 약간은 쑥스러워하는 듯한 철산의 대답에 그녀는 기분 좋은 미소를 지었다.

그녀의 미소를 보자 곽호는 향긋한 꽃 내음이 주변을 가득 채운 듯한 착각을 느꼈다.

자신을 향한 미소가 아님을 알면서도 괜스레 붕 뜨는 듯한 기분에 가슴이 콩닥콩닥거려 왔다.

단지 미소를 짓는 것만으로도 보는 이의 가슴을 뛰게 만드는 여인. 곽호는 알지 못했지만 그녀는 무림에서 가장 아름답고 무공이 뛰어나다 칭해지는 세 명의 여인 중 한 명이었다.

그리고 철산이 쓰러지는 모습을 가장 많이 본 여인.

그녀는 바로 오혜령이었다.

"혜공 대사님께 대략적인 정황을 듣기는 했지만 그 소식을 전해온 사람이 당신일 줄은 몰랐어요."

오혜령 역시 이곳에서 철산을 만난 것이 정말 뜻밖이었던 모양이다.

"녹림의 총채주와 친분이 있나요?"

그녀는 철산이 이 일에 끼게 된 이유가 궁금한 모양이었다.

왠지 모르지만 그에 관한 소문에 각별히 관심을 기울여 왔던 그녀였으나 여태껏 철산의 행보에 녹림이라는 단체가 끼어들었다는 소문은 듣지 못했었다.

그럼에도 그가 이곳에 있는 것이 이해가 가지 않는 것이다.

그녀의 물음에 철산은 대수롭지 않게 답했다.

"이곳으로 오던 중에 우연히 동행하게 되었소. 당신은 무슨 일로 오게 된 것이오?"

"전 대사형을 따라왔어요."

그녀는 말과 함께 산문 아래쪽을 흘깃 쳐다보았다.

'화산이라 했던가?'

철산은 그녀가 장충과 같은 사문임을 떠올렸다. 오혜령은 자신의 설명이 미흡하다 생각했던지 다시 입을 열었다.

"그동안 사문에서도 하 대협을 해한 자들의 정체를 알아내기 위해 노력하고 있었어요. 그러던 차에 무림에 심상치 않은 일이 벌어지고 있다 하여 그 연관성을 찾기 위해 대사형과 제가 하산하게 된 것이지요."

아마 화산의 장문인 역시 천강 진인과 비슷한 추측을 했던 모양이었다. 철산이 그런 생각을 하고 있을 때 산 아래 쪽에서 먼저 내려갔던 젊은 제자 한 명이 다시 올라와 말했다.

"사저, 대사형이 왜 이리 늦냐고 역정이 이만저만이 아니십니다."

그의 말에 철산을 비롯한 세 명은 산을 내려갔다.

녹림으로 향하는 일행은 장충과 오혜령을 비롯한 화산의 제자가 여섯 명이었고, 공동의 제자가 여섯 명이었다.

거기에 철산과 곽호가 포함되어 모두 열네 명이었다.

못해도 백 명 이상의 적이 기다리고 있을 녹림 총채에 쳐들어가는 인원으로는 상당히 부족한 숫자였으나 그들의 얼굴에는 조금의 긴장감도 나타나지 않았다.

그들이 경험이 많아서라고는 생각되지 않았다.

장충을 제외한 나머지 인원들은 고작해야 스무 살 안팎의 갓 청년기에 접어든 사람들이었다. 무언가를 기대하는 눈빛과 작은 일 하나하나에 과장되게 반응하는 모습들은 누구라도 그들이 강호초출의 애송이들임을 알 수 있게 해주었다.

그럼에도 불구하고 그들에게서 느껴지는 여유는 무엇일까?

철산은 그 이유를 알 것 같았다.

아마도 명문에서 오랜 세월 수련해 왔다는 자신감이리라.

아니, 수련해 온 자신의 몸에 대한 자신감이라기보단 수련을 시킨 사문에 대한 자신감이라 칭하는 것이 더욱 정확할 것이었다.

그들은 오랜 세월 정파의 기둥이 되어 칭송받아 온 사문의 가르침을 철썩같이 믿고 있는 것이다.

그리고 그들의 사문에 대한 믿음은 한낱 도적 떼들이 자신들을 상처 입힐 수는 없을 거라는 확신을 심어주었을 거다.

그런 모습을 처음 보는 것은 아니었다.

지난 몇 달간 비무행을 해오며 젊은 무인들에게서 숱하게 보아왔던 태도였다. 다만 이들의 경우, 사문의 자부심에 비례하여 그 정도가 조금 더 심할 뿐이었다.

그들은 마치 놀러가기라도 하는 듯 웃고 떠들었다. 누구 한 명 싸움에 대한 걱정을 하는 이가 없었다.

그런 철산의 생각을 느낀 듯 오혜령이 한숨을 쉬며 고개를 절레절레 저었다.

"모두 우물 안의 개구리예요."

의외의 말에 철산과 곽호가 그녀를 쳐다보았다.

"저들은 모두 제대로 된 비무 한 번 해보지 못했으면서 사문에서 평해준 강함이 진실인 줄 알고 있어요. 정작 무공을 익힌 것은 그들인데 꼭 사문에서 '너는 이만큼 강하고, 너는 저만큼 강하다'라고 무공의 수치를 정해주는 것 같아요. 그래서 강호 초행이면서도 자신들이 정말 강하다고 생각하는 거죠. 실전에서는 그런 무공의 높낮이 외에도 어떤 변수가 생길지 모르는데 말이죠."

그녀의 말에 곽호가 옳다구나 박수를 쳤다.

"맞아요, 맞아. 강 아저씨도 그렇게 말씀하셨어요. 목숨을 건 싸움에서는 무공이 높은 사람이라고 반드시 이기는 게 아니라고요. 그런 싸움에서는 오히려 삶에 대한 의지가 강한 사람이 살아날 승산이 높다고 했어요. 그리고 그렇게 살아난 사람이 무공이 높은 사람보다 강한 거라고 했어요."

"강 아저씨?"

오혜령이 호기심을 띄며 물어오자 곽호는 신난 듯이 대답했다.

"네. 강 아저씨는 총채에서 무술을 제일 잘 하는 분이에요. 다른 산채의 두목 아저씨들도 가끔 강 아저씨한테 무술을 배우러 오곤 해요. 몸을 단련하라고 잔소리를 할 때 빼곤 항상 잘해주시던 분이었는데……."

곽호는 들떠서 이야기하다가 끝내는 안색이 흐려졌다. 눈시울이 붉어진 것으로 봐서 강 아저씨라는 사람이 이미 좋지 않은 일을 당했음을 어렵지 않게 짐작되었다.

아마 그대로 시간이 조금만 흘렀으면 곽호는 길에서 엉엉 울었을지도 몰랐다. 철산의 손이 머리를 쓰다듬지 않았다면 말이다.

"강 아저씨라는 분은 훌륭한 분이겠구나."

철산은 곽호의 머리를 헝클어뜨리며 말했다. 그 덕분에 곽호는 흘러내리려던 눈물을 감출 수 있었다.

곽호는 헝클어진 머리카락 속에 가려진 눈물을 소맷자락으로 힘껏 훔치면서 쾌활한 웃음을 지었다.

"헤헤. 그럼요. 그 아저씨는 녹림도면서도 다른 사람 물건을 뺏는 일에는 한 번도 동참하지 않았는걸요."

철산은 약한 모습을 보이지 않으려는 곽호의 속마음을 알 수 있었기에 빙긋이 웃으며 고개를 끄덕여 주었다.

안쓰러운 표정으로 곽호를 보던 오혜령의 표정에도 미소가 떠올랐다.

"안타깝게도 당금 무림의 명문이라 꼽히는 정파에서는 그런 생각을 가진 사람이 거의 없어요."

그녀의 시선이 닿자 멀찍이 앞서가며 뒤를 힐끔거리던 이들이 움찔하며 급히 고개를 돌린다.

"무공만 높으면 자신의 몸을 보호할 수 있을 거라고 생각하죠. 그저 자신들의 무공을 더욱 화려하고 그럴듯하게 꾸미기에 급급할 뿐이에요. 그것이 분쟁이 없어진 이 시대의 무공을 논하는 기준이 되어버렸으니까요."

오혜령의 입에서 다시금 한숨이 새어 나왔다.

철산은 그녀의 한숨이 색다르게 느껴졌다. 지금껏 그가 보아왔던 오혜령은 그 누구보다 여성스럽고 정이 많은 여인이었다.

그러나 지금, 그녀는 여인이라기보다 순수한 무인에 가까웠다.

그녀의 담담한 목소리에 감춰진 무인으로서의 열정은 성별의 구분이 무의미함을 일깨워 주었다.

뜻밖이라는 철산의 속마음이 표정으로 드러나서였을까?

오혜령의 입가에 실소가 맺혔다.

"사실 얼마 전까진 저들과 그리 다르지 않은 생각을 했었어요. 강하고 약하고는 무공의 고하로 판단이 되는 것이라고요.

하지만 한 사람 때문에 그런 생각이 바뀌게 되었어요."

그녀는 잠시 말을 멈추고 철산의 얼굴을 쳐다보았다.

"종리 사형은 산으로 돌아간 직후 바로 폐관 수련에 들어갔어요. 아마 당신과의 겨룸이 그에게도 무언가 깨달음을 안겨 준 모양이에요."

종남이 자랑하는 기재인 그가 얻은 깨달음이라면 결코 가벼운 것은 아닐 터. 이전에도 종리강의 공격을 힘겹게 받아냈던 철산으로서는 감당하기 힘든 깨달음일지도 몰랐다.

오혜령은 조심스럽게, 그러나 확신에 찬 목소리로 말했다.

"그 깨달음이 무엇인지는 모르나 분명한 것은 그가 수련을 마치고 나왔을 때는 이전과는 비교할 수 없을 정도로 강해져 있을 거예요."

그녀는 철산이 종리강과의 싸움을 포기하길 바라는 듯했다. 순수하게 걱정해 주는 그녀의 마음을 알고 있었기에 철산은 굳이 부정하지 않았다.

다만 머릿속에 떠오르는 외침을 마음속에 묻어놓을 뿐이었다.

'확실한 것은 그와 내가 겨루게 될 것이라는 사실 하나뿐이오.'

철산의 고집스레 닫힌 입을 보고 오혜령은 또다시 한숨을 내쉬었다.

녹림 총채가 있는 대별산은 빠른 걸음으로도 닷새는 가야 할 거리였다.

일행이 무림인이라고는 하나 관도에서 경공을 사용할 수는 없었기에 걸음 속도는 일반인보다 조금 더 빠른 정도였다. 사실 장충을 비롯한 정파의 제자들이 급할 이유는 없었다. 그들에게 있어 녹림 총채주의 안위 같은 것은 관심 밖이었기 때문이다.

그들은 녹림의 잔도들을 처리하는 것 이상의 목적은 지니고 있지 않았다. 빠르게 가나, 느리게 가나 녹림의 도적들이 없어지는 것은 아니었으니 굳이 서두를 필요가 없는 것이다.

게다가 이런 기회가 아니면 강호에 나오기 힘든 그들로서는 밖에서의 시간을 최대한 누리고자 했다.

그런 태도에 애가 닳는 것은 곽호였다.

부친을 구하고 싶은 마음은 가득했지만 그런 마음이 저 거만한 정파인들에게 영향을 줄 수 있을 것 같지가 않았다. 또한 화산과 공동의 제자들이 느릿느릿하게 걷는 것 같음에도 어린 곽호로서는 뒤처지지 않는 것이 고작이었으니 더 빨리 가자는 말을 할 처지도 아니었다. 즉, 저들이 제대로 속도를 내면 곽호는 그들을 따라가기가 벅찰 수밖에 없는 것이다. 곽호는 도움은 되지 못할망정 짐까지 되고 싶진 않았다.

그렇기에 마음은 벌써 대별산을 보고 있으면서도 급한 마음을 내색 못하고 조용히 걸음만 옮길 뿐이었다.

철산은 그런 곽호가 안쓰러웠다.

아무리 느린 걸음이라고는 하나 어른의 걸음, 그것도 무공을 익힌 자들의 걸음이었다. 곽호는 일행에 뒤처지지 않기 위해 계속 뜀박질을 하다시피 해야 했다.

온몸이 땀에 젖고 지친 기색이 완연하면서도 힘들다는 말 한마디 없이 따라붙는 곽호의 모습에서 그의 절실함이 느껴져 왔다.

"힘들지 않느냐?"

철산의 물음에 곽호는 애써 웃음을 지으며 고개를 저었다.

"이런 건 아무것도 아니에요. 산채에 있었을 때는 강하게 만들어준다는 꼬임에 넘어가서 야산을 꼬박 이틀이나 헤맨 적도 있는 걸요. 아들에게 그런 짓을 시키는 사람은 아마 우리 아버지밖에 없을 거예요."

곽호는 어처구니가 없다는 듯 고개를 절레절레 저었다.

"그때 밤중에 산짐승이라도 만났으면 정말 죽었을 거라고요. 먹을 것도 없어서 이틀 동안 쫄쫄 굶어서 겨우 산채로 돌아갔더니 '어라? 너 어디 갔다 왔냐?' 이러지 뭐예요? 나참. 자식을 사지에 보내놓곤 그 사실조차 까맣게 잊어버렸다는 거예요."

곽호의 황당하다는 듯한 표정에 철산과 오혜령은 실소를 터뜨렸다.

"말은 그렇게 하셔도 보내놓고 매우 걱정을 하셨을 거야. 자식을 소홀히 할 수 있는 부모는 없는 법이거든."

곽호는 다시 생각해도 화가 난다는 듯 씩씩거리며 그녀의 말을 부정했다.

"아니에요. 아버지는 절대 남을 걱정한다거나 하지 않아요. 만날 여자만 밝히고 흥청망청 놀기만 좋아한다고요. 아마 절 보내고도 뒤돌아서자마자 잊어버렸을 거예요."

곽호의 말에 오혜령은 이상하다는 듯 말했다.

"내가 들었던 것과는 조금 다르구나. 내가 들었던 바로는 녹림 총채주는 호탕하고 의리가 있어, 신용을 저버리는 일이 결코 없는 호걸이라고 하던데? 사람들은 무림이 이렇게 조용한 이유 중 하나로 그가 녹림을 통제하고 있기 때문이라고도 한단다."

오혜령이 곽동을 칭찬하자 곽호의 입이 헤벌쭉 벌어진다.

밉다 밉다 해도 피는 속이지 못하는 법. 다른 사람, 그것도 이토록 아름다운 여인의 입에서 부친을 칭찬하는 말을 들으니 자신도 모르게 기분이 좋아진 것이다.

하지만 지금껏 투덜거렸던 태도를 급변하기 싫어서인지 다시 표정을 찡그렸다.

"그, 그럴 리가요. 아버지는 그렇게 대단한 사람이 아니라고요. 이번 일만 해도 그래요. 아버지가 능력이 없어서 제가 이렇게 고생하고 있는 거잖아요. 아저씨를 만나지 않았더라면 전 정말 위험했을 거라고요."

"하지만 네 아버지의 행동은 매우 용감한 것이었단다. 그들의 뜻을 따랐더라면 아무 해도 입지 않았을 텐데 무림을 위해 스스로를 희생했으니 말이야. 만약 그가 인명부를 탈취하지 못했다면 이렇게 발 빠른 대응을 할 수 없었을 거란다. 그랬다면 나중에 피해를 입는 사람들도 더욱 많아졌을 거야."

"그, 그런가요?"

"그리고 곽 총채주는 용맹하기로 손꼽히는 사람이라 그렇게 쉽게 제압당한 것을 보면 애초에 반항할 의사가 없었던 것이 아닐까? 곽 총채주는 부하들을 다치게 하기 싫어서 순순히 잡힌 것이 아닐까?"

그녀의 설득력 있는 말에 곽호의 얼굴이 금세 환해졌다.

그러다 무안했던지 말문을 돌린다.

"누나의 아버지는 어떤 사람이에요?"

오혜령의 입가에 잔잔한 미소가 맺혔다.

"평생을 검에 매달린 분이셔. 젊었을 때부터 지금까지 검을 놓아보신 적이 드물 정도란다. 어떻게 어머니를 만나 혼인하게 되셨는지 의문일 정도였어. 그렇게 검을 수련하다 보니 어느 날부터인가 무림에서 가장 강한 사람들 중 한 명이라는 명성이 붙기 시작하셨어. 그런데도 당신은 항상 스스로가 미흡하다 여기신 것 같아. 그래서 그 미흡한 부분을 나를 통해 이루려 하셨나 봐. 걸음마를 떼기 시작했을 무렵부터 검을 쥐었지. 다른 아이들이 또래의 아이들과 어울려 소꿉장난을 하는 걸 보면서 아버지를 많이 원망하기도 했었단다. 나중에 점차 나이가 들면서 아버지의 고충을 이해하게 될 때까지 반항도 많이 해보고 속도 많이 썩였었어."

그녀의 말에 곽호가 믿을 수 없다는 듯 손을 내저었다.

"어라? 누나같이 예쁜 사람이 아버지한테 반항을요? 전혀 안 그랬을 것 같은데…….”

“그때는 어렸을 때라 주변에 누군가 같이 있어 줄 사람이 필요했었거든. 그런데 아버지는 검 이외의 친구는 사귀지 못하게 하셨어. 그런데 사실 나는 아버지와 달리 검을 그렇게까지 좋아하진 않았었어. 그래서 일부러 검을 잃어버리기도 하고 수련 시간에 몰래 도망쳐서 숨어 있기도 했었어. 지붕에 올라가서 혹시나 누가 나를 찾을까 싶어서 숨죽이고 엎드려 있었던 적도 있었지. 그렇게 말썽을 부릴 때만큼은 나도 다른 평범한 아이들과 같다고 느껴졌었거든. 나중에 나이가 차고 나서부터는 아버지도 더 이상 내게 검을 들라고 강요하지 않으셨어. 아마 포기하셨을 거야. 내게 기대가 크셨던 만큼 실망도 크셨겠지. 아버지의 심정을 모르는 것은 아니었지만 그래도 마냥 기쁘기만 했어. 그동안 너무 외로웠었거든. 그래서 무림에 나가 친구도 사귀고 이곳저곳 구경하러 다니기도 했었지. 그러다가 정말 특이한 사람을 만나기도 했고.”

오혜령의 시선이 철산에게 슬쩍 돌려졌다.

마침 철산 역시 그녀의 이야기를 듣고 있던 차였기에 두 사람이 눈빛이 마주쳤다.

‘이런.’

철산이 당혹스러움을 느끼고 고개를 돌리려 할 때 그녀의 시선이 먼저 앞으로 돌려졌다.

“그런데 사람들을 만나고 친구가 많아지면 사라질 거라 생각했던 외로움이 없어지지 않더라. 나와 친해지려는 사람들

대부분이 현실의 나를 보는 것이 아니라 아버지의 딸로서 보려 하거든. 그렇지 않은 사람은 아예 처음부터 거리를 두려 했고. 무림의 손꼽히는 고수는 아버지이지 내가 아닌데도 그들은 그렇게 여기지 않는 것 같았어. 그들의 눈에는 내 뒤에 아버지의 환영이 보이는가 봐."

쓸쓸함이 묻어 있는 그녀의 말에 곽호는 주먹을 꽉 쥐었다.

'나는 누나 배경 같은 것은 보이지 않아요.'

곽호의 속내를 읽은 것일까? 오혜령은 밝게 웃으며 우울함을 지워 버렸다.

"그렇지만 아버지를 원망하진 않아. 어렸을 때 검을 휘두르다 지쳐 쓰러지면 항상 새벽이 다 가도록 뭉친 근육을 풀어주신 것도 아버지였고, 혹시 내가 없어지기라도 하면 가장 애태우며 찾으러 다닌 것도 아버지였거든. 평생을 검에 매달려 오시고 세상에 검이 제일 소중한 것처럼 보여도 결국 아버지가 택한 것은 나였던 거야."

오혜령의 말에 곽호는 감동받은 듯 말을 하지 못했다.

잠시 침묵이 흐르자 정신을 차린 곽호가 철산을 쳐다보았다.

"그럼 아저씨 아버지는 어떤 분이셨어요?"

침묵을 깨기 위해 던진 질문에 철산은 별생각없이 대답해 주었다.

"나는 아버지가 안 계신단다."

철산의 말에 곽호는 당황한 듯 급히 질문을 고쳤다.

"그럼 어머니는요? 어머니는 어떠셨어요?"

"나는 어렸을 때 버려져서 혼자 자랐다. 굳이 부모를 찾자면 갓난아기였던 나를 받아준 마을의 모든 분들이라 할 수 있지."

곽호의 얼굴에 또다시 당황스러움이 떠올랐다.

아직 어린 그로서는 타인의 상처를 어떻게 대해야 할지 몰랐던 것이다.

철산은 피식 웃으며 곽호의 머리를 헝클어뜨렸다.

"괜찮다. 기억이 생겼을 때부터 혼자라서 익숙하거든."

그 말에 곽호는 무안한 표정으로 헤헤거리며 웃었다.

그들이 도란도란 대화를 나누며 걷고 있을 때 돌연 앞서 가던 화산의 제자 한 명이 발길을 돌리더니 되돌아왔다.

"저… 사저, 대사형께서 발길이 너무 지체된다고 여기서부터는 경공을 써야겠다고 합니다. 따라오기 힘들면 저희가 일을 해결하고 올 때까지 그냥 여기서 쉬고 있으시랍니다."

쭈뼛거리며 말을 마친 그는 오혜령의 입에서 무슨 말이 나올지 두렵다는 듯 후닥닥 뛰어가 버렸다.

그가 돌아가고 나자 장충을 비롯한 정파 제자들의 속도가 이전과 비할 수 없이 빨라졌다. 곽호가 그들을 보며 의아한 듯 중얼거렸다.

"저 사람들, 왜 갑자기 서두를까요?"

철산은 대충 그 이유를 알 것 같았다.

그렇지 않아도 산을 내려온 후부터 계속 정파 제자들의 따가운 시선을 느끼고 있었다. 철산과 같은 야인은 쳐다보지도 않았을 그들이 계속하여 관심을 가지고 있는 이유는 바로 오혜령 때문이었다.

그들은 오혜령의 모습을 어떻게든 더 보려고 힐끔힐끔거리고 있는 것이다. 그리고 호기심과 동경이 뒤섞인 그들의 눈빛 속에 자리한 또 하나의 감정. 그것은 바로 부러움과 시기심이었다.

그들은 자신들이 감히 마주하기도 힘든 오혜령과 어깨를 나란히 걷는 것도 모자라 스스럼없이 대화를 나누고 있는 철산과 곽호에게 적개심을 품고 있는 것이다.

그들의 마음에 내재한 적개심은 미약하게나마 살기로 표출되어 철산에게 전해져 왔다. 그리고 그 가운데 가장 강한 살기를 드러내고 있는 것은 바로 일행의 대표격인 장충이었다.

사실 철산은 알지 못하겠지만 장충은 오혜령에겐 사형이면서도 그녀에게 가벼운 농담 한 번 던지지 못했었다. 그도 그럴 것이 무림에서 손꼽힐 정도로 아름다운 외모와 특출난 무공실력. 거기다 거대한 인물이 그녀의 뒤에 버티고 있었으니 어린 사매에게 늘 주눅이 들 수밖에 없었다.

그런데 지금에 와서 그보다 훨씬 못해 보이는 인물이 그녀와 스스럼없이 대화를 나누고 있었으니 속이 부글부글 끓었던 것이다.

철산은 그러한 장충의 속마음까지 읽어내진 못했으나, 그가 갑자기 속도를 올리는 원인은 대충 짐작할 수 있었다.

경공으로 자신의 기를 죽이겠다는 뜻이리라. 철산으로서는 이런 경우를 처음 당하는 것도 아니고 또한 그들의 뒤를 따르는 것이 어려운 일도 아니었기에 별문제가 없었다.

그러나 곽호는 걱정스러운 표정이 역력했다.

앞서 달려간 자들은 벌써 까마득하게 멀어졌는데 그걸 따라잡을 자신이 없는 것이다. 그렇다고 부친의 일인데 이곳에서 마냥 기다리고 있을 수도 없었다.

곽호는 철산과 오혜령에게 걱정을 끼치지 않기 위해 전력을 다해 달렸다.

그러나 그 속도는 장충 등의 뒤를 따르기엔 턱없이 부족했다.

게다가 불과 백여 장을 달리기도 전에 숨이 턱에까지 차 올랐으니 그대로는 도저히 무리였다.

그때 억센 손이 지쳐 비틀거리는 곽호의 팔을 지탱해 주었다.

"숨을 들이쉴 때는 깊이, 내쉴 때는 천천히 뱉어보거라. 땅을 찰 때는 숨을 여러 번 나누어 쉬고 발가락에 힘을 싣고 착지할 때는 발바닥 앞쪽만 이용해라. 무게는 내게 실어 몸을 최대한 가볍게 해서 보폭을 넓혀라."

그것은 일전에 천명 진인이 들려주었던 운신법이었다.

곽호는 그가 시키는 대로 몸을 움직이자 달리는 것이 조금씩 편해짐을 느꼈다. 게다가 철산의 부축으로 보폭이 월등히 넓어져 달리는 속도 역시 확연히 빨라졌다.

그러나 이미 떨어진 체력을 채울 수는 없었기에 앞선 정파 제자들과의 거리는 조금씩 더 벌어졌다. 급한 마음에 곽호의 호흡이 다시 거칠어지려 할 때, 오혜령이 반대쪽 손을 잡아주었다.

곽호는 그녀의 보드라운 손을 잡는 순간 짜릿한 기운이 온몸을 휘감는 듯한 기분이 들었다. 그와 함께 무겁기만 하던 몸이 깃털처럼 가벼워짐을 느꼈다.

"엇?"

곽호는 자신이 지금 달리는 것인지 날고 있는 것인지 헷갈리기 시작했다. 필시 자신의 발이 땅을 박차고는 있는 것 같은데 몸은 둥둥 떠다니는 느낌.

'이게 경공이라는 거구나.'

곽호는 온몸을 맴도는 충만한 기운에 절로 신이 났다. 지금과 같아서는 대별산까지 한 번에 달려도 지치지 않을 것 같았다.

곽호가 들뜬 기분으로 신나 하고 있을 때 오혜령은 약간 놀란 얼굴로 철산을 보고 있었다.

조금 전 곽호에게 불어넣은 기운은 화산파 비전 중 하나인 옥함신공(玉函神功)이었다. 옥함신공은 주로 여인들이 익히는 내공심법으로 강함보다는 부드러움이 주체인 무공이었다.

그러다 보니 다른 기운과 어울려도 충돌을 일으키지 않고 쉽게 융화할 수가 있었다. 때문에 철산이 곽호의 손을 잡고 있음을 알고도 걱정하지 않고 진기를 불어넣은 것이다.

그녀가 알기로 철산은 따로 무공을 익힌 적이 없었고, 설사 익혔다 할지라도 옥함신공의 포용력으로 충돌은 피할 수 있기 때문이다.

그런데 뜻밖에 곽호의 몸을 순조롭게 휘감아 철산에게 닿은 진기가 일순 강한 반탄력에 부딪쳐 튕겨져 나오는 것이었다. 놀란 그녀가 급히 내공을 거두려는 순간 이번에는 진기가 반대로 철산의 몸으로 끌려 들어갔다.

모든 것을 감쌀 수 있다는 옥함신공이 거부당한 것도 모자라, 오히려 철산이 지닌 힘이 그녀의 옥함진기를 포용하고 있는 것이다.

옥함신공은 화산을 대표하는 자하신공에 비해서 조금도 뒤지지 않는 절기였다. 그런 뛰어난 무공이었기에 오혜령의 놀라움은 더욱 클 수밖에 없었다.

'이 사람은 갈수록 날 놀라게 하는구나.'

오혜령이 놀라움을 가라앉히는 동안 철산은 굳은 표정을 하고 있었다.

조금 전 곽호를 통해 옥함진기가 전해져 왔을 때 그의 왼손에 자리 잡고 있던 폭혈진기가 갑작스레 날뛰었다. 마치 먹잇감을 발견한 굶주린 맹수처럼 날뛰는 기운은 흡사 터지기 직전의 폭약과도 같았다.

철산은 불길한 예감이 드는 순간 무토심공을 운용하여 폭혈진기의 과격한 기운을 잠재웠다. 다행히 폭혈진기는 오혜령의 내공과 격돌하려는 찰나에 힘이 거두어졌다. 그 여력으로 옥함진기가 주춤하는 듯했으나 곧 무토심공의 이끄는 힘에 순순히 따라왔다.

만약 폭혈진기가 미쳐 날뛰는 순간에 철산이 반사적으로 무토심공을 쓰지 못했더라면 큰 격돌이 일어났을 터. 그 격돌은 폭혈진기에 깃든 화기를 자극하여 폭발을 일으키기 충분했다.

그렇게 되었을 시, 힘의 발생지인 철산은 괜찮을지 몰라도 그의 손을 잡고 있었던 곽호는 큰 화를 면치 못했을 것이다.

아무 죄 없는 아이를 죽일 뻔했다는 긴장감은 대담하기로 둘째가라면 서러울 철산이 땀까지 흐르게 만들었다.

곽호는 철산의 이마에 흐르는 땀의 이유는 생각도 못한 채 마냥 신나 있기만 했다. 그는 아마 꿈에서도 알지 못할 것이다. 자신이 그 짧은 한순간에 지옥 문턱까지 다녀왔음을.

사정이야 어찌 되었든 곽호는 철산과 오혜령의 중간에 끼어 바람을 휘날리며 내달렸다. 어느덧 좁쌀만 하게 보이던 장충 일행과의 거리가 육안으로 확인될 정도로 좁혀졌다.

오혜령이 속도를 조절하는 바람에 더 좁히진 못했으나 곽호는 더 이상 거리가 벌어지지 않는다는 사실만으로도 만족했다.

사흘가량을 달리자 대별산이 눈으로 보이는 곳에 도착할 수 있었다.

대별산은 기나긴 산등성이를 따라 펼쳐진 열여덟 개의 봉우리로 이루어져 있었다. 열여덟 개의 봉우리가 제각기 다른 산이라도 되는 듯 특색있는 모습을 하고 있음에도 합쳐 놓으니 하나의 수려한 산세를 만들어내고 있었다.

오랜 세월 강호에 뿌리를 내리고 살아온 녹림의 총채는 바로 저 열여덟 개 봉우리 중 한군데에 자리를 잡고 있었는데 그 위치는 녹림에서 어지간히 잔뼈가 굵지 않고서는 알 수 없었다.

바로 그 때문에 철산과 곽호를 떼어놓기라도 하려는 듯 달려오던 정파 제자들이 멈춰 서서 기다리고 있었다.

장충은 곽호가 당도하자마자 신경질적인 어투로 물었다.

"총채로 가는 길이 어디냐?"

그렇지 않아도 그들에겐 좋지 않은 감정을 품고 있던 곽호는 이때다 싶었던지 히죽 웃으며 말했다.

"여기 길 모르세요?"

장충은 곽호의 의미심장한 미소가 마음에 들지 않았지만 어쩔 수 없이 고개를 끄덕였다.

"내가 이런 변두리 산골짜기 길까지 숙지할 리가 없지 않느냐?"

"아… 그런데 아깐 왜 우리보고 뒤에서 기다리고 있으라고 하셨어요?"

정말 궁금해서 물어본다는 듯 천연덕스러운 곽호의 표정에 장충은 일순 고민에 빠져야 했다.

'이놈이 진짜로 몰라서 묻는 거야, 아니면 놀리려고 묻는 거야?'

둘 중 어떤 게 맞든 간에 장충으로서는 별로 유쾌하지 않는 질문이었다.

"그건 너희가 다칠까 염려되어 그런 것이다. 또 이렇게 찾기 어려운지도 몰랐었고."

장충의 궁핍한 핑계에 곽호는 씨익 웃으며 산을 향해 발걸음을 옮겼다.

"그럼 이제 길을 아는 제가 앞장을 서고, 뻔뻔한 아저씨들은 제 뒤를 따를 차례로군요."

능글능글한 곽호의 말투에 장충은 그제야 자신들을 비꼬고 있음을 알아챘다.

"이런 건방진……."

장충은 분기탱천하여 소리치려 했으나 오혜령의 한마디가 그의 입을 다물게 했다.

"뒤따라오세요."

열여덟 개의 봉우리 중에 곽호가 택한 곳은 중간 정도 높이의 봉우리였다. 겉으로 보기에는 평범한 산과 같이 숲이 우거지고 경사도 완만했기에 오르는 것이 힘들 것 같지 않았다. 그러나 실제로 산을 타게 되자 가파른 경사에 길조차 제대로 나있지 않았다.

특히 나무와 바위가 불규칙적으로 뒤엉켜 있는 모습은 보는 이로 하여금 압박감을 주었다.

그런 험난한 길이었건만, 곽호는 마치 날다람쥐같이 잽싸게 산을 탔다. 지금까지 힘들어했던 모습이 꾸민 것같이 여겨질 정도였다.

다른 이들이 무공을 익히지 않았다면 따라가기도 힘들었을 것이다.

한참을 이리저리 올라가던 곽호는 어느 절벽가에 이르러 발길을 멈추었다. 잠시 숨을 크게 몰아쉬고는 절벽 아래쪽을 가리킨다.

"다 왔어요. 산채는 저 아래에 있어요."

절벽 아래는 넓은 분지였는데, 나무로 지어진 집들이 여기저기 모여 작은 촌락을 형성하고 있었다. 목옥의 형태와 색깔이 주변 나무들과 비슷해서 얼핏 보면 집이 아니라 나무들이 얽혀 있는 것으로 착각하기 쉬웠다.

곽호의 설명이 없었더라면 결코 찾기가 쉽지 않았을 것이다.

"쥐새끼 같은 놈들. 이런 곳에 숨어 있었다니."

어느새 다가온 장충이 짜증 섞인 어투로 투덜거렸다.

그가 불만을 토로하는 것에는 이유가 있었다. 지난 수십 년간 정파가 득세하며 몇 차례에 걸쳐 녹림을 토벌하려 했던 적이 있었다.

곽동이 총채주가 되기 전까지만 해도 녹림의 약탈 행위가 도를 지나쳤었기 때문이다. 하지만 그때마다 녹림은 꼬리를 감추고 숨어버렸다. 정파인들은 녹림의 총채를 치기 위해 갖은 수단을 다 써보았으나 총채가 대별산에 있다는 사실만을 겨우 알아냈을 뿐이었다.

다행히 정파의 견제에 겁을 먹은 녹림이 약탈 행위를 자제

했기에 정파로서도 간신히 체면을 세울 수는 있었지만 자존심이 크게 상했었다.

정파인들은 그때의 악감정을 잊기 위해 녹림도들을 무림인이라기보다 한낱 산도적 패거리에 불과하다고 말하고 다녔다. 그런 녹림의 인식이 지금까지 전해져 내려와 작금의 젊은 제자들은 녹림이 정말 삶에 적응하지 못한 부랑아들이 모여서 만든 단체 정도로 생각하게 되었다.

그나마 십수 년 전. 곽동이라는 호걸이 총채주가 되면서 그간의 좋지 않은 인식을 조금씩 탈피하고는 있었으나, 정파인들의 노기를 억누르기엔 부족했다.

그랬기에 장충의 말에는 지난 수십 년간 정파의 눈을 피해 다닌 녹림에 대한 괘씸함이 묻어 있는 것이다.

'쳇. 우리가 쥐새끼면 당신들도 잘해봐야 고양이 정도겠지.'

곽호는 속 시원하게 비꼬고 싶은 욕망을 애써 억누르며 철산을 쳐다보았다.

"원래 입구로 가는 길은 아래쪽에 따로 있지만 그리로 가면 보초를 서는 아저씨들한테 걸려서 활을 맞게 될 거예요. 들키지 않고 들어가려면 직접 절벽을 타고 내려가는 수밖에 없어요."

철산이 절벽 아래를 내려다보니 경사가 매우 가파른데다 높이도 족히 오십 장은 되어 보였다. 일반인이라면 내려다보는 것만으로도 눈앞이 아찔한 높이인 것이다.

하지만 일행은 절벽을 내려가는 것에 대해서는 그리 고민할 필요가 없었다. 그들 중 경공을 익히지 않은 것은 철산과 곽호 두 명이었는데, 철산이야 산에 있을 때 이보다 몇 배 높고 험준한 절벽도 많이 타봤었다. 그리고 곽호는 가벼우니 누가 짊어져도 크게 부담이 가지 않는 무게였다.

그럼에도 장충은 인상을 쓰며 곽호에게 소리를 질렀다.

"이놈, 누가 너보고 이런 잔머리를 쓰라 했느냐? 네 녀석은 우리가 고작 녹림의 도둑놈들이 쏘는 활 따위를 무서워해서 뒤로 숨어들어 갈 것 같았더냐?"

장충의 노성에 곽호는 급히 설명을 하려 했다.

"그, 그렇지만 입구에서 발각되면 안에 있는 사람들이 모두 나오게 된다고요. 그렇게 되면……."

"흥. 그런 버러지들 따위 수천 명이 몰려들어도 상관없다."

장충의 말은 지나치게 오만한 것이었으나 화산과 공동의 젊은 제자들은 당연하다는 듯 고개를 끄덕였다. 오혜령의 말대로 그들은 만에 하나라도 녹림도들에게 다치는 일 따윈 전혀 생각지도 않고 있는 것이다.

곽호는 그들의 태도에 또다시 화가 치밀어 올랐다.

'대체 이 작자들은 녹림을 뭐라 생각하고 있는 거야?'

비록 녹림이 정파의 공세가 두려워 몸을 숨기고는 있지만 이토록 무시당할 정도로 무력한 것은 아니었다.

이들과 같이 체계적인 수련을 거친 것은 아니지만 녹림에도 무공을 익힌 사람이 꽤 많았다.

'강 아저씨도 그랬어. 총채의 당주 아저씨들만 해도 무림에서 이름을 알릴 정도의 실력은 된다고. 게다가……'

무엇보다 입구에 보초를 서는 이들은 곽동이 직접 훈련시켜서 활을 쏘는 솜씨가 매우 뛰어났다. 보통 다섯 명 정도가 한 조를 이루어 입구를 지키는데 그들이 쏘는 활은 위력도 위력이거니와 상호 조준점이 교묘하여 상대가 피할 곳을 모두 노리게끔 훈련받았다.

아무리 고수라 할지라도 갑작스럽게 날아오는 화살을 피해 내기란 쉽지 않은 일. 더욱이 피할 곳이 모두 막혔다면 누구라도 위험할 수 있었다.

그렇기에 곽호는 일부러 험한 길을 택해 산채의 뒤쪽까지 안내해 온 것이다. 그런데 애써 생각을 해줘도 이렇게 업신여김을 당해야 하니 억울함에 이가 바드득 갈렸다.

아마 그대로 두었다면 곽호도 더 이상 참지 못하고 장충에게 욕을 하며 덤벼들었을지도 몰랐다.

그러나 곽호가 행동하기에 앞서 차분한 목소리가 곽호의 앞을 가로막았다.

"그 애의 말이 맞는 것 같군요. 들어서는 길은 지키는 사람이 많은데다 너무 좁아요."

오혜령은 말과 함께 절벽 아래 한쪽을 가리켰다.

그녀의 섬섬옥수가 가리키는 곳에는 총채로 들어서는 입구가 걸려 있었다. 장충이 그곳을 쳐다보니 확실히 길도 좁은데다 들어서는 길에 장애물 하나 없이 탁 트여 있었다.

그런 길을 정면으로 들어서며 화살 공격을 받게 된다면 자칫 체면을 구기게 될 것 같았다. 그가 흥분하여 열을 올리는 동안에도 오혜령은 냉정하게 산채를 살펴보고 있었던 것이다.

"험험. 뭐 사매가 그렇게 말을 한다면⋯⋯."

그는 머릿속으로는 곽호의 말이 옳다는 것을 인지하면서도 겉으로는 오혜령 때문에 어쩔 수 없이 인정한다는 듯 말끝을 흐렸다.

'쳇. 소인배 같으니라고.'

곽호가 속으로 그를 욕하는 동안 정파의 제자들은 절벽을 내려갈 준비를 하고 있었다.

"내가 먼저 내려갈 테니 두 명씩 따라오도록 해라."

장충은 절벽 아래를 흘깃 쳐다보더니 망설임없이 몸을 날렸다.

마치 자살이라도 할 것 같이 뛰어내리다가 이십여 장가량 떨어졌을 때 몸을 회전시키며 벽을 걷어찬다. 두세 번을 반복하고 나자 장충의 발은 절벽 아래 땅에 닿아 있었다.

장충이 작은 돌멩이 하나 떨어지는 정도의 소음을 내며 가볍게 착지하자 공동파의 제자들이 감탄하며 찬사를 보냈다. 화산의 제자들은 자신들의 대사형이 보여준 깔끔한 신법에 은근한 자부심을 드러냈다.

장충이 아래에서 손짓을 하자 화산과 공동의 제자들이 두 명씩 짝을 지어 절벽을 내려가기 시작했다. 경공에 자신이 있는 사람은 장충을 흉내 내어 과감하게 뛰어내렸고 그렇지 않은 이들은 조심스럽게 절벽을 내려갔다.

그들은 모두 철산과 곽호는 내려오든 말든 별로 신경을 쓰지 않는 눈치였다. 절벽 위엔 철산과 오혜령, 그리고 곽호만이 남게 되었다.

"전 어떻게 하죠?"

곽호가 걱정스레 묻자 철산이 대답했다.

"내가 업고 가지."

철산은 곽호를 등에 업은 후 절벽을 타기 시작했다.

절벽의 경사가 워낙 가파른데다 몸을 고정시킬 만한 곳도 별로 없었지만 철산은 큰 어려움 없이 몸을 움직였다.

마치 밧줄이라도 잡고 내려오듯 매끄럽게 내려오는데 그 속도가 장충을 비롯한 정파인들의 경공에 전혀 뒤지지 않았다.

철산이 곽호를 등에 업고도 가볍게 절벽을 내려오자 화산과 공동의 제자들도 꽤나 놀란 모양이었다.

"흥! 어디서 벽호공이라도 주워 배웠나 보군."

장충이 코웃음을 치며 철산을 부정하려 할 때 사제들의 탄성이 터졌다.

"오오······."

그들의 목소리에 위를 본 장충 역시 입을 헤 벌리며 감탄했다.

철산의 뒤를 따라 오혜령이 표홀한 신법으로 절벽을 내려오고 있었기 때문이다. 그녀는 서 있는 상태로 떨어져 내리고 있었는데 추락 속도가 빨라진다 싶을 때면 소맷자락을 펄럭여 속도를 늦추고 있었다.

마치 바람이 그녀를 실어 내려주는 것 같은 광경이었다.

아름다운 여인이 옷자락을 하늘거리며 허공에서 내려서는 모습은 그야말로 천상의 선녀가 따로 없었다.

그녀가 내려서자 정파의 제자들이 너 나 할 것 없이 찬사를 퍼부었다. 그런 가운데 장충이 자신의 안목을 자랑하듯 박수를 친다.

"사매, 훌륭한 부운약표(浮雲躍飄)였어. 아직 미흡한 부분이 없진 않지만, 조금만 더 연마하면 대성하겠는걸?"

부운약표는 화산의 경공신법 중에서도 수위에 속하는 무공으로 사문에서도 몇몇 노고수들을 제외하곤 자유자재로 쓸 수 있는 사람이 거의 없었다. 장문인의 수제자이자 일대제자 중 대사형인 자신도 간신히 흉내만 낼 수 있는 무공이었는데 오혜령은 아무렇지도 않게 펼치고 있는 것이다.

장충은 사매의 경지가 대견스럽다는 듯 웃고 있었지만 속으로는 그녀에 대한 시기심이 치솟고 있었다.

'나도 화산 제일고수인 사숙님께 가르침만 받았다면 저런 것쯤……'

장충은 오혜령의 무공을 그녀의 배경 탓으로 돌리며 자신을 위로했다. 잠시 마음을 진정시키던 장충은 귀찮다는 표정으로 곽호에게 물었다.

"네 아비가 어디 갇혀 있는지는 알고 있느냐?"

곽호는 잠시 궁리하더니 고개를 내젓는다.

"모르겠어요. 하지만 알 수 있는 방법이 있어요. 이쪽으로 따라오세요."

곽호는 절벽과 건물 뒤쪽 길을 따라 쪼르르 달려갔다.

간혹 건물 앞쪽에서 오가는 인기척이 들리긴 했으나 건물 뒤쪽까지 신경 쓰는 사람은 없었다.

아무에게도 들키지 않고 목표한 목옥까지 달린 곽호는 건물 뒤쪽에 나 있는 작은 창문을 통해 안쪽을 쳐다보았다.

그곳은 주방으로 사용하는 곳인 듯 여러 가지 취사도구가 걸려 있고 음식 냄새가 진하게 풍겨 나오고 있었다. 그 속에서 늙은 숙수 한 명이 이리저리 움직이며 요리를 만들고 있었다.

곽호는 반색을 띠며 늙은 숙수를 불렀다.

"구 아저씨."

정체 모를 목소리에 주변을 두리번거리던 숙수가 창문 너머 곽호의 얼굴은 보고는 화들짝 놀란다.

"헉! 너는 아호 아니냐?"

숙수는 하던 일을 멈추고 급히 부엌에서 뛰쳐나와 곽호 등이 있는 곳으로 왔다.

"아니, 이게 어떻게 된 일이냐? 네가 왜 여기 있는 게냐? 그리고 이 사람들은 누구야?"

구 숙수는 영문을 모르겠다는 듯 연달아 물었다.

"그건 천천히 말씀드릴게요. 그보다 지금 산채 상황이 어떻게 돌아가고 있어요?"

늙은 숙수는 한숨을 내쉬며 손사래를 쳤다.

"말도 마라. 그동안 난리도 아니었어. 총채주가 누군가에게 봉변을 당하고 나서부터 모든 것이 엉망이 되어버렸지. 부채주는 산채를 보호해야 한다는 명목으로 자꾸 수상한 사람들을 데려오고, 우리에겐 이상한 일만 심부름만 계속해서 시키더라. 저번에 채 당주가 거기에 관해 불만을 표했다가 부채주에게 심하게 두들겨 맞아 아직도 거동을 못하고 있어. 그 일 때문에 산채 식구들의 불만이 이만저만이 아니야. 게다가 네가 우리를 배신하고 정파의 제자가 되기 위해 산채의 기밀문서를 훔쳐서 달아났다면서 전 산채에 너를 잡아오라는 명령까지 내렸다더구나. 잘은 모르지만 뭔가 잘못 돌아가고 있는 것이 틀림없어."

구 숙수의 말에 곽호는 이를 바드득 갈았다.

"제기랄. 배신자는 바로 부채주라고요. 그 작자가 외부 세력을 끌어들여 반란을 일으킨 게 틀림없어요. 아마 아버지가 화를 입었다면 분명 그놈들에 의해서일 거예요."

곽호가 분통을 터뜨리자 구 숙수는 놀란 표정을 지었다.

"설마 부채주가……."

"그렇지 않다면 어째서 그 작자가 이렇게 활개를 치고 다니겠어요?"

부채주 상중명은 성격이 소심하고 간이 크질 못했다. 항상 곽동에게 주눅 들고 그의 그늘에 묻혀 있기만 했기에 총채를 단숨에 휘어잡는 등의 대담한 일을 벌일 인물이 못되었다.

그런 사실은 산채의 모든 인물들이 알고 있었기에 곽호의 말은 더욱 설득력이 있었다.

"하지만 그걸 알았다고는 해도 내가 무슨 일을 할 수 있을지……."

"일단 아버지를 구해야겠어요. 아버지가 어디에 갇혀 있는지 모르세요?"

구 숙수는 잠시 기억을 더듬다가 대답했다.

"부채주가 데려온 자들 중에 한 명이 매일 아침저녁으로 밥을 타가더구나. 꼭 한 사람 먹을 분량을 가져가길래 궁금해서 주시해 봤더니 산채 뒤쪽 협곡 쪽으로 가더구나. 그땐 구금동에 포로라도 있나 보다 여기고 그냥 넘겼는데 지금 생각해 보니 그곳이 수상하구나."

구금동은 포로나 배신자 등을 붙잡아두는 곳이었다. 동굴 자체가 절벽 한가운데 생성되어 있어 한 번 갇히면 자의로 빠져나오기가 힘든 천혜의 감옥이었다.

근래 들어 녹림은 특별히 싸울 일이 없었기에 지난 십수 년간 거의 비어 있다시피 한 곳이었는데 그런 곳에 밥을 들고 갔다는 것은 의심해 볼 만한 상황인 것이다.

"틀림없이 그곳일 거예요."

곽호가 확신조로 말하자 장충은 턱을 쓰다듬으며 석연찮은 어투로 중얼거렸다.

"흐음. 그곳을 지키고 있는 졸개 몇 명만 해치우면 끝난다는 말이군."

"그래요. 그러니 빨리 아버지를 구해주세요."

곽호의 목소리는 벌써부터 기대에 차 있었다.

비록 마음에 드는 것은 아니나 장충과 그의 사제들은 명문정파, 그것도 구대문파의 직전제자들이다.

녹림이 만만한 곳은 아니라지만, 이들이 질 거라고는 생각되지 않았다. 게다가 단지 동굴을 지키는 이들 몇 명만 조용히 처리한 후 곽동을 구해서 탈출하기만 하면 되는 일이었으니 혹여라도 일이 잘못될 확률은 없었다.

그러나 장충의 입에서 나온 말은 그의 예상을 완전히 벗어나는 것이었다.

"일이 그렇게 쉽게 풀려 버리면 우리가 고생해서 여기까지 달려온 보람이 없어지잖느냐?"

장충의 말에 그의 사제들이 그럴 줄 알았다는 듯 낄낄거리며 웃어젖힌다. 그들의 행동에 곽호는 불길함을 느꼈다.

"설마……."

곽호가 예상한 바를 입 밖에 꺼내기도 전에 장충의 입에서 우렁찬 호통 소리가 터져 나왔다.

"쥐새끼 같은 녹림의 졸개들아! 화산의 청매검객 장충이 네 놈들을 벌하러 왔도다. 목이 달아나기 전에 무릎을 꿇고 속죄하라!"

내공이 실린 목소리는 산채 안을 쩌렁쩌렁하게 울리게 만들었다.

"으하하. 여기 공동육협도 있다!"

장충의 호기 넘치는 목소리에 기분이 고조됐는지 그의 사제들과 공동의 제자들 역시 너 나 할 것 없이 자신들의 별호를 소리쳤다.

"침입자다!"

"어디야?"

"저쪽에서 들렸다!"

여기저기서 무기를 든 사내들이 뛰쳐나오며 소리의 행방을 추적하는 듯했다.

"무, 무슨 짓이에요?"

곽호는 금방이라도 울 것 같은 표정이었다.

쉽게 해결될 것이라 믿었던 일이 이렇게 어이없이 망쳐졌으니 곽호로서는 그 충격을 쉽사리 넘길 수가 없었다.

어이없는 것은 곽호뿐이 아니었다.

철산 역시 장충의 행태를 도저히 이해할 수가 없었다.

그들은 엄연히 적의 입장에서 이곳에 있었다. 뒷골목 건달 패들도 자신들의 구역을 침입한 자들과는 목숨을 걸고 싸운다. 하물며 무림 단체인 녹림에서 침입자들을 곱게 돌려보낼 리는 없는 일.

결국 목숨을 걸고 싸워야 한다는 말이다.

이들은 그토록 싸우는 것이 좋을까? 아니, 그전에 한 번이라도 목숨을 건 싸움을 해보긴 했단 말인가?

그런 철산의 속마음에 공감하듯 오혜령이 굳은 표정을 지은 채 장충을 불렀다.

"사형, 대체 이게……."

항상 태연하기만 하던 그녀답지 않게 상당히 동요된 목소리였다. 그러나 장충은 그녀 쪽은 쳐다보지도 않고 말을 끊었다.

"사매, 어쩔 수 없어. 사제들을 보라고. 이들은 며칠 전부터 무림에서의 첫 활약을 기대하고 있었다고. 그런데 이대로 사람만 달랑 구해서 돌아가게 되면 내 체면이 뭐가 되겠어? 그리고 우리는 장차 무림을 떠받들 기둥들인데 젊었을 때 이 정도 경험쯤은 당연히 해야 하지 않을까? 혜공 선사가 우릴 보낸 이유도 아마 그 때문이었을 거야."

그는 진작부터 이런 일을 벌일 것을 작정하고 있었던 듯 막힘없이 말했다. 다른 이들과도 이미 이야기가 되어 있었는지 모두 당황하지 않고 진열을 맞추어 선다.

"저놈들에게 정파의 무서움을 보여주도록 하자. 그리고 무고한 사람들이 저들에게 잡혀와 있을지도 모르니 집집마다 조사하는 것도 잊지 말도록!"

"네!"

장충의 명령과 젊은 정파인들의 대답이 이어졌을 때 드디어 그들을 발견한 녹림도들이 삼삼오오 몰려들기 시작했다.

"저기 있다!"

"이놈들, 감히 여기가 어디인 줄 알고 쳐들어온 것이냐?"

살기 짙은 그들의 호통에 장충을 비롯한 정파의 제자들은 코웃음을 칠뿐이다.

뜻하지 않은 상황이 펼쳐지자 구 숙수가 경악한 표정으로 곽호를 쳐다보았다.

"아호야, 네가 정말……."

아마 곽호가 정말 정파의 제자가 되기 위해 산채를 배신했느냐고 묻고 싶었을 것이다. 그가 그렇게 물어왔다면 곽호로서는 매우 난감한 상황에 처했을 것이 분명했다.

하지만 오혜령의 수도가 그의 목덜미를 가볍게 치는 것으로 곽호는 어려운 질문을 면할 수 있었다.

구 숙수가 의아심 가득한 눈으로 바라보며 쓰러지자 곽호는 자신도 모르게 안도의 한숨을 쉬었다.

"단지 혼혈을 짚었을 뿐이니 걱정하지 마. 그는 잠시 기절해 있는 것이 여러모로 나을 것 같았어."

곽호가 이미 배신자로 낙인찍힌 상황에서 녹림도들이 이곳에 서 있는 구 숙수를 본다면 그의 입장이 상당히 난처하게 되었을 것이다. 곽호를 도와 정파인들을 침입시킨 공범쯤으로 의심받을지도 몰랐다.

오혜령은 그런 최악의 상황을 염려해서 구 숙수를 기절시킨 것이다. 최소한 쓰러져 있는 구 숙수를 의심하진 않을 테니 말이다.

"고마워요……."

곽호는 씁쓸한 표정으로 쓰러진 구 숙수를 내려보았다.

그래도 한때는 산채의 귀여움을 독차지하던 자신이 어쩌다가 이렇게 배신자로 몰렸는지 이해할 수가 없었다.

서러움에 치밀어 오르는 눈물을 참으려 할 때 갑작스럽게 뜨뜻한 액체가 얼굴에 튀었다. 몇 방울은 눈 속에 들어가기도 했다.

"헉!"

무심결에 얼굴을 닦은 곽호가 비명을 지르며 물러났다. 얼굴에 튄 액체는 사람의 피였기 때문이다.

뒤로 물러난 곽호의 정면으로 정파인들의 검에 속절없이 무너지는 녹림도들이 있었다.

그들은 흉칙한 무기를 들고 눈동냥으로 배운 초식을 어설프게 펼치려 했으나 장충 등에게는 전혀 통하지가 않았다.

장충을 비롯한 열한 명의 정파인은 마치 양 떼 속에 뛰어든 늑대처럼 거침없이 휩쓸고 다녔다. 주변을 둘러싼 녹림도들은 수가 그들보다 몇 배나 많았지만 장충 등을 막을 수가 없었다.

정파의 제자들은 초반엔 처음 겪는 실전에 손발이 어지러워 상대를 상처 입히는 정도였으나 점차 피에 익숙해지자 조금씩 잔인해지기 시작했다. 한 명 두 명 죽이기 시작하더니 나중에는 서로의 살기에 취해 경쟁하듯 녹림도들을 죽여갔다.

그들의 검이 닿는 곳마다 피와 살점이 튀어 올랐고 비명이 잇따랐다. 그 잔혹한 행태에 곽호는 망연자실하여 중얼거렸다.

"안 돼, 죽이면 안 돼……."

어쩌다 보니 배신자가 되어 적대하게 되었지만, 불과 한두 달 전까지만 해도 서로 웃고 떠들던 사이였다. 저들은 반란의 주동자들과는 거리가 먼, 그저 위에서 시키면 영문도 모르고 행하는 사람들이다.

자신 때문에 저들이 죽고 있다는 생각에 곽호는 더 이상 견딜 수가 없어 소리쳤다.

"죽이지 마!"

입속에서만 맴돌던 목소리가 고함이 되어 터져 나오는 순간, 곽호의 뒤에서 하나의 그림자가 빛살같이 쏘아져 나갔다.

파파팍.

투박한 권장 소리에 거침없이 검을 휘두르던 정파인들의 움직임이 일순 멈추었다.

모든 이의 시선은 두 사람에게 머물러 있었다.

쓰러진 녹림도에게 검을 내려치려던 장충과 그의 손을 붙잡고 있는 철산이었다.

"이놈! 무슨 짓이냐?"

장충은 살기에 젖어 빨갛게 충혈된 눈으로 철산을 노려보며 버럭 소리 질렀다.

그의 노성에 철산은 조용한, 그러나 무거운 목소리로 말했다.

"손에 인정을 두시오."

"네, 네놈이 뭔데……!"

장충은 다시금 소리치려다 철산의 눈을 보고는 더 이상 말을 잇지 못했다. 철산의 눈빛은 이글이글 타올라, 금세라도 터질 것 같은 활화산이었다. 입이라도 벙긋하면 곧바로 얼굴이 짓뭉개질 것 같은 생각에 온몸이 떨려왔다.

'이놈은 대체…….'

장충이 경험해 보지 못한 공포감에 당황하고 있을 때 구원의 목소리가 들려왔다.

"무공을 모르는 자들을 상대로 살수를 쓴 건 사형의 실수 같군요."

장충은 차분한 그녀의 목소리를 듣는 순간 철산에게 압도되었을 때와는 다른 종류의 공포감에 몸을 떨었다. 한겨울에 차가운 물속에 뛰어들기라도 한 듯 엄습해 오는 한기는 장충의 정신을 번쩍 들게 했다.

'내, 내가 뭘 한 거지?'

조금 전까지 처음으로 실전을 경험한다는 생각에 흥분한 사제들의 분위기에 도취되어 살수를 남발했었다. 그들이 지금 벌인 살육은 도저히 정파인이라 생각할 수 없는 행동들이었다.

그것을 목격한 것이 다른 사람이었다면 무력을 써서라도 입단속을 시켰을 테지만, 이곳에 있는 것은 하필 오혜령이었다.

사문이 자랑하는 고수이자 우내칠존이라 불리는 사람. 사문에서는 장문인 이상으로 영향력이 막강한 그의 딸이 자신들의 추태를 목격한 것이다.

어떻게든 수습을 하지 않으면 사문에서의 입지가 크게 흔들릴 수가 있었다.

"험험. 내가 정의감이 앞서 조금 흥분했었군."

스스로 생각하기에도 가증스럽고 뻔뻔한 말이었으나 자존심 강한 그로서는 최대한 타협한 변명이었다. 그의 변명에 철산은 아무 말 없이 그의 얼굴을 잠시 쳐다보다가 천천히 손을 풀었다.

장충이 인상을 찌푸리며 풀려난 손목을 주물렀다.

철산의 투기에 압도당해 느끼지 못하고 있었으나 잡혔던 손목에 엄청난 압력이 가해졌던 것이다. 장충은 손목의 고통에 인상을 쓰면서도 오혜령이 더 이상 이 일을 문제 삼지 않기를 바랐다.

그는 오혜령에게만 신경이 집중되어 있었기에 조금 전에 철산이 손을 풀어주기 전, 주먹을 날릴까 말까 심각하게 고민했다는 사실을 전혀 눈치 채지 못했다.

다행히 오혜령은 더 이상 말을 하지 않았다. 그 행동이 조금 전의 일을 못 본 척해주겠다는 뜻으로 이해한 장충은 안도의 숨을 내쉬며 사제들에게 소리쳤다.

"죽이진 말고 제압만 해라!"

그의 외침에 잠시 멈추었던 싸움이 다시 시작되었다. 이번에는 조금 전과는 달리 피가 낭자한 살육전은 아니었다.

장충 등의 손속이 한결 누그러지자 철산은 곽호에게 다가왔다.

"아무래도 네 아버지를 빨리 구출하러 가야겠구나."

바닥에 낭자한 선혈에 멍해 있던 곽호는 아버지라는 소리에 정신을 번쩍 차렸다.

"구금동의 위치는 제가 알아요."

철산은 오혜령을 쳐다보았다.

"이곳을 부탁하오."

그녀가 없으면 장충이 또다시 실수를 쓸지도 몰랐기에 한 말이다.

"안심하고 다녀오세요."

그녀의 대답에 철산은 곽호를 데리고 그곳을 빠져나갔다.

"흥. 싸움을 피하다니, 겁쟁이로군."

한창 싸우던 화산 제자들의 비웃음이 등 뒤로 들려왔다.

다행히 앞선 소란으로 산채의 인원 대부분이 장충 쪽에 몰려 있었는지 앞을 가로막는 녹림도는 몇 명 되지 않았다.

철산은 간혹 가로막는 상대를 가볍게 기절시켜 가며 곽호가 가리키는 방향으로 나아갔다.

얼마 정도 걸어 나가자 곽호가 한쪽을 가리켰다.

"저쪽이에요."

그곳은 삼 장 정도 넓이의 좁은 협곡이었는데 입구에 두 명이 지키고 서 있었다. 그들은 투박한 복장의 녹림도들과 달리 질 좋은 옷에 금색 수가 놓인 옷을 입고 있었다.

기골이 장대하고 눈빛이 예리한 것이 앞서 보았던 녹림도들과 비교할 수 없는 실력자로 여겨졌다.

그들은 산채를 떠들썩하게 하는 소란에도 자리를 움직이지 않고 자신들끼리 대화를 나누고 있었다. 그러다 철산과 곽호의 기척을 느낀 듯 눈빛을 번득이며 소리치려 했다.

"웬 놈들……."

그의 목소리가 채 밖으로 새어 나오기도 전에 철산의 몸이

용수철처럼 뛰어나갔다.

"억!"

우측의 사내가 놀라며 칼을 꺼내 들려 했으나 철산의 손이 칼 손잡이에 닿은 그의 손을 억눌렀다. 동시에 철산의 주먹이 그의 명치에 작렬했다.

퍼억!

"윽!"

단조로운 음향 뒤에 다른 한 명이 철산에게 주먹을 내뻗었다. 철산은 그를 향해 마주 주먹을 내질렀다.

주먹과 주먹이 마주쳤다 싶었을 때,

콰직!

"크윽!"

사내는 자신의 주먹을 부여잡고 물러났고 철산이 그 뒤를 바짝 쫓았다.

퍼억!

명치를 부여잡고 기절한 그의 몸이 땅에 닿았을 때는 철산은 이미 협곡 안으로 들어가고 있었다.

협곡을 지키는 두 사람이 철산과 곽호를 발견했을 때부터 그들이 쓰러지기까지는 두 호흡이 채 걸리지 않았다.

숨을 두 번 들이켜기도 전에 제법 강해 보이는 자들이 거품을 물고 기절한 것이다. 그 번개 같은 움직임에 곽호는 벌린 입을 다물지 못했다.

굉료와의 비무에서 이미 철산이 강하다는 것을 눈치 챘지만

이 정도일 줄은 상상도 못했었다.

'이 정도면 아버지를 구할 수 있겠지?'

전에는 허름하게만 보이던 철산의 뒷모습이 더할 나위 없이 든든하게만 느껴졌다.

"동굴은 저기예요."

곽호는 들뜬 목소리로 위쪽을 가리켰다.

그 손가락에 걸린 곳은 절벽 한가운데 뚫려 있는 시커먼 동굴이었다. 동굴로 오르는 절벽은 아까 산채로 내려오는 절벽보다 훨씬 험하고 높았다.

일반인은 물론이고 무림인이라도 경공의 경지가 높지 않다면 올라갈 수 없는 절벽이었다. 잠시 절벽을 올려다보던 철산은 곽호에게 말했다.

"너는 여기서 기다려라."

곽호는 자신도 올라가고 싶다는 말을 하고 싶은 욕망을 눌러 참았다. 만약 곽동이 부상을 당한 상태라면 철산이 업고 내려와야 하기 때문이다. 철산이 아무리 강철 체력이라고 해도 두 사람을 업고 험준한 절벽을 오르내리기엔 무리가 있을 것 같았다.

게다가 여기까지 와서 곽호가 할 수 있는 일도 없었다.

"전 알아서 숨어 있을 테니 신경 쓰지 마세요."

곽호의 말에 철산은 씨익 웃어주곤 절벽을 올라가기 시작했다.

동굴은 사십 장 정도의 높이에 위치해 있었다. 절벽 자체가 워낙 경사가 심한데다 지반이 매끄러운 암벽으로 되어 있어 한 걸음 뗄 때마다 돌을 부숴 지지대를 만들어야만 했다.

그런 작업은 철산으로서도 쉬운 일이 아니었다.

철산은 일각여를 오르고서야 겨우 동굴 입구에 발을 디딜 수 있었다.

동굴 안은 밖에서 보기보다 깊고 어두웠다. 안으로 두세 걸음 들어가자 금세 앞이 깜깜해진다. 좁은 입구로 들어오는 미약한 빛조차 거부하는 어둠 너머로 누군가의 숨소리가 들려온다.

그 역시 철산의 등장을 느낀 듯 급히 숨소리를 죽이는 듯했다.

철산이 그를 향해 걸어갈수록 동굴 안의 사람은 스스로의 기척을 없애려 했다. 철산은 그가 자신을 경계하고 있음을 느끼고 다가가던 걸음을 멈추었다. 일단 그의 경계심부터 풀기 위해서였다.

"녹림을 이끌던 곽동 총채주님 맞습니까?"

철산의 물음에 안에서는 아무런 대답도 돌아오지 않았다. 하지만 철산의 예리한 감각은 상대의 호흡이 흐트러지고 있음을 느낄 수 있었다.

그 미약한 동요를 무언의 긍정으로 받아들인 철산은 다시 입을 열었다.

"전 아드님의 부탁을 받고……."

철산은 당신을 구출하러 온 것이라 말을 하려 했다. 하지만 말할 기회는 주어지지 않았다.

곽호에 대한 이야기가 나온 순간, 동굴 안에 숨어 있던 자에게서 격렬한 기운이 쏟아져 나왔다. 철산에게 매우 익숙한 기운. 그것은 바로 상대를 죽이겠다는 살의였다.

쉬익.

바람 한 점 들어오지 않는 동굴 안에서 매서운 소리가 울려 퍼진다.

어디선가 날아온 주먹이 철산의 얼굴을 노렸다. 철산은 반사적으로 고개를 뒤로 젖혀 주먹을 피해냈다. 상대는 자신의 공격이 빗나갈 줄 몰랐던지 놀란 눈치였다. 하지만 멈추지 않고 철산의 얼굴을 향해 연신 주먹을 내뻗었다.

부우웅.

그의 주먹은 빠르진 않았으나 움직임 하나하나에 태산같이 무거운 힘이 실려 있어 공기를 뒤흔들었다.

어둠 속의 그림자가 만들어낸 파공음이 동굴 안을 가득 채울 때쯤. 상대는 철산을 한 대도 맞히지 못하자 화가 났는지 지금까지와 달리 몸으로 거칠게 부딪쳐 왔다.

그자의 어깨가 철산의 명치에 부딪치고, 두 팔로 철산의 허리를 감싸 안아 온 힘을 쏟아내자 철산의 발이 허공에 떠올랐다.

"죽어라, 이놈!"

처음으로 들려오는 굵직한 사내의 목소리가 동굴 안을 가득 울린다. 그는 번쩍 들어 올린 철산을 머리부터 땅에 메다꽂았다.

머리가 단단한 암석에 부딪쳐 깨어지려는 순간, 무력하게 당하는 듯하던 철산이 몸을 슬쩍 비틀었다.

그러자 무쇠같이 조이던 사내의 팔이 맥없이 풀려 버린다. 그와 함께 철산이 상대의 멱살을 움켜잡고 옆으로 잡아당기자 두 사람의 몸이 뒤집어지며 서로의 위치가 뒤바뀌어 버렸다.

이제는 철산이 위에 올라타고 상대가 아래에 깔린 형상이 된 것이다.

"으헉!"

사내는 놀란 음성을 토해내며 머리를 감쌌다. 그의 머리가 땅에 부딪치기 직전,

우뚝.

예상했던 충격 대신 상체가 대롱대롱 흔들린다.

살며시 위를 쳐다보자 어느새 두 발을 땅에 붙인 철산이 그의 멱살을 끌어올리고 있었다. 사내는 철산이 어떻게 해서 위치를 바꾸었는지, 언제 몸을 바로 해서 자신을 구한 것인지 전혀 알 수 없었다.

그저 상대가 충분히 자신을 해할 수 있음에도 그러지 않았음을 느꼈을 뿐이다.

"네놈은……."

이번에는 철산이 그의 말을 끊었다.

"곽호의 부탁으로 도와드리러 왔습니다."

아까 못다 한 이야기를 하자 사내, 곽동의 안색이 급변했다.

"그, 그럼 호아가 정말 불괴신승에게 도움을 요청하는데 성공했다는 말이오?"

곽동은 천만 뜻밖이라는 듯 놀라움을 숨기지 않았다.

"그 천둥벌거숭이 같은 녀석이 이런 큰일을 해냈다니. 정말 믿어지지가 않는군. 그래, 그 녀석은 어디 있소?"

"절벽 아래에서 기다리고 있습니다."

"그렇군. 그럼 일단 이 어두컴컴한 곳부터 빠져나간 다음에 이야기합시다."

곽동은 급히 동굴 밖으로 나가려다 문득 생각난 듯 물었다.

"멀리서 싸우는 소리 같은 게 들리던데, 혹시 일행이 있소?"

"화산과 공동의 사람들이 함께 왔습니다."

철산의 대답에 곽동의 안색이 대변했다.

"이런. 소란이 일어났으니 그들이 오겠군. 서두르시오."

곽동의 목소리에는 은근한 두려움이 묻어 있었다. 그가 말하는 그들에 대해 묻고 싶었으나 지금은 우선 이곳을 벗어나는 것이 급선무였다.

동굴 입구로 온 곽동은 잠시 기다리라 하고는 근처의 바위를 뒤적거렸다. 이윽고 어디선가 굵은 밧줄을 꺼냈다.

"원래는 감시자가 이곳을 오르내리기 쉽게 절벽 위쪽에 매달려 있던 것인데 내가 중간 부분을 잘라서 이 바위에 묶어놨지. 식사를 전해주러 올 때만 줄을 내려 보냈다오."

곽동의 말에는 은근한 자부심이 깃들어 있었다.

부하에게 배신당해 이곳에 갇힌 상황에서 이런 작은 것이나

마 우위를 점하고 있었음을 나타내고 싶은 것이다.

그것은 녹림의 총채주로서의 마지막 자존심이라 할 수 있었다.

이유야 어찌 되었든 그 밧줄로 인해 내려가는 일은 훨씬 수월해질 듯했다.

곽동은 밧줄을 묶은 바위가 확실히 고정되어 있는지 몇 번 확인해 본 후 밧줄을 입구 쪽으로 가져갔다.

뒤따라 나오는 철산을 본 곽동이 놀란 표정을 지었다.

"생각보다 젊군."

그는 철산의 무공이 예사롭지 않아서 그가 나이 많은 고수일 것이라 여겼던 모양이다.

철산 역시 곽동을 자세히 볼 수 있었는데, 얼굴선이 굵고 털이 북슬북슬하게 난 것이 전형적인 산중호걸의 외모였다. 또한 전체적으로 곽호와 완전 딴판으로 생겼지만, 눈과 코 부분은 곽호와 매우 흡사하여 그들이 정말 부자지간임을 알 수 있게 해주었다.

그들이 서로의 모습을 확인하며 밧줄을 절벽 밑으로 떨어뜨리려 했을 때였다.

느닷없이 절벽이 통째로 흔들리더니 하늘이 무너질 것 같은 굉음이 터졌다.

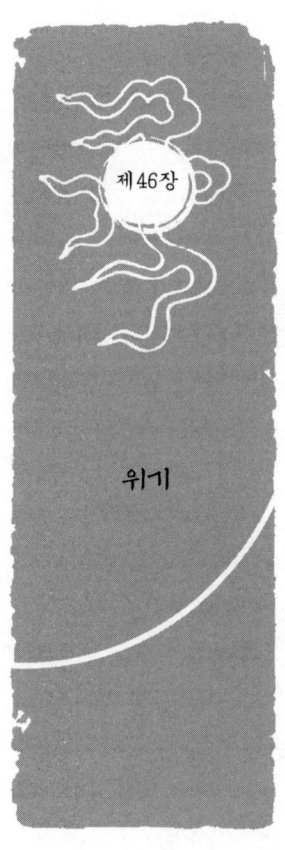

제46장

위기

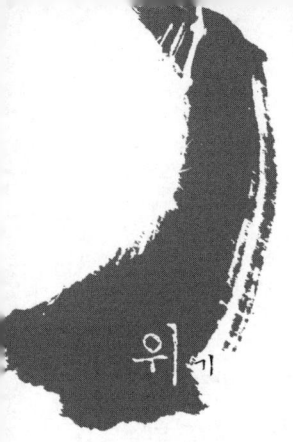
위기

　　　채앵!

이름 모를 녹림도의 칼이 부러져 나간다.

겁없이 덤비던 자가 어깨를 부여잡고 나뒹굴었다.

퍼억.

간단한 발차기 한 번으로 그자의 고통을 덜어준 장충은 주변을 둘러보았다. 거의 대부분의 녹림도들이 땅에 드러누워 있었다. 반항하는 자가 없어지자 장충은 인상을 찌푸렸다.

'제길. 김빠지는군.'

처음의 신나는 활약상에 비해 지금은 마치 장난감을 가지고 노는 듯한 기분이었다.

'이게 다 그놈 때문이야.'

장충은 철산을 떠올리며 이를 바드득 갈았다.

그렇지 않아도 그에게 좋지 않은 감정밖에 없었지만 이제는 증오의 골을 넘어 떠올리기만 해도 살의가 생길 지경이었다.

특히 아까의 일은 기억하기도 싫었다.

눈도 마주칠 수 없을 정도로 온몸을 조여오는 압박감에 그대로 등을 돌리고 도망가고 싶다는 감정. 분명히 그것은 공포였다.

명문정파의 대제자인 그가 한낱 야인에게 공포심을 느낀 것이다.

하지만 그는 그것을 도저히 인정할 수가 없었다. 그래서 잊어버리려 했다. 하지만 잊으려 할수록 치밀어 오르는 수치심은 그에게 더욱 심한 모멸감을 안겨주었다. 그리고 늘어나는 괴로움만큼 철산에 대한 증오 역시 강해진다.

'망할 자식. 언젠간 쓴맛을 보여주고 말겠다.'

장충이 철산에 대한 증오심을 불태우며 이를 갈고 있을 때 십여 장 떨어진 곳에서 그를 부르는 소리가 들렸다.

"장 사형, 이리 오셔서 이것 좀 보세요."

그를 부른 것은 공동의 다섯째라는 호명이었다. 호명은 보물이라도 발견했는지 들뜬 얼굴로 손짓하며 한 목옥 안으로 들어갔다.

그를 따라 들어간 목옥에는 온갖 쇠붙이들이 잔뜩 늘어서 있었다. 도검 등의 무기에서부터 시작하여 낫, 쟁기 등의 일상생활 용품까지 다양하게 있었다.

'무기고인가?'

장충이 목옥의 용도를 궁금해하고 있을 때 호명이 한쪽 구석의 상자를 가리켰다.

"저걸 좀 보세요."

장충이 그가 가리키는 상자를 살펴보니 그곳에는 주먹 두 개 크기의 구슬 같은 것이 가득 들어 있었다.

"이게 뭐지?"

장충은 별생각없이 거무튀튀하게 반질거리는 구슬을 하나 들어 살펴보다 경악하여 입을 쩍 벌렸다.

'허억. 진, 진천뢰?'

구슬같이 생긴 그것은 바로 폭약의 일종인 진천뢰였다.

진천뢰는 군부에서 화포와 같은 용도로 사용되는 것으로, 큰 살상력을 지닌 병기였다. 작은 진천뢰 하나가 터지면 천지가 흔들리며 반경 이 장여가 초토화 될 정도로 화력이 강하여 군부 밖으로의 반출이 엄격하게 금지되어 있었다.

그런 위험한 물건이 이토록 많이 쌓여 있었으니 장충으로서는 그저 놀라울 따름이었다.

"보니까 이게 그 벽력탄이라는 것 같은데 이걸 어떻게 하죠?"

벽력탄은 간혹 무림에서도 모습을 보이는 것으로, 솜씨 좋은 장인이 진천뢰를 본떠 만든 폭약이었다. 뛰어난 폭약임에는 틀림없으나 살상력이나 화력 면에서 진천뢰에 한참 미치지 못하기에 진천뢰만큼 귀하게 여겨지지는 않았다.

호명은 견식이 얕았기 때문에 진천뢰를 벽력탄으로 착각한 모양이었다.

'산적 놈들이 약탈한 물건 중에 값나가는 것이라도 있을까 조사하라 했더니 생각지도 못하게 이런 큰 보물을 얻게 될 줄이야…….'

진천뢰는 구하지 못해서 못 쓴다 뿐이지, 엄청난 활용도를 지닌 물건이었다. 대충 돈으로 환산해도 화산파가 십 년 동안 벌어들이는 돈보다 많을 것이고, 싸움에서 쓴다면 진천뢰 한두 개만 가지고도 일개 문파를 순식간에 무너뜨릴 수 있었다.

장충은 보지 못했다면 모를까, 일단 보게 되었으니 반드시 사문으로 가져가야 한다는 책임감이 치밀어 올랐다.

하지만 문제는 이것을 하필이면 동문의 사제가 아닌 공동파에 몸을 담고 있는 호명이 발견을 했다는 것이다.

순간적으로 장충의 머릿속이 빠르게 회전하기 시작했다. 호명이 이것을 벽력탄으로 오인하고 있다는 점과 그의 경험이 미천하다는 사실이 떠올랐다.

계산이 끝난 장충은 별거 아니라는 듯 애써 무덤덤하게 말했다.

"이 벽력탄은 꽤 위험하니 '본문'에서 회수해야 할 것 같군. 자네도 이의없지?"

마치 고생해서 위험을 떠안아준다는 듯한 말투였다.

일부러 생각해 주는 듯한 장충의 말에 호명은 별다른 의심을 하지 않는 듯했다.

"그럼 이걸 들고 나가세."

장충의 말에 호명이 순순히 진천뢰 상자를 들려고 할 때였다.

"으아아악!"

갑자기 밖에서부터 들려오는 비명 소리가 두 사람의 얼굴을 굳어지게 만들었다. 비명을 지른 자의 목소리가 귀에 익었기 때문이다. 바로 공동의 셋째 허규의 목소리였다.

"사형!"

동문 사형의 비명 소리를 듣자 호명은 뒤도 돌아보지 않고 밖으로 뛰쳐나갔다.

혼자 남게 된 장충은 직접 상자를 들어 올리려 했다. 그러나 밖에서 또다시 비명 소리가 들려왔다.

"으악!"

그 소리에 장충은 더 이상 머뭇거리지 못하고 상자를 내려놓았다.

"제길!"

장충은 밖으로 나가려다 멈칫 하더니 상자에서 진천뢰 두 개를 꺼내 자신의 속주머니에 감추었다. 그리고는 호통을 지르며 밖으로 나갔다.

"어떤 놈들이냐?"

화가 나 있음을 드러내듯 거칠게 소리치며 나가던 장충은 뜻밖의 상황에 움찔했다.

처음 비명 소리를 들었을 땐 별일 아닐 거라 생각했다.

'방심한 사제들이 찰과상이라도 입었나 보지.'

산적들 중에는 아직 기운이 남아 있는 자들도 있을 테니 있을 수 있는 일이었다.

하지만 그렇다고 사제들이 무슨 큰 부상을 입었을 거라고는 전혀 생각지 않았다.

아무리 방심을 했다 한들 명문정파의 제자가 산적에게 치명상을 당하리라고는 상상할 수가 없기 때문이다.

그런데 바깥의 상황은 장충이 예상했던 것과는 완전히 다른 쪽으로 흘러가고 있었다.

"커헉!"

문을 열고 나서자마자 비명과 함께 날아온 것은 조금 전 함께 있던 호명이었다.

호명은 얼굴이 창백하고 입에서는 연신 피를 토해내고 있었다.

얼핏 보기에도 내상의 정도가 매우 심하다는 사실을 알 수 있었다.

"어떤 놈이 감히……."

장충은 분기탱천하여 앞을 바라보았다. 당황한 기색이 역력한 사제들과 그 앞에 버티고 서 있는 스무 명가량의 사내들. 그들의 앞에는 비명을 질렀던 사제들이 피를 흘리며 쓰러져 있었다.

젊은 제자들은 사형제의 부상이 걱정되면서도 앞에 버티고 서 있는 자들의 기세에 눌려 쉽사리 움직이지 못하고 있었다.

아마 호명은 그런 상황에서 멋모르고 달려들었다가 당한 듯싶었다.

"네놈들은 누구냐?"

장충은 호명을 한쪽에 눕혀놓고 앞으로 나아갔다.

상대측에서도 한 명이 앞으로 나섰다.

"그러는 네놈들은 누구인데 감히 이곳에 들어와 행패를 부리고 있는 것이냐?"

말한 이는 왜소한 덩치에 어울리지 않게 턱수염을 수북이 기르고 있는 중년인이었다. 외모가 얍삽하고 목소리 또한 간드러져서 우스꽝스럽다는 생각도 들었다.

하지만 살기에 번뜩이는 눈빛과 손에 들린 갈퀴 모양의 추혼조에서 흘러내리고 있는 핏물은 그가 결코 만만한 상대가 아님을 느끼게 해주었다.

"우린 녹림의 총채주를 구하기 위해 온 화산과 공동의 제자들이다. 너희들도 녹림의 산적들인가?"

장충의 물음에 중년인과 그의 뒤에 서 있던 자들의 얼굴이 굳어졌다.

"흥. 네놈이 말한 총채주라는 것이 전 총채주를 지칭하는 것이라면 잘못 찾아왔군. 지금 이곳의 총채주는 나니까 말이야."

그 말에 장충은 깨달아지는 것이 있었다.

"네놈이 바로 반란을 일으켰다는 상중명이로군."

장충의 말에 상중명의 눈썹이 꿈틀거린다.

"닥쳐라. 전 총채주는 암습을 당하여 더 이상 총채주 직을

역임할 수 없었기 때문에 다음 서열인 내가 총채주가 된 것뿐이다. 그리고 이렇게 함부로 쳐들어와서 녹림의 형제들을 다치게 한 정파 놈들이 누굴 모함한단 말이냐?"

"흥. 모함인지 아닌지는 두고 보면 알게 되겠지."

장충은 어느 정도 여유를 찾고 있었다.

말을 하며 상중명을 탐색한 결과 그가 자신보다 하수라고 판단했기 때문이다. 조금 전엔 사제 몇 명이 당했다는 사실 때문에 지나치게 긴장을 했다고 생각했었다.

'하지만 나는 경험과 실력 면에서 저 애송이 녀석들과는 비교할 수 없지.'

장충은 일단 상중명과 그의 부하들을 모두 제압한다면 이곳에서의 일이 쉽게 해결될 것이라 생각했다.

'더불어 강호에는 내 명성이 높아지겠지. 사실, 말이야 바른 말이지 나 정도 실력이라면 당연히 사룡삼봉에 끼어야 하는 것 아닌가?'

그는 자신이 화산의 대제자라는 신분에 얽매여서 실력을 발휘할 기회가 없었기 때문에 자신이 과소평가 되어왔다고 생각했다.

그러던 차에 지금 이곳에서 그가 항상 바라던 상황이 벌어지고 있었다. 상대는 악독한 녹림의 무리들. 금상첨화로 상대의 숫자도 훨씬 많다.

게다가 눈빛들을 보아하니 앞서 상대했던 허수아비 같은 자들이 아닌, 제대로 무공을 쓸 줄 아는 자들 같았다.

'흐흐흐. 사룡이라⋯⋯.'

장충은 벌서부터 자신이 사룡과 버금가는 명성을 얻은 것 같았다. 그는 영웅행의 서장을 장식하기 위해 멋있게 검을 뽑아 들었다.

"죽기 싫은 자는 무릎을 꿇어라!"

장충이 자신만의 기분에 도취되어 호기롭게 외치며 앞으로 달려가려는 순간이었다.

"위험해요!"

어디선가 들려오는 오혜령의 목소리에 간과하고 있었던 한 가지 사실이 떠올랐다. 이곳엔 자신보다 무공이 높은 그녀가 있었다는 점과 그럼에도 사제들이 저들에게 부상당했다는 사실이었다.

뭔가 이상하다 느꼈을 때 상중명의 옆에서 카랑카랑한 목소리가 들려왔다.

"지랄한다."

그와 동시에 전해져 오는 충격.

콰앙!

장충은 자신이 무엇에 부딪쳤는지조차 알 수 없었다. 다만 느껴지는 것은 온몸이 박살 날 것 같은 충격과 자신이 허공을 날고 있다는 사실뿐.

단 일격에 몸이 날려진 장충은 피를 토하며 내동댕이쳐졌다.

쓰러진 장충의 앞을 오혜령이 막아섰다.

"물러서세요!"

오혜령은 재빨리 검을 뽑아 들며 상대를 겨누었다. 그녀의 내공이 주입되자 검신이 가늘게 몸을 떨어댄다. 온 정신이 모두 검에 집중되어 보는 이로 하여금 어느 것이 검이고 사람인지 알 수 없게 만드는 상태. 흔히 말하는 신검합일의 경지였다.

무림에서 신검합일의 경지에 이르렀다 함은 자신만의 검로를 개척했다는 뜻이다. 그 말인즉슨 검에 있어서 달인의 경지에 이르렀다는 말이다.

비록 완숙의 경지에는 이르지 못했으나 오혜령의 나이를 떠올려 본다면 그녀의 공부는 놀라운 것이었다. 그럼에도 오혜령의 얼굴에서는 긴장감이 사라지지 않고 있었다.

그녀의 앞에 버티고 선 사내가 풍기는 기운은 보통의 무림인과는 차원이 달랐기 때문이다.

먼지 하나 묻지 않은 깔끔한 백의유삼을 입고 한 손에는 부채를 든 서른 중반의 중년인. 장충을 격퇴할 때의 거친 모습은 전혀 연상되지 않는 기품있는 유생의 모습이었다.

그러나 오혜령은 그를 마주하면서 난생처음으로 공포라는 감정을 느낄 수 있었다.

마치 태산을 마주했을 때와 같은 막막함과 절망감. 그녀의 예리한 본능이 도저히 이길 수 없을 것 같다는 경보를 계속해서 보내오고 있었다.

하지만 그를 피할 수는 없었다.

그녀의 뒤에는 장충이 있었고, 사문과 공동파의 사제들이 있었다.

'처음부터 망설이면 안 되는 거였어.'

상중명과 그의 부하들이 나타나서 사제들을 부상 입혔을 때 그녀는 알 수 없는 위압감에 눌려 도울 수가 없었다. 그 위압감의 출처조차 짐작할 수 없었기에 상황을 지켜보다 보니 장충마저 부상을 입게 된 것이다.

그것은 그녀가 겁이 많아서가 아니라 무공이 높았기 때문에 벌어진 일이었다. 마치 청각이 극도로 발달한 사람에게 평범한 소리가 괴로울 정도로 크게 느껴지는 것과 마찬가지였다.

무공이 높고 기감이 발달되어 있었기에 대상 모를 상대로부터 느끼는 위압감과 공포가 매우 크게 다가온 것이다. 오혜령은 스스로를 자책했다.

'이럴 땐 생각보다 행동이 먼저였어야 했어. 만약 그랬다면……'

그녀의 머릿속에 항상 남들보다 한 발 앞서 행동하던 철산의 얼굴이 떠올랐다. 왠지 그였다면 같은 상황에서도 두려움을 떨쳐 내고 뛰쳐나갔을 것 같았다.

하지만 자책하기엔 이미 늦은 상황. 오혜령은 더 이상의 피해는 줄이고 싶었다. 입술을 질끈 깨물며 한 자루의 검에 모든 정신을 집중했다. 검끝에는 그녀에게 절망감을 안겨주었던 중년인이 걸려 있다.

금세라도 몸을 꿰뚫을 듯한 검기. 아마 중년인의 무공이 그녀와 비슷하거나 낮았다면 큰 위협을 느꼈을 것이다.

그러나 중년인은 그저 감탄한 표정을 지을 뿐이다.

"호오. 사내놈보다 계집이 훨씬 낫구먼. 매화삼릉검(梅花三凌劍)이라… 혹시 네가 오천중의 딸인가?"

그의 말에 오혜령은 또 한 번 놀랐다.

매화삼릉검은 그녀의 부친인 화산검존의 독문절기였다.

사문에서 전해오는 수많은 매화검의 요체를 모아 새로이 정립하여 만든 무공으로, 사문에서도 배운 사람은 그녀가 유일했다.

그런데 중년인은 기수식만 보고도 무공의 이름은 물론이고, 그녀의 부친까지 거론한 것이다.

'게다가 아버지를 이름으로 불렀어.'

정사를 막론하고 화산검존의 이름을 직접 거론할 수 있을 만한 담력을 지닌 사람은 많지 않았다.

그것도 이렇게 태연하게 부르는 것은 그만한 자신감이 있다는 뜻. 그녀가 아는 범위 내에 그녀의 부친을 두려워하지 않는 인물은 몇 명 되지 않는다. 그것도 고작 서른 중반의 나이.

'삼십대로 보이는 외모, 강한 권법, 오만한 언행……'

그녀의 뇌리를 스치는 이름이 있었다.

"설마 파천권마?"

무심결에 흘러나온 한마디에 젊은 사제들의 얼굴이 핼쑥하게 변했다.

"파, 파천권마?"

"사저, 설, 설마 그 우내칠존을 말하는 건 아니시겠죠?"

믿을 수 없다는 그들의 물음에 대답한 것은 오혜령이 아니었다.

"허허허. 젊은 아이가 노부를 알아보다니. 그래도 오천중의 여식이라 보는 눈은 있군."

단홍립은 자신을 알아봐 주는 사람이 있다는 사실에 기분이 좋은지 흡족한 표정을 지었다.

싱글거리는 단홍립과 반대로 화산과 공동의 제자들은 거의 넋이 나간 상태였다.

그럴 법도 한 것이 그들에게 있어 우내칠존이란 저 하늘 위에 떠 있는 태양과도 같은 존재였다. 있다는 사실은 알고 있으되 감히 만나게 되는 것은 생각하기 힘든 그런 존재들인 것이다. 그런데 그들의 눈앞에 그중 한 명이 서 있다. 그것도 적이 되어서.

할 수만 있다면 등을 돌리고 도망치고 싶었다.

하지만 정파인으로서의 마지막 자존심이 그들의 발길을 묶어놓은 것이다.

그들은 싸우지도, 그렇다고 물러나지도 못한 어정쩡한 모습으로 오혜령을 쳐다보았다. 일행을 이끌던 장충이 단홍립의 한 주먹을 감당해 내지 못하고 정신을 잃은 이상 그들이 기댈 것은 오혜령밖에 없었다.

오혜령은 단홍립을 향한 검을 유지한 채 낭랑한 목소리로 소리쳤다.

"화산의 제자들은 양의합벽검진(兩儀合劈劍陣)을 펼쳐 왼쪽을, 공동의 제자들은 삼재검진(三才劍陣)으로 오른쪽을 보호하고, 남은 사람들은 부상자들을 부축하세요!"

단호한 외침에 머뭇거리던 화산과 공동의 제자들이 정신을 차리고 그녀를 중심으로 검진을 형성했다. 급히 형성된 검진임에도 그들의 움직임에는 절도와 박력이 있었다.

"호오. 나와 싸워보시겠다?"

단홍립은 그들의 반응이 흥미로운 듯 들고 있던 부채로 손바닥을 툭툭 쳤다.

"어린놈들의 재롱이 기특하기도 하고, 이 나이에 미친놈처럼 날뛸 수도 없으니 내 특별히 편의를 봐주도록 하마."

어울리지 않는 인자한 웃음을 매단 단홍립의 말에 정파제자들의 얼굴에 기대감이 떠올랐다. 단홍립은 그들의 기대감 어린 표정을 보자 묘한 미소를 지었다. 이어 들고 있던 부챗살을 하나 뽑더니 끝 부분을 손가락으로 비볐다. 그러자 놀랍게도 부챗살에서 연기가 피어오르며 빨간 불씨가 일어나는 것이 아닌가?

"나는 이 부챗살이 다 탈 때까지 손을 쓰지 않으마. 너희가 그 시간 내에 이자들을 격퇴하고 내게서 도망칠 수 있다면 살 수 있을 것이다."

단홍립은 반대의 경우는 굳이 말하지 않았다. 부챗살이 다 타도록 도망치지 못할 경우에 찾아오는 결과라면 굳이 말을 하지 않아도 충분히 끔찍할 것임을 모두가 알고 있었다.

그의 말에 오혜령은 일말의 희망을 가질 수 있었다.

반면에 상중명의 얼굴에는 불만이 가득했다.

이미 손아귀에 넣은 것이나 마찬가지인 적들을 무엇 때문에 놓아준다는 말인가? 투덜거리는 속마음을 들어서였을까?

단홍립의 시선이 슬쩍 돌려진다.

"물론 자네도 동의하겠지?"

'이 괴팍한 노친네야, 동의하긴 뭘 동의해? 너의 쓸데없는 놀이에 내 부하만 줄어든단 말이다.'

상중명은 할 수만 있다면 이렇게 외쳤을 것이다. 그러나 상대는 단홍립이다. 영주를 제외하곤 그를 제어할 수 있는 사람은 아무도 없었다. 불만이 있다고 함부로 내뱉을 수 있는 상대가 아닌 것이다. 상중명은 눈칫밥 하나로 살아온 만큼 현실을 직시하는데 걸리는 시간도 매우 빨랐다.

"헤헤헤. 동의하고 말고가 어디 있겠습니까? 저야 어르신의 하명을 목숨 바쳐 따를 뿐입지요."

간사한 그의 태도는 아까 장충 등을 위협할 때와는 딴사람 같았다.

"그럼 난 여기서 구경하고 있을 테니 시작해 보게."

단홍립은 그들에게서 멀찍이 물러나 뒷짐을 지었다. 정말 방관만 하겠다는 태도였다.

'이렇게 된 이상 어쩔 수 없지. 하긴 굳이 저 늙은이 손을 빌릴 필요는 없지.'

상중명은 자신의 뒤에 서 있는 부하들을 보았다. 그들 중 절

반은 원래 녹림의 당주들이었고 나머지는 회에서 보내준 자들이었다.

당주들의 실력이야 고만고만했으니 크게 믿을 바가 못 되지만 회에서 보내준 고수들은 개개인이 그와 비슷한 실력들이었다.

'저런 애송이들쯤이야……'

상중명의 눈에는 화산과 공동의 제자들이 겁없이 날뛰는 천둥벌거숭이같이 보였다. 물론 그들의 무공이 뛰어나다는 사실은 알고 있다.

'하지만 무림이 무공만 가지고 살아갈 수 있는 곳은 아니잖아?'

그는 그 사실을 가르쳐 줄 생각이었다.

"잡아라!"

단홍립에게 고개 조아릴 때와는 다르게 냉혹한 음성이었다.

그의 명령에 당주들과 회의 고수들이 일제히 달려나갔다.

그들의 살기등등한 기세에 화산과 공동의 젊은이들은 움찔했다.

흉흉한 기세를 뿌리며 사방에서 달려드는 적들의 모습에 눈이 어지러워진다. 아까 무공이 약한 녹림도들을 상대할 때는 그저 신나기만 했었다. 어설프게 휘두르는 초식에도 허둥지둥 당황하고 피하기에만 급급한 자들을 상대하며 백만 대군과 맞서는 영웅의 기분을 느껴보기도 했었다.

하지만 지금 달려드는 자들은 달랐다. 그들은 먹잇감을 발견한 맹수들처럼 사방에서 틈을 노리고 있었다. 단순히 흉악한 무기를 내세워 위협만 하는 것이 아니라 기회만 오면 단숨에 목줄을 끊어놓겠다는 의지를 보이고 있는 것이다.

사제들이 상대의 기세에 눌려 싸워보기도 전에 손발이 어지러워지자 오혜령은 표정을 굳히며 땅을 박찼다.

그녀의 신형이 움직인다 싶은 순간, 뒤쪽에서 슬금슬금 다가오던 세 명이 일시에 피를 뿌리며 쓰러졌다. 일시에 동료가 셋이나 당하자 다른 자들이 눈에 쌍심지를 켜고 그녀에게 덤벼들었다.

"뒈져라, 이년!"

그들의 무기가 흉흉한 기운을 담은 채 전신을 노려오자 오혜령은 입술을 지그시 깨물며 검을 휘둘렀다.

채채채챙.

그녀의 검에서 세 송이 매화가 만개하여 허공을 수놓는다 싶더니 가공할 회전력이 일어나 주변에 있는 자들의 무기를 빼앗았다.

적들의 무기가 아무것도 없는 땅에 떨어져 내리는 동안 그녀의 검이 다시금 휘둘러졌다.

쉬리릭.

한 자루 검이 화사한 뱀과 같이 이리저리 꺾어지며 팔이며 다리를 훑고 지나가자 연이어 비명 소리가 터져 나온다.

그녀가 단번에 여섯 명을 쓰러뜨리고 나자 적들의 기세가 일순 주춤하는 듯했다.

오혜령은 그 틈을 놓치지 않고 사제들에게 소리쳤다.

"밀집!"

그녀의 호령에 멍하니 넋을 놓고 있던 사제들이 정신을 차리고 재빨리 그녀의 양옆을 지켰다. 그들은 오혜령의 활약에 용기를 얻었는지 눈빛이 살아나기 시작했다.

부하들이 무력하게 쓰러지자 상중명은 노발대발하여 고래고래 소리를 질렀다.

"저년만 조심하면 된다! 일단 다른 놈들부터 처리해라!"

그의 명령에 부하들은 오혜령을 슬금슬금 피하며 젊은 제자들부터 노리기 시작했다.

그들의 공격은 매우 변칙적이고 신랄한 것이어서 젊은 정파인들이 상대하기가 매우 까다로웠다. 하지만 진을 형성한 채 서로의 위험을 돌봐주었고 아주 위급할 때는 오혜령이 도와주었기에 상중명의 부하들만 쓰러질 뿐이었다.

상중명은 속이 부글부글 끓어올랐다.

"이런 멍청한 놈들. 내가 직접 나서게 하다니."

그는 자신의 추혼조를 꼬나 들고 오혜령에게 걸어갔다.

초조하긴 오혜령 역시 마찬가지였다. 그녀에게 걱정을 안겨주는 것은 상중명과 그 부하들이 아니었다. 그들이라면 지금 상황에서 그리 두려울 것이 없다. 그녀를 급하게 만들고 있는 것은 어느새 절반이나 타 들어간 부챗살과 한쪽에서 팔짱을 낀 채 구경하고 있는 단홍립이었다.

일단 단홍립이 나서게 되면 이곳을 빠져나가기란 불가능에

가깝다. 어떻게든 그가 움직이기 전에 거리를 벌려놓아야만
했다.

오혜령은 지척에서만 들릴 만한 목소리로 말했다.

"저자를 상대하면서 조금씩 뒤로 물러나세요."

그녀의 말뜻을 알아들은 사제들이 고개를 끄덕이고 있을 때
상중명이 정면으로 뛰어들었다.

"네년의 껍데기를 벗겨주마!"

그의 추혼조가 빠르게 휘둘러지며 오혜령의 가슴을 할퀴려
들었다. 오혜령이 그 기세를 못 이기는 척 슬쩍 두어 걸음 물
러났다.

상중명은 놓치지 않겠다는 듯 두 개의 추혼조를 더욱 빠르
게 교차하여 오혜령의 몸을 노렸다. 그는 무림의 예의와 격식
따윈 중요치 않다는 듯 그녀의 전신을 공격했다.

여성으로서 막아내기 까다로운 공격에 오혜령은 연신 뒷걸
음질을 쳤다.

그녀가 자신의 공격을 감히 맞받지 못하고 피하는데 급급하
기만 하자 상중명은 신이 나서 더욱 빠르게 추혼조를 휘둘렀
다. 그에 따라 오혜령 역시 더욱 빠르게 뒷걸음질친다.

숨 한 번 들이킬 시간 없이 십여 장 이상을 몰아붙인 상중명
은 슬슬 안달이 나기 시작했다. 조금만 더 공격하면 그녀를 쓰
러뜨릴 수 있을 것 같은데 그 조금이 안 되고 있으니 부아가 치
민 것이다.

"이년, 어딜 자꾸 미꾸라지처럼 도망만 치느냐? 정파에선

도망치는 법만 가르치더냐?"

상중명은 짜증을 내며 오혜령을 도발하려 했다.

하지만 그의 저급한 도발에 반응한 것은 엉뚱한 이들이었다.

"닥쳐라, 마두!"

"저자만 없으면 네놈 따위 하나도 두렵지 않다!"

"물러나라는 사저의 명만 아니었다면 내가 상대해 주었을 것이다!"

분연히 일어나 소리치는 것은 오혜령의 곁을 지키던 젊은 정파인들이었다. 싸움이라는 것을 해본 적이 없는 그들로서는 상중명의 도발을 진지하게 받아들인 것이다.

그들의 외침에 거침없이 달려들던 상중명의 움직임이 멈칫했다.

오혜령과 바짝 붙어서 물러나고 있는 정파의 제자들. 그리고 어느새 삼십여 장 가까이 떨어지게 된 자신의 부하. 그의 눈동자가 데구루루 구르며 눈치를 살피기 시작한다.

'이런. 너무 빨리 눈치 챘다.'

슬금거리며 뒷걸음질치는 그의 모습에 오혜령은 내공을 끌어올렸다. 그녀의 검이 살짝 움직인다 싶었을 때, 상중명은 그대로 등을 보이며 뛰기 시작했다.

"도망치려 한다. 잡아라!"

황급히 외치는 그의 목소리에 부하들이 반응하여 움직이려는 찰나, 번개 같은 몸놀림으로 달려온 오혜령이 등을 찔러

왔다.

상중명은 급히 몸을 돌리며 추혼조를 힘껏 내둘렀다.

그의 추혼조가 겹겹이 환영을 만들어내며 검신을 긁으려 했다.

앞서 몇 차례의 공방에서는 이때마다 오혜령이 급히 검을 거두었다. 하지만 이번에는 전과 달리 오혜령의 검은 거두어지지 않았다. 오히려 더욱 빠르게 날아와 추혼조를 휘감아 허공으로 던져 버렸다. 동시에 오혜령의 신형이 물 흐르듯 자연스럽게 다가와 상중명의 목덜미를 수도로 내려쳤다.

"어억!"

오혜령은 외마디 비명을 지르며 거꾸러지는 상중명의 뒷덜미를 잡아 앞으로 내던진 후 곧바로 뒤로 몸을 날렸다.

"달리세요!"

그녀의 외침에 화산과 공동의 제자들은 전력을 다해 경공을 펼쳤다. 등 뒤로 상중명의 욕지거리와 고함 소리가 들려왔다.

다행히 그들은 상중명을 부축하느라 곧바로 추격을 하지 못하는 것 같았다.

'벗어났다!'

위급한 상황에서 벗어났다는 안도감이 젊은 제자들의 마음에 자리 잡으려 할 때, 앞만 보고 달리던 그들의 발길이 우뚝 멈췄다. 침착하던 오혜령의 얼굴에 그늘이 떠올랐다.

그들의 앞에 나타난 협곡. 절벽과 절벽 사이에 나 있는 작은 길의 끝에는 또 하나의 절벽이 막아서고 있었다.

삼면이 절벽으로 둘러싸여 있는 것이다.

기껏 도주했다 생각했던 곳이 막다른 곳이었으니 더 이상 물러날 곳이 없었다. 남은 방법은 단 한 가지, 싸우는 방법뿐.

'하지만 그자는……'

단홍립을 떠올리자 절망감이 엄습해 왔다.

그녀 역시 무림에서 손꼽히는 신진고수였으나 단홍립과 비교할 수는 없었다. 상대는 이미 수십 년 전부터 적수가 없다 여겨지는 절대고수. 그녀에게 있어 절대적인 존재인 부친조차 그와의 승부는 장담할 수 없었다.

아무리 뛰어난 그녀라도 단홍립에게는 두려움을 느낄 수밖에 없는 것이다.

항상 침착하고 냉정하던 오혜령이었지만 지금 상황에서는 방법을 찾을 수가 없었다.

그때 생각지 않았던 말이 들려왔다.

"절벽을 무너뜨리자."

모두의 시선이 목소리가 들려온 곳으로 향했다. 그곳엔 기절한 채 업혀 있던 장충이 있었다. 장충은 가슴이 욱신거리는지 인상을 쓰며 몸을 일으켰다.

"마침 내게 적당한 화기가 있으니 절벽을 무너뜨려 협곡을 막아버리자. 그럼 빠져나갈 시간을 벌 수 있을 거야."

장충은 말과 함께 품에서 시커먼 구슬을 꺼내 들었다. 바로 진천뢰였다. 오혜령 역시 진천뢰를 알아보고 눈이 반짝였다.

그의 말대로 일단 협곡을 막아버리면 뒤쪽 절벽을 타고 올라갈 시간을 벌 수 있었다. 지금 상황에선 유일한 방법이었다.

그녀가 장충의 말에 동의하려 입을 열 때였다.

"안 돼요!"

소리치며 달려나온 것은 바로 곽호였다. 곽호는 한쪽에 숨어 있다가 절벽을 무너뜨린다는 소리에 놀라서 뛰쳐나온 것이다.

곽호의 등장에 오혜령은 놀란 표정을 지었다. 그녀도 곽호가 이곳에 있을 줄은 몰랐었다.

철산과 함께 갔던 곽호가 이곳에 숨어 있었다는 것이 의미하는 것은 한 가지. 급히 고개를 들어 바라보니 절벽 한가운데에 시커먼 동굴이 입을 쩍 벌리고 있었다.

그녀의 추측이 틀리지 않았음을 입증하듯 곽호가 동굴을 가리키며 말했다.

"아저씨하고 아버지가 아직 내려오지 않았단 말이에요."

곽호의 말에 오혜령의 표정이 다시금 어두워졌다.

협곡을 막기 위해 진천뢰를 터뜨린다면 절벽 한가운데 있는 동굴이 무사할 수는 없는 일. 그렇다고 철산이 곽동을 구해 내려오길 기다리기엔 시간이 너무 촉박했다.

그녀가 고민하자 처음 의견을 꺼냈던 장충이 고개를 저었다.

"사매, 이 일은 어쩔 수 없어. 저 둘을 살리자고 우리 모두가 희생당할 수는 없잖아."

"하지만 반대로 우리가 살자고 저들을 죽일 수도 없는 일이

잖아요."

그녀의 반박에 장충은 눈살을 찌푸렸다. 하나 차마 그녀에게 화를 낼 수는 없는 듯 다시금 부드러운 목소리로 설득했다.

"사매, 우린 모두 일대제자들이야. 정파를 지탱하는 아홉 개의 문파 중에 두 문파를 책임져야 하는 기둥들이라고. 이런 곳에서 희생당하면 무림의 큰 손실이야."

무림의 정의를 앞세워 자신들의 목숨을 구걸하는 그들의 모습은 동문인 오혜령에게조차 큰 혐오감을 안겨주었다. 하지만 그녀로서는 그들을 탓할 수가 없었다. 그의 말이 완전히 틀린 것이 아닐뿐더러 자칫 말을 잘못했다간 장충뿐 아니라 공동의 제자들에게까지 모욕감을 안겨줄 수가 있기 때문이다. 그렇게 되면 그녀는 사문의 죄인이 되어 부친의 명성을 욕되게 하는 꼴이다.

다행히 그녀와 달리 마음속의 말을 숨기지 않아도 되는 인물이 있어 그녀의 답답함을 조금이나마 풀어주었다.

"무림을 위해서? 홍! 단순히 목숨이 아까운 것이겠지."

곽호의 비아냥에 장충은 인상을 살짝 찌푸렸다.

"꼬마, 우린 네 부친을 구하기 위해 최선을 다했다. 일이 이렇게 되어 아쉽다만 우리로선 어쩔 수가 없구나. 그러니 네가 이해하도록 해라."

말은 곽호에게 하는 것이었으나 눈은 오혜령에게 향해 있었다.

그러나 오혜령은 그저 눈만 감고 있을 뿐 그의 말에 대답하지 않았다. 보다 못한 사제들이 장충의 말에 힘을 실어준답시고 너도나도 나선다.

"그래요, 사저. 옛말에도 대를 위해선 소의 희생이 필요하다고 하잖아요. 저들을 기다린다 한들 살아날 수가 생기는 것도 아니잖아요."

"현명하게 생각하셔야 해요. 우리가 죽으면 정파의 기둥 일각이 무너지는 것이나 마찬가지예요."

"저는 산적 두목을 구하다 죽기 위해 무공을 수련한 게 아니라고요."

평소에는 그녀를 쳐다보지도 못하던 이들이 지금에 와서는 오혜령을 가르치려 든다. 그들의 아우성에 곽호가 비웃으며 소리쳤다.

"하하. 정파에서 항상 떠들어댄다는 협이라는 것이 다른 사람을 죽이고서라도 살아남는 것을 말하는 건가요? 그게 정파가 추구하는 정의라면 전 평생 녹림의 도적으로 살아야겠군요. 녹림에서는 그래도 의리는 지키라고 가르치거든요. 아! 그리고 이건 저 같은 어린아이도 아는 사실인데요. 정말 모르는 것 같으니 가르쳐 주죠. 무림은 당신들 몇 명 없어도 아무 이상 없이 돌아가요!"

아이답지 않은 곽호의 날카로운 독설에 떠들어대던 자들이 불편한 기색으로 입을 다물었다.

그들 자신들도 꺼내기 힘든 속마음을 곽호와 같은 어린아이에게 들켰다는 것이 창피했던 것이다. 곽호는 한술 더 떠서 절벽에 몸을 바짝 붙이고 소리쳤다.

"그래도 굳이 절벽을 무너뜨려야겠다면 날 죽이고 무너뜨리세요!"

그 결연한 행동에 모두가 머뭇거릴 때 멀리에서 욕설과 고함 소리가 들려왔다. 뒤늦게 일행을 추격한 상중명이 달려오고 있는 것이다. 그리고 그 뒤에는 모두가 두려워하는 단홍립이 있다.

더 이상 시간을 끌 수 없다는 급박함 때문인지 장충이 인상을 쓰며 소리쳤다.

"꼬마, 비켜라. 더 이상의 경고는 없다."

그는 비키지 않으면 정말 베어버리기라도 할 기세였다.

곽호는 두려움에 몸이 떨려왔으나 움직이지 않았다. 눈을 꾹 감고 벽에 달라붙어 있을 뿐이다.

장충이 살기를 띄우며 다가가려 할 때, 잠자코 있던 오혜령이 아무 말 없이 곽호의 앞을 막아섰다. 장충은 그녀의 행동에 이를 갈며 말했다.

"사매, 비켜라."

그답지 않은 사나운 목소리였으나 오혜령은 비키지 않았다.

"전 이 아이의 말이 옳다고 생각해요."

"지금은 옳고 그른 것을 따질 때가 아니다. 비켜라."

"이럴 때일수록 옳고 그름을 따져야 하죠."

"사형으로서 명령한다. 물러나라."

장충의 말에 오혜령의 눈빛이 흔들렸다.

대부분의 명문정파가 그렇듯, 화산 역시 문규가 매우 엄한 편이었다. 윗사람의 명을 거스르는 것은 상상도 할 수 없는 일이다.

장충은 지금과 같은 상황에서 그런 문규를 이용하고자 하는 것이다. 사문의 문규를 무엇보다 중요시하는 그녀였기에 이런 상황은 매우 괴로운 것이었다.

"불복… 하겠어요."

어렵게 내뱉은 오혜령의 말에 장충의 인상이 확 일그러졌다.

"사매는 지금 자신이 하는 말이 무슨 뜻인 줄 알고 하는 건가? 정녕 저런 자들을 위해 사문에 죄를 지으려 하는 거냐? 사매 하나만을 바라보고 계신 사숙님의 기대를 그런 식으로 저버리겠다는 말이더냐?"

장충이 말하는 사숙이란 그녀의 부친이자 화산의 최고수인 화산검존 오천중이었다. 그가 부친의 이름까지 들먹이자 오혜령은 더 이상 고집을 부릴 수가 없었다.

개인으로서는 분명 곽호가 옳다 여겼으나 화산의 제자로서는 장충의 명령을 따르지 않을 수가 없었다.

그녀는 안타까운 눈빛으로 동굴을 올려다보았다.

'미안해요… 여기까지가 제 한계인가 봐요.'

오혜령은 물러나며 당부하듯 말했다.

"아이는 다치지 않게 해주세요."

"물론이지. 나 역시 더 이상 다치는 사람이 나오지 않았으면 좋겠군."

장충은 말이 끝남과 동시에 벽에 찰싹 붙어 있는 곽호의 뒷덜미를 번쩍 들어 올렸다.

"네 녀석도 고집 그만 부리고 저리 비키거라."

곽호는 튀어나온 바위를 껴안고 기를 쓰고 버티려 했으나 어른의 힘을 당해낼 수는 없었다. 결국 장충이 우악스럽게 떼어내는 바람에 손바닥이 찢어져 피투성이가 되고 옷이 너덜너덜해진 채로 뒤로 내동댕이쳐져야만 했다.

"안 돼! 이 나쁜 놈아! 하지 마! 니가 그러고도 정파인이냐?"

곽호는 몸이 땅에 부딪치는 와중에도 고래고래 소리를 질렀다.

하지만 장충은 그에 아랑곳하지 않고 절벽을 올려다볼 뿐이다. 그가 가지고 있는 진천뢰는 모두 두 개. 그것으로 협곡을 무너뜨리기 위해선 진천뢰의 설치 위치를 잘 잡아야만 했다.

어설프게 진천뢰를 터뜨렸다 간 오히려 자신들이 위험해질 우려가 있었다.

장충은 잠시 동안 신중하게 계산을 했다. 그리고는 훌쩍 뛰어올라 심지 꽂은 진천뢰를 철산이 올라갔던 동굴 쪽의 절벽에 설치하고, 다른 하나의 진천뢰는 반대쪽 절벽에 설치했다.

그가 진천뢰를 설치하고 났을 때쯤 상중명 패거리들은 거의 지척에 다가와 있었다.

"뒤로 바짝 물러나라!"

더 이상 시간을 끌 수 없다고 여긴 장충은 곧바로 심지에 불을 붙인 후 최대한 거리를 벌렸다.

치지직.

기름 묻힌 심지가 타 들어가는데는 그리 오랜 시간이 걸리지 않았다. 진천뢰의 격목(檄木:뇌관)으로 빨려 들어간 작은 화염은 곧이어 큰 화염을 불러일으켰다.

콰아아앙!

하늘이 울리고 땅이 흔들리는 충격에 사람들의 몸이 휘청한다.

치솟은 화기가 절벽을 강타하고 진천뢰 속에서 발산된 파편들이 바위와 바위를 분해한다. 까맣게 피어오른 연기와 먼지가 하늘로 말려 올라갈 즈음. 또 한 번의 굉음이 들리기 시작했다.

쩌저저적!

여기저기서 돌이 갈라지는 소리가 협곡을 울렸고 뒤를 이어 절벽 전체가 무너져 내리는 듯한 굉음이 울려 퍼졌다.

장충은 자신이 뜻한 대로 이루어지자 안도의 숨을 내쉬며 그들의 앞을 가로막고 있는 절벽을 쳐다보았다.

"이제 빨리 이곳을 벗어나도록 하자."

다행히 뒤쪽의 절벽은 입구 쪽의 절벽과 지층이 이어져 있진 않았던지 작은 돌 부스러기만 간간이 떨어지고 있었다.

장충은 앞장서서 절벽을 타기 시작했다.

그는 한시라도 빨리 이곳을 벗어나고 싶은 심정뿐이었다.

그가 이토록 서두르는 데는 단홍립에게 당한 내상이 심상치 않았기 때문이었다. 처음에는 괜찮다고 여겼었는데 시간이 갈수록 심장이 터질 듯이 조여오고 내장이 비비 꼬이는 고통이 전해져 왔다. 그 고통을 없애고자 기절한 척 업혀오면서 계속해서 운기요상을 해보았지만 별다른 효과가 없었다.

그는 이런 경우를 겪어보진 못했지만 지금 자신의 몸이 죽어가고 있다는 사실은 느낄 수 있었다.

'최대한 빨리 치료를 받아야 한다.'

그것이 장충을 이토록 막무가내로 움직이도록 만들었다.

사정이야 어찌 되었든 장충의 행동에 화산과 공동의 제자들은 희망에 찬 얼굴로 그를 따랐다.

다만 두 사람은 그들을 따르지 않았다. 그중 한 명인 곽호는 땅에 엎드린 채 피투성이가 된 주먹을 꼭 쥐고 흐느끼고 있었다. 자신에게 장충을 막을 힘과 용기가 없었다는 사실이 못내 서럽고 원통했던 모양이었다.

나머지 한 명인 오혜령은 그런 곽호를 안쓰럽게 쳐다보고 있었다.

자신들의 안위를 위해 뒤도 돌아보지 않고 떠나가는 사람들과 버려진 사람에 대한 생각에 발길을 떼지 못하는 두 명.

그들의 길이 갈려지려는 그때,

무너져 내린 절벽 너머에서부터 귀를 찢을 듯한 웃음소리가 들려왔다.

"으하하하하하. 약속한 시간이 진작 지났거늘 너희들은 어딜 가려 하느냐?"

짐작키 힘들 정도로 엄청난 내공이 실린 웃음소리에 절벽이 으스스 몸을 떨어댄다.

"헛. 설마……."

절벽을 오르고 있던 이들이 모두 놀라 뒤를 돌아보았다.

거의 동시에 또 한 번의 폭음이 천지를 울린다.

콰아아아앙!

장충이 설치한 진천뢰가 터졌을 때와 비슷한 굉음이었다.

튀어 오른 바위가 박살 나서 작은 돌멩이가 비처럼 우수수 떨어져 내리고 희뿌연 돌가루가 하늘 높이 솟아올랐다.

모두의 시선이 집중 된 가운데, 피어오르는 연기 속에서 하나의 인영이 쏜살같이 튀어나온다.

쉬이익.

그자는 단 세 걸음에 십여 장을 건너뛰어 다가오더니 장충 등이 오르고 있는 절벽을 주먹으로 후려쳤다.

콰앙!

진천뢰가 터지는 소음과도 비슷한 굉음이 터지며 절벽이 크게 흔들린다. 벽을 통해 타고 올라간 충격은 절벽 꼭대기에 이르러 그 힘을 발출하였다.

우르르.

위에서부터 떨어져 내리는 바위덩이가 덮쳐 오자 장충과 젊은 기재들은 기겁하여 절벽에서 뛰어내렸다.

콰콰쾅!

바위가 떨어져 내리는 소리가 섬뜩하게 귓전을 울린다.

"으윽."

신음을 흘리는 장충의 앞으로 하얀 옷을 걸친 단홍립이 웃으며 서 있었다. 그리고 그의 뒤로 상중명이 부하들을 이끌고 다가오고 있었다.

"흐흐흐. 진천뢰는 너희들만 쓸 수 있는 줄 알았더냐?"

상중명은 비아냥거리며 손에 들고 있는 진천뢰를 부하에게 건넨다. 설마 절벽을 무너뜨린 것과 같은 방법으로 막힌 길을 뚫을 줄은 생각지도 못했던 장충은 절망감을 숨길 수 없었다.

"흐흐흐. 노부가 제일 싫어하는 것이 바로 화약 같은 못된 장난감을 쓰는 놈들이지. 아이야, 너는 노부의 훈계를 받을 준비가 되었느냐?"

음산한 웃음을 띠며 다가오는 단홍립의 모습은 마치 저승사자와도 같이 두렵게만 느껴졌다.

물러설 곳 없는 궁지에 몰리자 장충은 검을 뽑아 들었다.

"사제들, 어차피 한 번은 죽을 목숨. 정파의 자긍심을 위해 싸우자!"

마치 정의를 위해서라면 언제라도 목숨을 바칠 수 있다는 듯 결의에 찬 외침. 자신들이 살기 위해 절벽을 무너뜨릴 때와는 매우 상반되는 모습이었다.

그러나 그런 가식적인 외침이 화산과 공동의 젊은이들에게는 통했던 모양이었다.

"사형과 뜻을 함께하겠습니다."

"악도들에게 정의의 심판을 내립시다!"

"악적들에게 일 검을 꽂을 수만 있다면 죽는 것도 두렵지 않습니다."

그들은 모두 갑작스럽게 영웅이라도 된 듯 용기있게 검을 뽑았다. 그들의 사내다운 기백에 단홍립은 한마디로 자신의 생각을 표현했다.

"못 봐주겠구나."

그 말이 시작이었다.

단홍립의 몸이 희끗한다 싶은 순간, 가장 뒤에 있던 공동의 제자가 비명을 지르며 나뒹굴었다. 거의 동시에 근처에 있던 이들이 피를 토하며 하나씩 나뒹굴었다.

"당, 당황하지 말고 진을 짜라. 진을 짜서 대응하란 말이다!"

장충은 말로는 당황하지 말라 했으나 실제로는 당혹스러움에 어쩔 줄을 몰라 하고 있었다.

그는 단홍립이 도대체 어떻게 움직이고 있는지조차 알 수 없었다. 그저 하얀 옷자락이 스쳐 지나가면 어김없이 한 명씩 쓰러지는 모습을 볼 수 있을 뿐이었다.

"제길! 이놈, 나와 싸우자!"

장충은 더 이상 두고 볼 수 없었는지 직접 달려나가려 했다.

하지만 그의 몸은 조금도 움직이지 않았다. 머릿속에서는 이미 상대를 향해 검을 휘두르고 있었는데 몸은 굳어버리기라도 한 듯 꼼짝도 않는 것이다.

"어엇?"

놀라며 고개를 돌린 장충은 그제야 자신의 어깨 위에 손을 올리고 있는 단홍립을 볼 수 있었다.

"어, 언제……."

장충은 급히 앞을 쳐다보았다.

조금 전까지 울려 퍼지던 비명 소리가 잠잠하기만 하다. 정의감에 불타던 그의 사제들이 어느새 모두 땅에 쓰러져 신음을 흘리고 있었다.

장충은 다시 단홍립에게 고개를 돌렸다.

단홍립은 처음과 같이 조금도 흐트러지지 않은 모습으로 웃고 있을 뿐이다. 장충은 경악을 금치 못했다. 사제들이 비록 경험이 없다고는 하나 모두 화산과 공동에서 수련한 이들이다. 상대가 아무리 고수라고는 하나 이렇게 순식간에 모두 쓰러질 거라고는 생각조차 할 수 없었다.

심지어는 먼지 하나 묻어 있지 않은 단홍립의 모습은 전과 비교할 수 없는 공포가 되어 다가왔다.

'으으으… 맞설 수 있는 상대가 아니다…….'

비로소 우내칠존이라는 명성이 수십 년 동안 사람들의 머리 위에 있는 이유를 알 것 같았다.

"우린 화산과 공동의 일대제자들이오. 우, 우릴 죽이면 정파에서 결코 좌시하지 않을 것이오."

아마 보통 사파의 고수였다면 장충의 말이 충분히 통했을 것이다. 누가 뭐래도 아직은 정도천하였고, 구대문파의 비위를 거스르고 무림에 발을 붙일 수는 없으니까.

그러나 불행히도 상대는 단홍립이었다.

그가 구대문파를 두려워했다면 그토록 오랜 세월 동안 무림을 활보하지 못했을 것이다. 또한 반대로 구대문파에서 그를 제어할 수 있었다면 그의 이름은 진작 우내칠존에서 빠졌으리라.

"할 말은 그게 다냐?"

단홍립이 자신의 협박에 아랑곳 않자 장충은 마음이 급해졌다.

"원하는 게 뭐요? 뭐든 들어주겠소."

장충은 어떻게든 이 위기를 벗어나고 싶었다. 위기를 벗어날 수만 있다면 어떤 대가를 치르더라도 타협할 수 있었다.

상대가 천하의 악당이든 뭐든 그런 것은 상관하고 싶지 않았다.

지금 그에겐 이곳을 벗어나는 일이 중요했다.

장충의 말에 단홍립은 허허 웃으며 부채를 손바닥에 탁탁 내려쳤다.

"내가 원하는 것이라……."

단홍립이 뭔가를 생각하는 듯하자 장충의 얼굴에 희망이 떠올랐다.

'그래, 원하는 것을 말해라. 일단 빠져나가기만 하면…….'

어떻게든 구대문파를 움직여 단홍립을 처단할 것이다.

머릿속에는 이미 단홍립을 세상에서 가장 지독한 악인으로 만들 만한 미사여구도 떠오르고 있었다.

문제는 단홍립의 손에서 빠져나가는 것일진데…….

고민하던 단홍립이 뭔가 떠올랐다는 듯 부채를 세게 내려쳤다.

"그렇군! 생각났네. 내가 원하는 것이 말이야."

"그게 무엇이오?"

장충의 주눅 든 목소리에 은근한 걱정이 떠올랐다. 혹여 힘든 조건이라도 부를까 싶어서였다. 하지만 단홍립의 짧은 한마디는 그런 걱정조차 필요없게 만들었다.

"내가 원하는 것은 바로 구대문파 놈들의 목이야."

그 말이 떨어짐과 동시에 장충의 어깨를 누르고 있던 단홍립의 손이 빨갛게 물들었다.

"으아아악!"

장충은 어깨가 뚫리는 듯한 고통에 처절한 비명을 질렀다.

단홍립의 다섯 손가락은 장충의 어깨 근육을 뚫고 뼈를 움켜쥐었다.

"이대로 잡아당기면 어떻게 될 것 같은가? 그냥 팔만 떨어져 나갈까? 아니면 늑골과 쇄골이 같이 박살 날까? 자넨 어떻게 생각하는가?"

살기라곤 찾아볼 수 없는 부드러운 목소리였으나 장충의 안색은 하얗게 질렸다.

"살, 살려주시오!"

장충의 애원에 단홍립은 고개를 갸웃거리며 반문했다.

"나는 구대문파에 몸을 담은 작자들을 싫어하는데, 그곳의 제자인 자넬 살려주어야 하는 이유라도 있는가?"

말을 하는 동안에도 그의 손은 장충의 어깨뼈를 조금씩 조여들고 있었다. 뼈가 조금씩 으스러지는 고통에 장충은 정신을 잃을 것만 같았다. 하지만 지독한 고통은 기절조차 용납지 않았다.

"으… 으으… 뭐든 할 테니 손 좀……."

"허허. 자넨 부탁하는 예절이 안 되어 있군. 부탁이란 그렇게 하는 것이 아닐세. 일단 머리부터 땅에 처박고 정중히 해야지 들어줄 마음도 생기지 않겠는가?"

단홍립이 힘을 줌에 따라 장충의 몸은 조금씩 무너져 내렸다.

"그래그래, 화산이든 뭐든 내 앞에선 그렇게 오체투지를 해야 하는 거야."

그대로 두었다면 정말로 화산의 대제자가 사파의 거두로 손꼽히는 자의 발치에 머리를 조아리는 수치스러운 광경이 연출되었을 것이다.

하지만 아직 장내엔 그런 광경을 지켜볼 수 없는 사람이 한 명 남아 있었다.

"사형에게서 떨어지세요!"

오혜령의 날카로운 호령과 함께 푸르스름한 검기가 단홍립의 팔을 노리고 날아든다.

파앗!

눈부신 쾌검이 팔을 자르려 들자 단홍립은 기다렸다는 듯이 장충을 검기에 집어 던졌다.

"헛!"

오혜령이 크게 놀라 검의 방향을 바꾸는 순간, 단홍립의 권풍이 몰아닥친다. 이미 피하기엔 늦은 시점. 오혜령은 급히 검을 거두어 권풍을 막았다.

퍼엉!

단 한 번의 격돌에 오혜령의 가녀린 몸은 크게 떠올라 벽에 부딪쳐야 했다.

울컥.

튀어나온 피가 그녀의 옷을 빨갛게 물들인다. 오혜령은 힘겹게 몸을 일으켰다. 가슴이 답답하고 눈앞이 캄캄했으나 일어나지 않을 수가 없었다. 그녀마저 쓰러지면 모든 것이 끝이기 때문이다.

오혜령이 일어나는 모습에 단홍립은 감탄하며 말했다.

"호오. 내 파황신권에 맞고도 일어날 수가 있다니. 오천중이 자식 교육은 잘 시킨 모양이군. 그런데… 싸울 땐 감정을 다스려야 한다는 것은 말해주지 않았나 보지?"

오혜령의 얼굴이 어두워졌다.

아무리 상대가 대단한 고수라고는 하나 사문을 욕보이는 모습에 동요만 하지 않았다면 이토록 쉽게 당할 그녀가 아니었다.

노련한 단홍립은 그녀의 실전 경험이 많지 않음을 간파하고 장충을 이용한 것이다.

덕분에 오혜령은 반항조차 해보지 못하고 내상을 입게 되었다.

　그녀의 발목을 잡아끈 장충은 그런 사실도 모르고 고통에 몸부림치고 있었다.

　"으으… 사매, 내 어깨가… 빨리 치료 좀 해줘……."

　오혜령은 한숨을 쉬며 장충의 어깨를 지혈해 주었다. 단홍립은 그녀의 행동을 막지 않았다. 그녀가 어떤 방법을 써도 감당할 수 있다는 자신감의 발로였다. 오혜령으로서는 덕분에 생각할 시간을 얻게 된 것이다.

　장충의 어깨에서 피가 멎자 오혜령은 단홍립을 쳐다보았다.

　"당신의 파천권마라는 별호는 이런 잔꾀로 얻은 것인가요?"

　뻔히 보이는 도발에 단홍립은 빙긋이 웃으며 대답했다.

　"너는 뭘 말하고 싶은 것이냐?"

　"이미 당신의 계략에 당한 제가 무엇을 할 수 있겠어요? 다만 저는 몸이 정상이었다면 십초식 이내로 당신에게 공격을 성공시킬 수 있었음을 말하고 싶을 뿐이에요."

　그것은 누가 듣기에도 황당한 발언이었다.

　"미친년."

　"죽으려면 무슨 짓을 못할까?"

　상중명과 그의 부하들이 어처구니없어하며 떠들었으나 정작 당사자인 단홍립은 웃음을 지우지 않았다.

　"너는 내게 공격을 성공시킨다면 너희를 놓아달라고 말하고 싶은 거로구나. 그렇지만 아이야, 내가 너의 말을 들어주어야 할 이유가 있을까? 난 너희에게 얻고 싶은 것이 없는데 말이야."

"매화삼룡검의 비결을 드리겠어요."

오혜령의 말에 여유롭던 단홍립의 표정이 살짝 굳어졌다. 하나 이내 원래의 표정으로 돌아간다.

"허허. 거참 재미있는 소리로구나. 너는 내가 매화삼룡검의 구결을 알지 못하면 네 아비를 이기지 못할 것이라 생각하는 모양이구나. 하지만 그건 너의 착각……."

단홍립은 그녀의 조건이 자신에게 아무런 유혹도 될 수 없다는 사실을 말하려 했다. 그러나 오혜령의 단호한 목소리가 그의 말을 끊었다.

"아버지는 당신과의 싸움으로 매화삼룡검을 완성시키셨어요."

그 말에 단홍립은 지금까지의 여유롭던 표정을 싹 지웠다.

수십 년 전 화산검존 오천중과의 대결에서 그는 반 초식 차이로 이긴 적이 있었다. 당시의 싸움은 누가 죽어도 전혀 이상할 것 없었던 치열한 격전이었다. 두 사람의 무공은 서로 엇비슷했지만 오천중은 갓 무림에 출도한 신진고수였기에 경험이 미천했었다.

때문에 단홍립은 수차례나 그를 위기에 빠뜨렸었는데, 그때마다 오천중은 매화삼룡검으로 위기를 벗어나 역공을 가해왔었다. 다 이겼다 생각한 순간 피어오르는 매화에 기겁하여 물러나야 했던 것이 몇 번이었던가? 다행히 오천중의 매화삼룡검이 미흡했기에 목숨을 부지할 수가 있었지만 단홍립은 끝내 그 검초를 깰 수 없었다.

아까 오혜령에게 도망칠 수 있는 시간을 준 것은 그 때문이었다. 그녀가 펼치는 매화삼릉검을 자세히 관찰하기 위해서. 하지만 상대가 약했음인지 그녀는 매화삼릉검을 펼치지 않았었다.

그래서 은근히 애가 닳아 있었는데 오혜령이 완성된 매화삼릉검의 비결을 조건으로 걸고 있었으니 아무리 그라도 동요를 하지 않을 수가 없었다.

"매화삼릉검이 네 아비의 밑천임을 모르지는 않겠지?"

"알고 있어요. 당신이 아버지를 꺼리는 이유가 그것 때문이라는 것 또한."

"좋다. 네 제안을 받아들이지. 단, 한 가지 조건이 더 있다."

"뭐죠?"

"만약 네가 실패한다면 너는 평생 나의 시녀가 되어야 한다."

단홍립의 말에 오혜령은 입술을 꽉 깨물었다.

그의 조건은 여인으로서는 받아들이기 힘든 것이었다. 차라리 싸우다 죽는 것보다 더욱 큰 수치와 고통을 떠안게 되는 것이다.

하지만 이미 뽑혀진 칼이었다.

"좋아요. 그렇게 하죠."

그녀의 승낙에 단홍립은 하나의 환단을 던졌다.

"먹어라. 내상을 풀어줄 것이다. 반 각을 주마. 그동안 내상을 다스리지 못한다면 네 능력을 탓해야 할 거다."

오혜령은 그가 던진 약을 먹지 않고 품속에 집어넣었다. 그리고는 자기 병을 꺼내 그 안에 든 약을 입에 넣고 운기요상에 들어갔다.

반 각의 시간은 순식간에 지나갔다. 녹림측의 사람들은 지루함을, 정파측의 사람들은 긴장된 표정으로 오혜령을 쳐다보았다.

"시간이 되었다. 모든 재주를 다 써보거라."

그의 말에 오혜령은 천천히 몸을 일으켰다. 다행히 단홍립에게 당한 내상은 상당 부분 치유할 수 있었다. 소림을 나올 때 혜공 선사가 주었던 소환단 덕분이었다.

내상이 나아졌음에도 오혜령의 표정은 여전히 어두웠다.

뒷짐을 진 채 유유히 서 있는 단홍립에게서 어떠한 허점도 발견할 수가 없었기 때문이다.

'이미 예상했던 일.'

오혜령은 검을 꼭 쥐고 몸을 날렸다.

그녀의 검이 완만한 곡선을 그리며 단홍립의 가슴을 베어왔다.

"좋은 검식이군. 그러나 이걸로는 약해."

단홍립은 그 자리에 선 채로 부채를 휘둘러 검을 막았다.

챙!

검과 부채가 부딪쳤으나 금속성이 울려 퍼진다. 오혜령은 멈추지 않고 연달아 검을 휘둘렀다. 매 초식이 화산의 절초이긴 했으나 단홍립에게는 스칠 수조차 없었다. 단홍립의 발조차 떼지 못한 가운데 일곱 초식이 지나갔다.

"아이야, 이제 슬슬 비기를 펼쳐 보이지 그러느냐?"

단홍립이 조롱을 담아 말한다. 그러나 그녀는 묵묵히 검을 휘두를 뿐이다. 다시 두 초식이 지나 이제 단 한 번의 기회만이 남게 되었다.

"허허. 노년에 너와 같은 계집을 품을 수 있게 되었으니 나도 그리 박복한 것은 아닌가 보구나."

말은 오혜령의 몸에 관심이 있는 듯했으나 단홍립의 눈은 그녀의 검에서 결코 떨어지지 않았다. 그는 끝까지 방심하지 않고 그녀가 매화삼롱검을 펼치기를 기다리고 있는 것이다.

그리고 그녀가 마지막 검을 펼쳤다.

"이게 바로 매화삼롱검이에요."

그녀의 검이 둥근 원을 그린다 싶은 순간, 폭죽이 터지듯 화려한 꽃이 피어올랐다. 단홍립은 그녀의 검초를 조금이라도 놓치지 않겠다는 듯 눈을 부릅떴다.

'이것만 파훼할 수 있다면……'

세상에 몇 안 되는 그의 천적이 한 명 사라지는 것이다.

이 순간만큼은 그의 모든 정신이 한 자루의 검에 집중되어 주변 경물을 모두 잊게 되었다.

그리고 그것이 바로 오혜령의 노림수였다.

"지금이야!"

그녀의 입술이 떨어짐과 동시에 단홍립의 뒤에서 작은 그림자 하나가 튀어나왔다.

퍼억.

"억?"

단홍립의 엉덩이를 걷어차는 발길질에 깜짝 놀라 반사적으로 손을 휘둘렀다.

퍼억.

무엇인가 손에 걸려 나뒹굴었다는 것을 느꼈을 때.

푸욱!

어깨 부근이 섬뜩해졌다.

"으음."

단홍립은 신음을 흘리며 어깨에 박힌 검을 뽑아냈다.

쨍강.

그의 손에 잡힌 검날이 반으로 부러져 나갔다.

이미 물러나 있는 오혜령이 창백한 미소를 지으며 말했다.

"제가 이겼군요. 이제 선배님이 약속을 지키실 차례로군요."

단홍립은 그녀의 말에 힐끗 뒤를 돌아보았다.

곽호가 얼굴이 피투성이가 된 채로 히죽 웃고 있었다. 오혜령이 단홍립의 시선을 현혹시키고 그 틈에 곽호가 뒤를 급습한 것이다. 단홍립이 손을 휘두름에 있어 약간이라도 내공을 사용한다면 곽호의 머리는 형체를 찾을 수 없게 되었을 테지만 당황한 단홍립은 그저 본능적으로 팔을 휘둘렀을 뿐이었다. 그것만으로도 곽호는 피투성이가 되었지만 어쨌든 살아남아 성공의 미소를 짓고 있었다.

이것은 평소의 단홍립이라면 어림도 없는 작전이었다. 매화삼릉검에 대한 그의 집착으로 그의 감각이 가려진 탓에 벌어진 일이었다.

게다가 곽호가 무공을 모르는 어린아이라는 사실도 한몫했다. 만약 무인이었다면 아무리 그가 정신을 놓고 있었다 할지라도 그 기운을 감지하지 못했을 리가 없었다. 하지만 곽호의 미약한 기운은 그에게 큰 위협이 되지 않았기에 신경을 쓰지 않았었다.

그런 이유로 인해 그는 오혜령과의 내기에서 패했다.

곽호가 끼어든 탓이라고는 하나 그런 것을 걸고 넘어가기엔 그의 자존심이 너무 강했다.

"허허허. 그래. 내가 졌군, 졌어."

단홍립은 허탈한 웃음을 흘렸다. 마치 모든 것을 달관한 듯 웃으며 중얼거릴 뿐이다.

쓰러진 채로 초조하게 대결을 지켜보고 있던 화산과 공동의 제자들이 기쁨의 환호를 질렀다.

그러나 단홍립의 한마디가 그들의 피를 싸늘하게 만들었다.

"그딴 약속, 내가 알게 뭔가?"

오혜령의 얼굴에 당혹감이 떠올랐다.

"약속을 지키지 않을……."

쉬익.

한 줄기 파공성이 그녀의 다음 말을 막았다.

퍼엉!

허공을 격한 권풍에 오혜령이 비틀거렸다. 어느새 지척에 다가온 단홍립이 그녀를 걷어찼다.

"허억!"

오혜령은 피를 토하며 나뒹굴었다. 단홍립이 우악스럽게 그녀의 목을 잡고 일으킨다.

"다 재미없어졌어. 짜증나는 네년을 죽여야 속이 풀릴 것 같군."

단홍립의 얼굴에는 이미 짙은 살기가 드리워져 있었다.

그가 오혜령의 목을 부러뜨리려는 순간, 고함 소리와 함께 곽호가 뒤에서 달려들었다.

"나쁜 놈아, 누나를 놓아라!"

그러나 기세등등하게 달려들던 곽호는 단홍립의 발길질에 걸려 우당탕 요란스럽게 나뒹굴었다. 단홍립은 쓰러진 곽호의 가슴 위에 발을 올려놓았다.

"네 녀석에겐 신세진 게 있지?"

단홍립은 말과 함께 발에 조금씩 무게를 실었다.

곽호는 커다란 바위덩이에 깔린 것마냥 가슴이 으스러지는 괴로움에 그의 발을 밀어내려 애썼다. 하지만 단홍립의 발은 조금도 움직이지 않는다.

뿌드득거리는 소리가 흘러나오며 곽호의 입에서 피가 터져 나오기 시작했다. 더 이상 짓누르면 가슴이 터져 죽을 것 같았다.

그럼에도 곽호는 이를 악 물고 신음조차 흘리지 않았다.

"호오. 그래도 네가 저기 허우대만 멀쩡한 정파 놈들보다 훨씬 낫군. 어떠냐? 너도 저놈들처럼 빌어보는 것이? 동정심이 생기게끔 잘 빌면 특별히 살려줄 수도 있다만."

그의 제안에 곽호는 발악하며 고함을 지르는 것으로 답했다.

"개자식아! 넌 반드시 천벌을 받을 거다!"

"흥. 천벌은 하늘이 내리는 것이지, 너 같은 꼬마가 지껄인다고 떨어지는 것이 아니다."

단홍립의 발에 힘이 들어갔다. 곽호의 가슴을 그대로 으스러뜨리려는 몸 동작이었다. 오혜령이 그의 살심에 급히 소리를 쳤다.

"안, 안 돼! 잠깐!"

그러나 이미 살심이 동한 단홍립은 그녀의 외침 따윈 신경도 쓰지 않았다. 그는 꺼져 가는 불씨를 짓밟듯 천천히 발을 짓눌렀다.

그리고 곽호의 눈이 힘없이 감기려는 그 순간, 절벽 위쪽에서 천둥이 내리치는 듯한 굉음이 터져 나왔다.

콰콰콰쾅!

커다란 바위 덩이가 허공에서 산산이 박살 나고 뿌연 먼지가 피어오르는 사이로 검은 그림자 하나가 쏜살같이 뛰어나와 단홍립을 덮쳐 갔다.

퍼퍼퍼펑!

폭음이 터지며 뒤뚱뒤뚱 밀려난 단홍립의 입에서 경악성이
터져 나왔다.

"너… 넌?"

제47장

단홍립의 최후

단홍립의 최후

　　　　　　알 수 없는 폭발은 동굴 입구를 무너뜨려 버
렸다.

　다행히 철산이 빠르게 반응하여 곽동을 밀쳐 냈기에 바위에
깔리는 일은 피할 수 있었다.

　"제길, 이건 또 무슨 일이야?"

　"밑에서 무슨 일이 벌어진 것 같군요."

　철산의 말에 곽동은 잠시 침묵했다.

　"괜찮을까?"

　그가 묻는 것이 아래에 있는 곽호의 안전임을 알고 있었다.
하지만 철산 역시 사정을 알 수가 없었기에 뭐라 답을 해줄 수
가 없었다.

"영리한 아이니 괜찮을 겁니다."

"하하하. 그건 그래. 내 아들이긴 하지만 그 녀석은 여우같이 잔꾀가 많거든. 아마 별일없을 거야."

말은 그렇게 했으나 곽동은 초조하여 가만히 있을 수 없는지 입구를 막은 바위를 발로 걷어찼다.

퍼억!

꽉 찬 소리로 미루어 바위는 겹겹이 쌓여 있는 듯했다.

"젠장. 이건 밀어낼 수도 없겠군."

곽동은 체념한 듯 주저앉았다.

"이런 곳에서 죽어야 하다니. 이럴 줄 알았으면 젊었을 때 더 신나게 즐기는 것이었는데. 크흑. 하필 애란이 년이 아호를 덜커덕 가져 버릴 줄이야."

위급한 상황임을 망각한 듯한 그의 말에 철산은 피식 웃으며 입구를 가로막은 바위로 다가갔다.

"뭘 하려 그러나?"

곽동이 철산의 기척에 의아한 듯 물었다. 철산은 아무렇지도 않게 답했다.

"이곳을 나가려 합니다."

"오오. 혹시 나갈 만한 구멍이라도 발견한 건가?"

곽동은 잔뜩 기대하며 철산의 곁으로 다가왔다. 그러나 꽉 들어찬 바위 무더기에는 사람이 나갈 만한 구멍은 고사하고 빛 한 점 새어 들어오지 않았다.

"예끼, 이 사람. 죽을 때 됐다고 놀리는 건가?"

"그럴 리가요."

곽동은 알 수 없다는 듯 다시 바위 무더기를 살폈다.

"그럼 출구가 있단 말인가? 내 눈엔 안 보이는데?"

"이제부터 만들어야죠."

담담한 철산의 말에 곽동은 잠시 아무 말도 하지 않았다.

이윽고 한숨을 쉬며 철산을 잡아끌었다.

"자네… 아무래도 휴식부터 좀 취해야겠구만. 아까 절벽 무너지면서 머리라도 부딪친 모양이야."

그러나 그의 말은 뒤이어 들려온 소리에 묻혀 철산에게 전해지지 않았다.

쾅! 쾅! 쾅!

철산이 주먹으로 바위를 후려치는 소리가 동굴 안 가득히 울려 퍼졌다.

'헉. 미쳐도 단단히 미쳤다. 이거 이러다 마지막을 시체하고 보내겠구나.'

곽동이 이상한 생각을 하든 말든 철산은 규칙적으로 주먹을 내지를 뿐이다. 그렇게 바위를 내려치고 있을 때, 갑작스럽게 또 한 번의 폭음이 들려왔다.

우르르르릉.

터져 나온 폭음에 동굴 전체가 뒤흔들렸다. 금방이라도 무너질 것같이 돌 부스러기가 떨어져 내렸다.

진동이 사그라지고 나자 철산은 다시 주먹을 내질렀다.

콰앙!

이전과 다른 타격감에 철산의 움직임이 우뚝 멈췄다. 철산의 행동을 부질없다 여기며 드러누워 있던 곽동 역시 뭔가 느낀 듯 후닥닥 달려왔다.

"이 소리는?"

기대감 실린 곽동의 물음에 철산은 바위를 몇 번 더 가격해 본 후 답했다.

"조금 전의 폭발로 입구를 막은 바위 층이 얇아졌군요."

"헙! 그렇다면?"

그때부터 곽동은 철산의 옆에서 조금 전까지 미친 짓이라 불렀던 행동을 하게 되었다.

"부서져라! 부서져라!"

단지 다른 것은 철산이 아무 말 없이 주먹을 내지르는 반면, 그는 잠시도 쉬지 않고 고래고래 소리를 지르며 바위를 발로 걷어차고 있다는 점이었다.

동굴을 탈출하기 위한 두 사내의 필사적인 몸짓이 이어진 지 반 각이 흘렀을 때, 곽동은 감각이 없어진 발을 부여잡으며 물러났다.

"제길. 난 더 못하겠네."

땅바닥에 털썩 주저앉은 곽동은 어둠 속 너머 어렴풋이 보이는 철산의 모습에 감탄했다.

"그렇게 바위를 후려치고 손도 안 아픈가?"

"괜찮습니다."

철산은 말은 그렇게 했으나 사실 진작부터 주먹이 욱신거리고 있었다. 그의 주먹에 벌써 커다란 바위가 몇 개나 깨어져 나갔지만 아직 입구를 막은 바위가 얼마나 되는지 짐작조차 할 수 없었다.

그러나 철산은 걱정하지 않았다. 짙은 어둠과 고요함은 그에게 최상의 집중력을 안겨주었고 의지를 실은 주먹은 정확히 바위의 결을 갈라놓고 있다. 바위를 칠 때마다 몸 안에서 울려 퍼지는 반동은 묘한 활력감까지 안겨주었다.

그런 사항들이 모이고 모여 산만 한 바위가 앞을 가로막고 있다 할지라도 반드시 뚫을 수 있다는 자신감을 실어주고 있었다.

또 하나의 바위가 박살이 나서 길을 터주고, 서서히 바깥에서 빛이 새어 들어오며 소리가 들려왔다.

그 순간 철산의 표정이 굳어졌다. 누군가의 비명성이 연달아 들려왔기 때문이다.

'누군가 다쳤을지도 모른다.'

마음이 급해지자 자연스레 주먹을 뻗는 속도가 빨라졌다.

쾅! 쾅! 쾅! 쾅!

바위가 부서져 나가는 소리가 동굴 안을 가득 메운다.

그때 밖에서부터 또 한 번의 비명이 들려왔다.

"아악!"

뒤를 이어 이번엔 앳된 고함 소리가 들려온다.

"넌 반드시 천벌을 받을 거다!"

철산은 목소리를 듣는 것만으로 두 사람이 누구인지 알 수 있었다.

'오 소저와 곽호!'

밖에서 좋지 않은 일이 벌어지고 있는 것이 틀림없었다.

'이렇게 하나씩 깨고 있을 시간이 없다.'

철산은 입구를 막고 있는 바위 무더기를 둘러보았다.

조금씩 틈이 보이긴 했으나 아직 사람이 나가려면 한참을 더 부수어야 했다.

단시간에 입구를 뚫기 위해서는 동굴이 무너졌을 때와 같이 한 번에 큰 힘이 필요했다. 거기까지 생각이 미친 철산은 자신의 왼손을 내려다보았다.

부글부글 끓어오르는 힘이 빨리 자신을 내보내 달라고 아우성을 치듯 꿈틀거렸다.

포 노인의 말대로 함부로 쓸 수 없는 힘이다. 하지만 지금은 이 힘이 아니면 안 된다.

철산은 한 걸음 뒤로 물러났다.

밖에서 들려오는 비명성에 벌떡 일어났던 곽동이 의아한 시선으로 철산을 쳐다보았다.

"뒤로 물러서십시오."

심상치 않아 보이는 철산의 목소리에 곽동은 급히 뒤로 물러났다. 다리를 넓게 벌리고 선 철산은 천천히 심호흡을 했다. 그리고 무토심공을 이용하여 왼손에 깃든 화령과의 기운을 조금씩 건드려 보았다. 성질이 다른 기운이 건드리자 폭혈진기는 신경질을 내듯 요동을 쳤다.

폭혈진기가 움직이자 철산의 왼손 역시 뜨겁게 달아오르기 시작했다. 닿는 모든 것을 태워 버릴 듯한 열기가 동굴 안을 후끈하게 만든다.

그 열기가 극에 달했을 때, 철산은 어둠 속에 일 권을 내질렀다. 그의 주먹이 바위를 두들기는 순간, 그 충격이 끓어오르던 폭혈진기와 부딪치며 철산의 주먹에서 가공할 폭발력이 일어나 바위를 덮쳐 갔다.

콰콰콰쾅! 우르르르!

입구를 두껍게 막고 있던 바위 덩어리가 박살이 나며 튕겨져 나갔다.

촤아아아.

막혔던 입구가 뻥 뚫리며 눈부신 빛이 동굴 안으로 스며들어온다. 물러나 있던 곽동이 믿기 힘든 광경에 털썩 주저앉아버렸다.

"허억. 이런 일이… 자네 대체……."

그러나 철산은 기뻐하며 머뭇거릴 시간이 없었다. 그는 뒤쪽 바위에 묶어두었던 밧줄을 잡고는 그대로 절벽을 뛰어내렸다.

솟아오르는 먼지 속을 뚫고 떨어지는 그의 눈에 곽호와 오혜령을 위협하고 있는 단홍립의 모습이 보였다. 그 광경을 보는 순간 철산의 눈에서 불꽃이 솟았다.

포 노인이 그에게 핍박받던 기억이, 오혜령과 곽홍을 괴롭히고 있는 모습과 겹쳐 보였기 때문이다.

목표를 정한 철산은 떨어지는 속도를 조금도 줄이지 않고 그대로 단홍립을 향했다. 뒤늦게 그를 발견한 단홍립이 급히 오혜령과 곽호를 놓고 주먹을 마주 뻗어왔다.

퍼퍼퍼펑!

한 번의 큰 폭음과 몇 차례의 격타음이 거의 동시에 울려 퍼진다.

"크윽!"

단홍립이 신음을 토하며 물러나는 동안 철산의 몸은 밧줄의 길이가 다해 추와 같이 절벽으로 밀려났다. 몸이 절벽에 부딪치기 직전, 철산의 발이 절벽을 강하게 후려쳤다.

콰직.

돌이 튀며 철산의 몸이 다시금 단홍립을 향해 쏘아져 나간다.

단홍립은 미처 피할 여유를 갖지 못하고 다시금 주먹을 맞부딪쳐야 했다.

콰앙!

종전과 비슷한 폭음이 또 한차례 터지며 철산의 몸이 뒤로 튕겨져 나갔다.

철산은 땅을 십여 바퀴나 뒹굴고 나서야 몸을 일으킬 수 있었다. 일어나는 그의 입에서는 진한 핏물이 배어 나오고 있었다.

손등으로 피를 닦으며 앞을 바라보자 단홍립이 믿을 수 없다는 표정을 하고 있었다.

"이럴 수가. 네놈이 어떻게……."

비틀거리는 단홍립의 몰골은 철산보다 더욱 좋지 않았다.

머리는 산발이 되어 있었고 하얗던 옷은 먼지투성이로 까맣게 변했다. 입에서는 검붉은 피가 흘러나오고 있었고 무엇보다 철산과 부딪쳤던 왼쪽 팔은 힘없이 축 늘어져 있었다.

아무리 그라도 사십 장 절벽에서 뛰어내린 철산의 권력을 무사히 받아낼 수는 없었던 것이다.

단홍립은 고통 반 경악 반의 시선을 철산에게 던지고 있었다.

철산은 그의 시선을 무시하고 곽호와 오혜령을 보았다.

"괜찮소?"

곽호의 상처를 살피고 있던 오혜령이 안도의 숨을 내쉬었다.

"다행히 아직은 괜찮아요."

그녀는 말과 함께 단홍립 쪽을 쳐다보았다. 그가 있는 이상 완전히 괜찮은 것은 아니라는 뜻이었다.

철산은 천천히 단홍립에게 시선을 돌렸다.

단홍립은 절세의 고수답게 이미 동요를 가라앉히고 있었다.

"의외로군. 네놈을 여기서 만나게 될 줄이야."

철산 역시 이런 곳에서 그를 만나게 될 줄은 생각지 못했다. 하나 어차피 해결해야 할 일이 있다면 빠르든 늦든 다를 것은 없었다.

"그렇지 않아도 그때 네놈을 죽이지 못한 것이 아쉬웠다.

그런데 이렇게 기회가 빨리 올 줄은 몰랐군."

"당신은 여전히 말이 많아."

단홍립의 입가가 씰룩인다.

"건방진 놈."

그러나 어찌 된 일인지 단홍립은 이를 바드득 갈면서도 쉽사리 공격을 하지 않았다. 그 모습에 오혜령은 의아함을 느꼈다.

'꼭 저 사람을 두려워하는 것 같아.'

하지만 그녀는 그것이 말도 안 된다는 생각에 고개를 흔들었다.

단홍립이 누구인가? 이미 수십 년 전에 우내칠존이라 불리운 절대고수이다. 무림 제일의 고수라 해도 모자람이 없을 그가 이제 갓 이름이 알려지기 시작한 철산을 두려워할 이유가 없는 것이다.

그러나 그녀의 추측은 완전히 틀린 것이 아니었다. 단홍립이 그답지 않게 말로만 위협을 하고 있는 데는 분명히 철산을 꺼리는 마음이 있었다.

지금 그의 머릿속에는 한 가지 고민이 계속해서 떠오르고 있었다.

'저 녀석이 정말 폭혈신공을 이어받았을까?'

그는 일전에 철산이 썼던 폭혈진기가 마음에 걸려 쉽사리 공격을 하지 못하고 탐색만 하고 있는 것이다.

하나 철산은 그처럼 시간을 끌고 있을 생각이 없었다.

"내가 먼저 가지."

말과 함께 철산의 신형이 무서운 속도로 쏘아져 나갔다.

후우우웅.

철산의 몸 좌우로 매서운 파공성이 일어난다. 철산이 단번에 거리를 좁혀 사각으로 빠져들자 단홍립은 급히 퉁기듯이 뒤로 물러난다.

철산이 그 뒤를 쫓으려 할 때 물러나던 단홍립이 어느새 몸을 돌려 마주 달려온다.

철산이 달리던 기세 그대로 주먹을 쳐냈으나 마주 달려오던 단홍립의 신형이 희끗거리며 사라졌다. 철산은 그의 움직임을 쫓지 않고 허리를 숙였다.

촤아악.

철산의 상체가 땅에 닿을 듯이 숙여진 채로 미끄러져 나가는 순간 뒤통수가 서늘해지며 머리카락 몇 가닥이 뜯겨져 나간다.

공중에서 단홍립의 발이 스치고 지나간 것이다.

단홍립이 아깝다는 생각을 떠올렸을 때, 미끄러져 나가던 철산이 몸을 빙글 돌리며 주먹을 올려쳤다.

쉬익.

단홍립은 여전히 허공에 떠 있는 상태. 그가 피할 곳은 없어 보였다. 그러나 반원을 그리며 올라간 주먹이 단홍립의 지척에 이르렀을 때, 허공에 떠 있던 단홍립의 두 발이 철산의 주먹을 짓누른다.

파파팍.

주먹을 발판 삼아 다시금 떠오른 단홍립은 허공에서 몸을 회전시키며 철산의 등 뒤로 떨어져 내렸다.

쉬이익.

단홍립의 주먹이 무시무시한 기세로 날아들자 철산은 급히 앞으로 몸을 굴렸다.

퍼퍼펑.

철산이 지나친 땅이 폭죽이 터지듯 연달아 솟아올랐다.

쏟아져 내리는 흙먼지를 헤치며 튕기듯 일어났을 때 뒤에서 또다시 단홍립이 달려왔다. 저돌적으로 다가오는 단홍립의 기세에 흙먼지가 좌우로 크게 갈라진다.

그가 지척에 도달했을 때 철산이 절벽을 세게 차며 몸을 띄워 올린다.

앞으로 달려들던 단홍립이 절벽을 후려쳤을 때 허공에서 몸을 회전시킨 철산이 단홍립의 등 뒤에 내려섰다. 종전과 반대의 상황. 이번엔 철산의 주먹이 불을 뿜을 차례였다.

쐐애액.

그의 몸이 부드러운 선을 그려내며 좌우로 크게 흔들리기 시작한다. 지금 철산이 펼치는 벽파는 그가 산속에서 수련했던 형태와는 크게 다른 것이었다. 예전의 벽파가 하순원이 펼쳤던 잠영보를 변형한 것에 불과했다면, 지금은 잠영보와 비슷하면서도 완전히 별개의 신법이 되어 있었다.

이젠 누구도 지금 철산이 펼치는 벽파를 보고 잠영보를 떠올리지 못할 것이다. 완전히 철산만을 위한, 그만의 독문신법이라 할 수 있는 것이다.

그의 벽파가 이토록 변화하게 된 결정적인 계기는 일전에 단홍립과의 싸움으로 인해서였다. 그와의 싸움에서 모든 힘을 소진한 후 무심결에 펼쳤던 벽파로 인해 새로운 깨달음을 얻게 되었던 것이다.

단홍립으로 인해 얻은 깨달음을 그에게 가장 처음으로 사용하게 되었으니 참으로 악연이라 할 수 있었다.

철산의 신형이 걷잡을 수 없이 다가오자 단홍립은 적잖이 당황했다. 포 노인과의 조우 때 철산의 신법이 변하는 것을 보긴 했지만, 당시에는 미숙했기에 쉽사리 피할 수가 있었다.

하지만 지금 철산의 신법은 절대고수인 그가 보기에도 거의 완벽했다. 더군다나 등 뒤는 절벽. 피할 공간도 없었고, 설혹 공간이 있다 하더라도 상대를 피한다는 것은 그의 자손심이 허락지 않았다.

"정면으로 받아주마."

단홍립은 성한 팔을 뒤로 쭉 빼 들었다. 작은 공이라도 넣은 듯 살짝 거머쥔 주먹에서 푸른빛이 새어 나온다 싶었을 때, 전면을 향해 공을 던지듯 주먹을 크게 휘두른다.

순간 단홍립의 앞에 거대한 푸른 벽이 생겨났다. 놀랍게도 희미한 색채가 육안으로도 확인이 가능할 정도였다.

까드드득.

벽면이 움직이자 땅이 꺼지는 소리가 나며 흙이 밀려난다.

단홍립은 철산의 동작을 잡을 수 없자 그의 모든 진로를 막아버린 것이다. 진정 공력이 화경에 이르지 않고서는 불가능한 일이었다.

몸 밖에 흘려보낸 내공이 육안으로 보이는 만큼 그 위력은 굳이 확인을 해보지 않아도 알 만했다. 하나 철산은 앞을 가로막는 장벽을 보고서도 멈추지 않았다. 오히려 더욱 빠르게 몸을 움직이며 권벽과 정면으로 부딪쳐 간다.

파아앙!

철산의 주먹이 연달아 후려치자 푸른색 장벽이 크게 요동을 치며 멈칫거린다.

커다란 벽과 맞서 조금도 밀리지 않는 철산의 모습은 보는 사람으로 하여금 불가능을 가능케 할지도 모른다는 기대감을 갖게 만들었다.

그러나 일생에 한 번 보기 힘든 경이로운 광경에 의해 모든 이들이 간과해 버린 것이 있었다. 철산의 뒤에서 들려오는 한 마디가 그들의 실수를 말해준다.

"애송이, 난 잊어버린 것이냐?"

어느새 등 뒤로 돌아와 있는 단홍립의 목소리. 권벽에 시선을 빼앗겨 단홍립의 움직임을 놓치고 있었던 것이다.

철산이 뒤늦게 몸을 돌렸으나 단홍립의 권풍은 이미 몸을 때리고 있었다.

파앙!

압축된 공기가 터져 나가듯 철산의 몸이 크게 밀려난다.

지금껏 그를 밀어붙이던 권벽이 좌우로 갈라지며 철산을 흘려보냈다.

콰당.

철산은 그대로 절벽에 부딪쳤다. 등에 벽에 닿자마자 재빨리 몸을 움직이려 했으나 단홍립의 다음 공격이 기다리고 있었다.

"이번엔 좀 괴로울 것이야."

말이 떨어짐과 동시에 단홍립의 권장이 춤을 추기 시작한다.

퍼퍼퍼퍼퍼펑!

연달아 터져 나오는 가공할 권력들.

바로 그를 무림 칠대고수로 불리게끔 만들었던 파황신권이었다.

공기조차 새어 나올 틈 없는 완벽한 권공은 철산을 순식간에 절벽에 파묻히게 만들었다.

우르르르.

그 충격에 절벽 위에서부터 크고 작은 돌이 떨어져 내려 철산을 가려 버린다.

뒤를 이어 단홍립이 만들어냈던 푸른 권벽이 불룩하게 나온 돌무더기를 바싹 밀어붙여 버렸다.

순식간에 상대를 절벽 속에 묻어버리는 신위에 정파 측의 제자들은 절망을, 녹림의 사람들은 경외의 표정을 지었다.

그런 가운에 당사자인 단홍립은 아쉬움 담은 시선으로 철산이 묻힌 곳을 바라보고 있었다.

"근래 상대해 본 자들 중에 가장 힘들었던 것 같구나. 하지만 아직은 내 상대가 못 돼."

단홍립은 자칫 골치 아플 후환을 제거한 것이 흡족했는지 희미한 미소를 지었다.

"그럼 이제 다시 너희에 대한 처분을……."

모든 것이 끝났다 여기고 몸을 돌리던 단홍립이 흠칫 놀라며 다시 고개를 돌린다.

그와 동시에 꽝음이 터지며 절벽에 박혔던 돌무더기가 사방으로 비산해 갔다. 그 속에서 철산이 비호와 같은 움직임으로 뛰쳐나왔다.

"끈질긴 놈."

단홍립은 질린 표정을 지었다. 지금까지 그를 이토록 힘들게 만든 상대는 몇 되지 않았다. 그 상대가 자신의 나이 절반도 안 되는 젊은이라는 사실이 그를 더욱 지치게 만들었다.

"완전히 끝장을 내주마."

단홍립은 이를 갈며 공력을 끌어올렸다.

그의 파황신권이 다시금 펼쳐지려는 찰나, 이번엔 철산의 주먹이 한발 앞서 날아들었다.

파파파파파팟.

철산의 주먹은 파황신권과 같이 가공할 위력은 없었으나 반격할 수 없을 정도로 빠르게 날아왔다. 단홍립이 그것을 반은 흘려보내고 반은 맞받아치며 버텨내자 이번엔 철산의 발이 연달아 차올려진다.

단홍립은 오른쪽은 팔로 막아냈으나 왼쪽은 제대로 막아내지 못하고 몸을 비틀어 피해내야만 했다.

철산이 절벽에서 뛰어내렸을 때의 격돌로 인한 팔의 부상 때문이었다.

그가 왼쪽을 노리는 철산의 발을 슬쩍 흘려보냈을 때, 쉴 새 없이 공격해 오던 철산이 돌연 시야에서 사라져 버렸다. 반대쪽 공격을 대비하고 있던 단홍립은 급히 뒤로 물러서려 했다.

그러나 어느새 자세를 낮춘 철산은 한 손을 땅에 짚은 채 두 다리로 단홍립의 무릎을 걸어 넘어뜨리고 있었다.

"허억!"

단홍립은 대경하여 몸을 빼내려 했으나 이미 다리를 걸어 넘어뜨리고 있는 철산의 힘을 당해낼 수가 없었다.

콰당!

단홍립이 쓰러지자 그 위로 올라탄 철산이 양 팔꿈치를 교대로 내리찍었다. 단홍립은 기겁하여 고개를 이리저리 돌려 피하려 했다. 튀어 오른 흙덩이가 그의 얼굴위로 따갑게 쏟아질 때 이번에는 철산의 무릎이 복부를 찍어왔다.

"크윽."

단홍립은 신음을 토하며 공력을 실은 손으로 땅을 내리찍었다.

파앙!

자신의 몸을 크게 띄워 올려 그 위에 올라탄 철산을 떨쳐 내려는 생각이었다. 하나 철산이 단홍립의 산발한 머리카락을 움켜쥐자 펄쩍 뛰어오르던 몸이 힘없이 땅에 떨어졌다. 벗어나기는커녕 오히려 머리카락이 뜯겨 나가는 고통만 겪게 된 것이다.

철산은 먹잇감을 가지고 노는 구렁이와 같이 조금씩 그를 잠식해 나갔다.

이것은 철산이 고향에 있을 때 자주 썼던 싸움 방식이었다. 상대가 자신보다 강하다 여겨졌을 때 주로 쓰던 방법으로, 이렇게 몸과 몸이 뒤엉키게 되면 상대가 어떤 강자라 할지라도 체력과 근력에 의지할 수밖에 없다는 것이 그의 생각이었다.

비록 오 년 전에는 무공이라는 벽에 부딪쳐 시도조차 할 수 없었지만 이제는 그때와 사정이 달랐다. 그에겐 강철 같은 몸과 바위도 부술 수 있는 힘이 생겼다. 단홍립과 같은 절정고수가 옴짝달싹 못하고 있는 것이 그것을 입증하고 있었다.

사람들은 그 모습을 눈으로 보고도 믿을 수 없다는 얼굴들이었다. 그도 그럴 것이 무림에서 이름만 거론해도 모두가 벌벌 떤다는 파천권마가 주먹패들 싸움에서나 통함직한 기술에 걸려 땅바닥을 나뒹굴고 있었으니 이것을 누가 믿겠는가?

그런 생각은 막상 당하고 있는 단홍립이 훨씬 심했다.

그는 지금 자신이 땅을 뒹굴며 얼굴이 흙투성이가 된 채 상대에게 깔려 있다는 현실을 도저히 받아들일 수가 없었다.

그가 누구인가? 무림에서 일곱 손가락 안에 든다는 초강자가 아닌가? 그런데 듣도 보도 못했던 자에게 이런 수모를 당하고 있다.

생전 처음 겪는 무기력함은 단홍립에게 더할 나위 없는 분노를 안겨주었다.

"애송이, 네놈 몸을 터뜨려 주마."

단홍립은 이를 바드득 갈며 전신의 내공을 끌어올리려 했다.

그러나 그에 앞서 철산이 몸을 일으켰다. 그의 뜻밖의 행동에 단홍립의 눈썹이 꿈틀거린다. 아무렇지도 않게 일어난 철산은 아직 쓰러져 있는 단홍립에게 손을 까딱거렸다.

언젠가 겪었던 손짓. 그러나 그때와는 상황이 달랐다. 그때는 철산이 실력이 모자람을 알고도 투기 하나만을 믿고 근성으로 도발을 했던 것이라면 지금은 오히려 반대의 상황인 것이다.

'네놈이 나를 우습게 알고 있구나. 그러나 나는 네깟 놈에게 조롱당할 사람이 아니다.'

분노가 극에 이르면 오히려 마음이 얼어붙는 것일까? 단홍립의 표정이 더할 나위 없이 차가워졌다.

천천히 몸을 일으킨 단홍립은 살기 짙은 냉소를 흘렸다.

"더 이상 네놈을 시험하는 것은 무의미할 것 같군. 이젠 내 인내심이 바닥났거든. 어디 한번 끝을 내보자."

단홍립은 알 수 없는 말을 하며 서서히 철산에게 다가오기 시작했다. 특별히 무공을 쓰지 않고 말 그대로 그냥 걸어올 뿐이다.

철산은 그를 가만히 쳐다보기만 했다.

두 사람 사이가 불과 세 걸음 정도 떨어졌을 때, 단홍립이 아무런 사전 동작도 없이 일 권을 쳐냈다.

지금까지와 다를 바 없는 동작의 주먹. 보는 이들로 하여금 의아함이 치밀어 오르게 만드는 행동이었다.

'우내칠존이라는 자존심 때문에 마지막 발악을 하는 것인가?'

모두가 그런 생각을 했으나 마주 선 철산의 얼굴은 지금까지 볼 수 없었던 긴장감이 떠올랐다.

단홍립의 권력이 지금까지와는 차원이 다르다는 것을 느꼈기 때문이다.

선선한 산들바람처럼 두 사람 주변을 맴돌던 권풍은 곧이어 강풍이 되었고 종내에는 거대한 태풍이 되어 철산에게 들이닥쳤다.

마주하는 모든 것을 찢어발길 것같이 몰려온 권풍은 천지사방 어느 한 군데 빠져나갈 틈이 없었다.

처음엔 단홍립을 의아하게 보던 이들도 그 가공할 권풍에 입을 쩍 벌려야만 했다.

'맙소사, 인간이 자연을 부리다니⋯⋯.'

자연재해. 그들이 보기에 단홍립이 만들어낸 바람은 인간의 능력을 벗어난 것이었다. 이것이야말로 단홍립을 여기까지 있게 만든 파황신권의 진면목이었다.

그 가공할 칼바람에 철산의 몸은 갈기갈기 찢겨져 나갈 것

같이 약해 보였다.

"아악! 아저씨!"

늦게야 정신을 차린 곽호가 그 광경을 목격하고 비명을 질렀다.

하지만 철산에겐 아무런 소리도 들려오지 않았다. 소리조차 차단하는 진공의 상태. 단홍립의 입가에 떠오른 싸늘한 미소는 철산에게 이렇게 말을 하고 있었다.

'포기해라. 시체가 되는 것 외엔 빠져나갈 방법 따윈 없다.'

그러나 철산은 천천히 고개를 흔들었다.

'당신이 틀렸소.'

결코 포기하지 않는 철산의 눈빛을 보았을 때, 단홍립은 알 수 없는 불길함을 느껴야만 했다.

하지만 그땐 이미 그의 파황신권이 그대로 철산을 덮치고 있었다.

콰아아아아!

공기 하나 새어 들어오지 않는 거대한 권풍이 철산을 휩쓸고 지나쳤다고 느낀 순간, 회오리바람과 같이 주변을 둘러싸고 있는 권풍이 안에서부터 일그러지기 시작했다.

쾅쾅쾅쾅!

귀청을 찢을 듯한 폭음. 어느 순간 일어난 폭발은 단홍립의 파황신권을 단숨에 산산이 터뜨려 버렸다.

퍼엉!

알 수 없는 폭발력은 파황신권을 펼친 장본인에게까지 미쳤다.

"크아아악!"

단홍립의 처절한 비명이 울려 퍼지는 가운데 철산은 실 끊어진 연과 같이 절벽 구석까지 날아가 사정없이 처박혔다.

입에서는 검붉은 피가 꾸역꾸역 흘러나왔고 팔은 손가락 하나 들어 올릴 힘조차 없었다. 갈기갈기 찢겨진 옷 속으로는 상당한 양의 핏물이 흘러내리고 있었다. 가물거리는 눈에 비틀거리고 있는 단홍립의 모습이 보였다.

"후우."

철산은 긴 숨을 들이쉬며 천천히 몸을 일으켰다.

몸이 천근만근 무거웠으나 확실히 끝은 보아야만 했다.

힘겹게 일어서는 철산을 보며 단홍립은 믿을 수 없다는 듯 소리쳤다.

"이럴 수가 없다. 네놈은⋯ 네놈은 어째서 지금까지 감출 수가 있었던 것이냐?"

사실 두 사람 사이에는 다른 사람들이 알지 못하는 또 하나의 싸움이 있었다. 그것은 바로 포 노인의 폭혈신공과 관련된 것이었다. 단홍립은 철산이 포 노인에게 화령과의 기운을 받아 폭혈신공을 썼던 것을 기억하고 있었다.

항상 폭혈신공을 꺼려하던 그였기에 지금껏 철산에게 근거리 싸움을 허용하지 않으며 그가 정말 폭혈신공을 이어받았는지를 살피려 했다. 그런 생각은 매번 결정적인 순간마다 손을 거두게 했다.

물론 철산이 폭혈신공을 쓰지 않았던 것은 싸움에 있어 자신의 것이 아닌 힘을 빌리기 싫었기 때문이다. 비록 그 덕에 왼손을 마음대로 사용하지 못했으나 그것은 단홍립 또한 왼팔이 부러졌으니 마찬가지라 생각했었다.

하지만 부상을 당했다고는 하나 단홍립의 무공은 한 팔을 쓰지 않고 상대할 수 있을 만한 것이 아니었다. 결국 마지막엔 억제하고 있던 폭혈신공을 쓰게 된 것이다.

그와는 반대로 단홍립은 철산을 봐주다가 땅을 뒹구는 수모까지 겪게 되자 그 분노로 평소의 경계심을 잃게 되었다. 더욱이 이미 몇 차례나 격돌했음에도 철산에게서 폭혈신공을 사용하는 기색이 조금도 느껴지지 않았었기에 더욱 거칠 것이 없었다.

'역시 그때는 잠시 힘을 빌려 쓴 것뿐이었겠지.'

간혹 기이한 무공을 쓰곤 하던 포 노인이었기에 충분히 가능성있는 일이었다. 그래서 전력을 다해 파황신권을 썼는데 그 결과는 경악 그 자체였다.

처음 그의 염려대로 철산은 폭혈신공을 쓸 수 있었던 것이다.

한순간의 방심은 그에게 돌이킬 수 없는 치명상을 입히고 말았다. 어깨가 산산이 터져 나가 버렸기 때문이다.

그와 같이 권장을 주로 쓰는 자에게 한 쪽 팔이 없다는 것은 매우 치명적이다. 아마 어떤 기연을 만나더라도 본래의 강함을 되찾진 못할 것이다.

"으으……."

단홍립의 입에서 짐승 같은 신음이 흘러나왔다.

팔을 잃었다는 고통보다 더욱 큰 절망감을 느낀 탓이다. 그것은 바로 패배감. 단홍립이 지금껏 한 번도 패하지 않은 것은 아니었다. 포 노인이 폭혈검마라 불리던 시절 그에게 패하듯이 쫓겨 달아났던 적이 있었고, 또한 그가 몸을 담고 있는 곳의 주인에게도 패했었다.

하지만 그들은 패했어도 전혀 이상할 것 없는 사람들이었기에 지금과 같은 패배감을 느끼진 않았다. 그런데 지금 그를 고개 숙이게 하고 있는 것은 누구인가? 불과 일 년 전만 해도 이름조차 알지 못했던 애송이에 불과한 인물이다.

물론 엄밀히 따지자면 포 노인의 폭혈신공을 지나치게 의식한 탓이 컸다. 하지만 그렇게 되기까지 그를 몰아붙인 것은 분명한 사실이었다. 그토록 험한 꼴을 당하지 않았다면 이처럼 참담하게 패하진 않았을 것이다.

결국 그는 패배한 것이다.

단홍립은 감정없는 얼굴을 들어 올렸다. 그의 앞에는 철산이 힘겹게 버티고 서 있었다. 서 있기조차 힘들어 보였으나 얼마든지 상대해 주겠다는 당당함이 드러나 있었다.

단홍립은 이빨이 부러져라 갈아붙였다.

"이 수모는 언젠가 갚고 말겠다."

그는 입에서 핏물이 주르륵 흘러내림에도 상관치 않았다.

잊지 않겠다는 듯 철산의 모습을 새기던 단홍립은 그대로 몸을 날리려 했다. 일단 이곳을 벗어나려는 생각인 모양이었다.

그러나 그가 몸을 돌리는 순간, 전혀 생각지도 못했던 일이 일어났다.

푸욱.

금속이 살을 파고들어 가는 소리가 나며 그의 가슴을 뚫고 번쩍이는 칼날이 솟아 나온 것이다. 붉은 핏방울이 대롱대롱 맺히고 있는 칼날에는 화산의 검을 뜻하는 매화그림이 선명하게 파져 있었다.

자신의 가슴 앞에 솟아오른 칼날을 본 단홍립은 기괴한 표정으로 뒤를 돌아보았다. 그의 뒤에는 거친 숨을 몰아쉬고 있는 장충이 있었다.

"헉헉헉. 감히 내게 굴욕을 주고도 무사할 줄 알았나?"

단홍립은 기가 막혔다. 감히 한 주먹거리도 안 되는 인간이 약세를 틈타 이토록 방자하게 굴고 있는 것이다. 그러나 어이없음은 가슴을 비집고 새어 나오는 피를 본 순간 분노로 바뀌었다.

"이놈!"

단홍립의 입에서 대갈일성이 터졌다. 그가 내공을 끌어올리자 가슴에 박혀 있던 검이 반으로 부러져 나간다. 장충의 얼굴에 두려움이 떠올랐다. 그의 검은 사문에서 내려준 것으로 보검이라고 할 수는 없지만 명공의 솜씨로 잘 제련된 검이었다. 그런 것을 손도 데지 않고 부러뜨려 버린 것이다.

장충이 주춤거리며 도망치려 하자 단홍립이 솔개와 같이 달려든다. 그러나 자신의 부상을 간과해서였을까?

단홍립이 장충의 앞에 이르렀을 때 철산에게 당했던 팔에서 피가 치솟았다.

촤아악.

무리하게 움직이려다 상처를 막고 있던 내공이 흐트러진 탓이었다. 바로 앞에서 움직임어 멈춘 단홍립의 모습에 장충은 가슴을 쓸어내렸다.

"이런 더러운 영감탱이, 감히 누구에게 덤비는 것이냐?"

장충은 그제야 용기를 되찾았는지 부러진 검날을 단홍립의 가슴에 재차 쑤셔 넣었다.

반항할 힘이 없었던 단홍립은 장충이 내지른 부러진 검날을 피하지 못하고 그대로 심장이 찔리고 말았다.

몸을 부르르 떨던 단홍립은 천천히 쓰러져 갔다.

한 세대를 풍미했던 거마가 어처구니없는 최후를 맞이하게 된 것이다.

자신의 손으로 단홍립을 죽였다는 기쁨에서인가?

장충의 얼굴은 환희로 가득 차 있었다.

"내, 내가 그를 죽였다! 내가 파천권마를 죽였어!"

우내칠존이라 하면 구대문파의 수장들보다도 높게 취급되는 인물들이었다. 그중 삼마라 불리는 사파의 거두를 죽였다는 사실은 결코 작은 일이 아니었다. 바로 그가 그토록 원하던 명성을 손에 넣게 되는 것이다. 그것도 사룡삼봉을 능가하는 명성을.

그가 앞뒤 정황 가릴 사이도 없이 기쁨에 잠겨 있을 때, 또 하나의 이변이 일어났다.

"모두 그 자리에서 움직이지 마라!"

소리를 지른 것은 바로 단홍립에게 주도권을 빼앗겨 감히 나서지 못하고 있었던 상중명이었다. 철산과 단홍립의 혈전이 벌어지는 동안 상중명의 뒤에 서 있던 부하들은 더욱 많이 늘어나 있었다. 소식을 듣고 달려온 인근 산채의 식솔들이었다.

그 수가 가히 백 명을 넘어섰기에 협곡 전체를 에워싸다시피 하고 있었는데, 하나같이 자신들의 영역을 침범한 자들에게 강한 적대감을 보이고 있었다. 개중에는 제법 살기등등한 이들도 몇몇 있어 결코 만만한 상대가 아님을 과시했다.

그들을 보자 기세등등하게 소리치던 장충의 표정이 급격히 어두워졌다.

"제길. 호랑이를 쓰러뜨리고 난 후 늑대의 밥이 될 줄이야."

비록 단홍립 앞에서는 약한 모습을 보였지만 장충과 그의 사제들이 결코 만만한 실력들은 아니었다. 평상시라면 녹림도가 몇 명이 몰려오든 두려울 것 없었으나 지금은 상황이 좋지 않았다.

사제들은 하나같이 쓰러진 채로 일어나질 못하고 있었고 그역시 단홍립에게 당한 내상과 상처 때문에 움직이는 것조차 큰 인내심이 필요했다.

게다가 믿고 있던 오혜령 역시 안색이 창백하고 거동이 힘들어 보인다. 결국 장충은 결코 기대고 싶지 않은 사내에게 시선을 던졌다.

그뿐만 아니라 다른 이들, 심지어는 상중명과 그의 부하들까지도 모두가 철산을 바라보고 있었다.

무림의 전설이라 불리던 파천권마를 두 주먹으로 쓰러뜨린 자.

그의 상태에 따라 녹림도 백여 명이라는 숫자가 의미가 있는지 없는지가 갈려진다. 그들 백 명이 단홍립을 쓰러뜨리는 것은 불가능했기 때문이다.

그러나 상중명의 우려는 그저 기우에 불과했다. 지금 철산은 제대로 서 있는 것조차 힘들 정도로 탈진해 있었다.

아무리 육체가 강철같이 단련된 철산이었지만 단홍립의 심후한 내공을 온몸으로 받아내고 부딪쳤기에 진작 한계에 도달해 있었던 것이다.

상중명은 눈치 하나로 이 자리까지 오게 된 자답게 묵묵히 서 있는 철산의 모습만 보고도 그의 상태를 눈치 챈 듯했다.

"모두 묶어라. 반항하는 자는 죽여도 좋다!"

더 이상의 위협은 없을 거라 생각했던지 명령을 내리는 상중명의 안색은 밝았다.

'파천권마가 죽긴 했지만 그건 그자의 능력이 모자란 탓이니 내게 문책을 하진 않겠지. 더군다나 덤으로 파천권마를 이긴 놈과 정파의 제자들까지 잡았으니 그 공로가 그냥 묻히진 않을 터. 필시 문파 하나 정도는 맡기겠지. 드디어 이 좁은 산에서 벗어나게 되는구나.'

상중명은 희망찬 미래를 생각하자 벌써부터 기분이 좋아졌다.

"크흐흐. 곽가 놈이 지하에서 울고 있겠군."

부하들이 철산 등에게 다가가는 것을 보며 무심코 한마디를 내뱉었을 때였다.

절벽 위에서부터 우렁찬 호통 소리가 터져 나왔다.

"네 이놈! 상가야! 내 지옥에서 너를 기다리려 했건만 어째서 아직도 그곳에 있는 것이냐?"

목소리의 주인공은 타고난 목청이 큰 탓에 내공이 담기지 않았음에도 협곡을 쩌렁쩌렁 울려댔다.

그 목소리에 상중명의 안색이 하얗게 질려 버렸다. 또한 철산 등을 공격하러 가던 녹림의 부하들 역시 영문을 몰라 하며 목소리가 들려온 곳을 쳐다보았다.

이미 반쯤 무너져 내린 절벽. 그 중간에 뚫린 동굴 입구에 한 사내가 떡하니 서 있었다. 얼굴은 검은 털로 뒤덮여 있고 입술은 썰면 한 접시는 나올 정도로 두껍다. 게다가 두 눈은 왕방울만 하게 툭 튀어나와 있었는데 외모와 어울리지 않게 눈빛만은 매우 맑았다. 눈빛을 제외하면 대체로 산 사나이의 표본과도 같은 외모. 바로 동굴에 갇혀 있던 곽동이었다. 그의 모습을 확인한 녹림도들이 술렁거리기 시작했다.

"총채주님 아냐?"

"저분이 왜 구금동에서 나오지?"

부하들이 의문을 제기하자 상중명은 당혹스러움을 금치 못했다.

그러는 동안 다시 곽동의 호통이 떨어졌다.

"모두 무기를 버려라!"

그의 호통에 녹림도들은 순순히 무기를 내려놓으려 했다. 그러나 가만히 두고 볼 수 없다는 듯 상중명이 크게 소리친다.

"무기를 버리지 마라! 곽 채주는 부상으로 인해 정상적인 사고를 할 수 없다. 그의 말을 따르면 정파 놈들에게 머리를 숙여야 한다!"

상중명의 말에 무기를 버리려던 녹림도들이 흠칫했다.

정파에 고개를 숙여야 한다는 말이 그들에게 더욱 현실적으로 느껴졌기 때문이다. 머뭇거리는 그들의 모습에 곽동이 다시 소리쳤다.

"무기를 버리지 않는 놈들은 배신자 상가와 한패거리로 여기겠다."

일의 특성상 녹림도들이 가장 혐오하고 경멸하는 것이 바로 배신이라는 행위였다. 그들 사이에서 한 번 배신자로 낙인찍히면 평생을 숨어 살아야 할 정도로 녹림도들의 배신에 대한 증오는 컸다.

그랬기에 배신자라는 말이 나오자 녹림도들은 크게 당혹스러워했다.

"배신자? 그게 무슨 말이야?"

"글쎄, 총채주님이 왜 저런 말을 하시는 거지?"

그들은 상중명이 반란을 일으켰다는 사실을 전혀 알지 못하고 있었던 것이다. 녹림에서의 곽동의 영향력이 생각 외로 컸기 때문에 반란 사실을 숨기고 있었던 모양이다. 아마 곽동을 지금까지 가둬놓기만 하고 죽이지 않았던 것도 언젠가 그의 영향력을 이용하기 위해서였을 것이다.

하지만 지금에 와서는 오히려 곽동의 존재가 장애가 되고 있었다.

'제길. 진작 죽였어야 했어.'

상중명은 속으로 후회했으나 일은 이미 벌어지고 난 뒤. 어떻게든 수습을 해야만 했다.

"형제들은 들어라. 전 총채주가 미쳐서 정파에 우리를 팔아넘기려 해서 어쩔 수 없이 그를 가둬둔 것이다. 지금 그의 아들이 정파 떨거지를 끌어들인 것만 보아도 알 수 있지 않은가? 그러니 그의 말에 상관하지 말고 어서 저자들을 잡아라."

지금 상황에서는 상중명의 말에 더욱 설득력이 있었다. 우선 그들의 산채에 정파의 인물들이 쳐들어와 있다는 사실만으로도 충분히 오해할 만한 일이었다.

머릿속으로는 그런 생각이 들었지만 녹림도들은 움직이지 않았다. 오랜 세월 동안 그들을 이끌어왔던 곽동에 대한 믿음 때문이었다. 그들이 아는 곽동은 결코 동료를 버리는 인물이 아니었다. 그에 대한 신뢰와 뭔가 석연치 않은 찝찝함이 뒤섞여 쉽사리 움직일 수가 없었다.

그들이 우물쭈물하자 상중명은 분통을 터뜨렸다.

"이놈들아, 지금의 총채주는 나다! 이 상중명님이란 말이다.

그러니 빨리 저자들을 잡아들여라!"

상중명이 답답함에 소리만 버럭버럭 지르고 있을 때였다. 그를 보던 녹림도들의 눈이 갑자기 휘둥그레진다.

"무얼 멀뚱멀뚱 보고만 있느냐? 내 말이 안 들리⋯⋯."

상중명이 신경질을 내며 소리치는데 그의 목덜미를 덥석 잡는 손길이 있었다.

"너를 보는 게 아니라 나를 보는 거다."

"헉!"

낯익은 목소리에 상중명의 안색이 핏기 한 점 없이 하얗게 변해갔다. 슬쩍 고개를 돌리니 조금 전까지만 해도 절벽 중간에 있던 곽동이 바로 뒤로 와 있었다.

"언제⋯⋯?"

더듬거리는 그의 물음에 곽동은 씨익 웃으며 주먹을 들어 올렸다.

"네놈이 나불나불거리는 동안."

대답과 함께 상중명의 얼굴에 곽동의 큼직한 주먹이 작렬했다.

콰직!

"으헉!"

단 일격에 상중명의 왜소한 몸이 크게 떠올라 땅바닥을 나뒹군다. 곽동이 쓰러진 상중명의 앞으로 걸어가더니 근처에 떨어져 있는 칼을 주워 들었다.

"산의 율법에 따라 배신자를 처단하겠다. 형제들은 모두 보고 들은 것을 전하여 다시는 이와 같은 변절자가 나오지 않게끔 경계하고 또 경계하도록 하라."

말이 끝나자 곽동은 칼을 높이 들어 올렸다. 쓰러져 있던 상중명이 그 모습에 기겁하여 무릎을 꿇는다.

"히익. 총, 총채주, 살려주시오. 내가 잘못했소. 나는 정말 시키는 대로 한 것뿐이오."

싹싹 비는 상중명의 모습에 곽동의 입가에 웃음이 떠올랐다.

"저승에 가서 그렇게 말해보거라."

푸욱!

날카로운 칼날이 상중명의 목을 그대로 꿰뚫자 피가 사방으로 뿌려졌다. 그리고 그것으로 모든 것은 끝났다.

녹림도들은 모두 무기를 내리고 곽동에게 무릎을 꿇었다.

제48장

단천회주

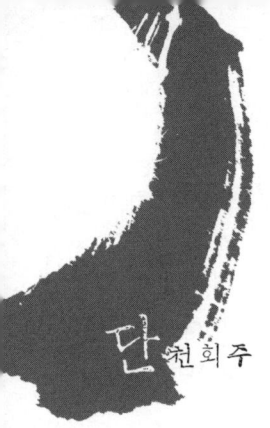
단천회주

　　　　　곽동이 녹림을 다시 장악하는 데는 그리 오
래 걸리지 않았다.

　원래 그의 영향력이 컸던데다 대다수의 녹림도들은 상중명
이 벌인 일에 관해 아무것도 모르고 있었다. 상중명은 그동안
곽동의 이름을 빌려 녹림을 부렸던 것에 지나지 않았던 것이
다.

　상중명이 데려왔던 외부의 고수들과 배신 행위임을 알고도
그를 도운 몇몇 변절자들은 구금동에 갇히는 신세가 되었다.

　곽동이 녹림을 재장악하는 동안 정파에서 온 사람들은 산채
에 머물며 부상을 치유했다.

　다행히 산채에 그들이 머물 곳은 충분했다. 녹림의 총채엔

언제 다른 산채에서 방문해 올지 몰랐기에 기거할 곳을 넉넉하게 지어놓은 탓이다.

철산의 경우에는 특별히 산채에서 가장 큰 총채주의 방을 혼자서 사용하게 되었다. 그것은 강자에 대한 예우였다.

녹림이 근래 조용히 지낸다고는 하나 그들 역시 분명 사파에 속하는 자들.

강자가 대우를 받는 것을 당연시하는 그들의 시야에서 볼 때 이것은 지극히 당연한 일이었다. 무엇보다 철산은 파천권마를 쓰러뜨린 인물이니 말이다.

그와는 대조적으로 화산과 공동의 제자들은 겉보기에도 허름해 보이는 목옥을 서너 명이 함께 사용해야 했다. 중간에 오해가 있었다고는 하나 녹림도들은 그들이 행한 잔혹한 짓을 잊지 않고 있었다. 특히 그들의 손에 당한 이들 중엔 목숨을 잃은 자들도 많았다.

총채주의 엄명이 없었다면 당장이라도 그들을 찢어죽이고 싶은 인물들이 한두 명이 아니었다. 곽동은 그들이 행한 일에 대해서는 이번 일이 끝난 후 정파에 정식으로 항의할 것이라며 부하들을 달래야 했다.

오혜령 같은 경우엔 같은 정파의 제자이면서도 그들과 달리 귀빈 대접을 받고 있었는데, 그것은 곽호의 입김이 작용한 탓이다.

며칠이 지나고 몸이 어느 정도 회복되었다 싶어지자 철산은 방에서 나와 가볍게 몸을 풀어보았다. 단홍립의 가공할 공력에 맞서느라 모든 힘을 소진했기 때문인지 움직임이 약간 뻣뻣한 느낌이었다.

그렇게 며칠 하지 못한 수련을 하고 있을 때 호쾌한 목소리가 들려왔다.

"여어. 운동하고 있었군."

고개를 돌리자 곽동이 오혜령과 함께 걸어오고 있었다.

"크하하하. 역시 아우는 보통 사람이 아니야. 그런 괴물 같은 놈하고 싸우고도 이렇게 멀쩡할 수가 있으니."

곽동은 철산이 정파의 제자가 아니라는 점과 곽호를 도와주었다는 점이 매우 고마웠던지 철산을 유독 친근하게 대해왔었다.

"그가 처음부터 전력을 다하지 않았기 때문입니다. 그가 방심하지 않았다면 저도 무사할 수 없었을 겁니다."

"에이. 그건 아니지. 보통 사람이었으면 그자하고 싸울 생각도 못했을 거네. 자네 정도나 되니 싸움이 될 수 있었던 거야."

"그건 그렇고, 무슨 일이십니까?"

철산의 물음에 오혜령이 대답했다.

"사형이 내일 중으로 돌아가자고 하더군요."

그들 입장에선 이곳에 머무르는 것이 불편한 게 당연했다. 마주치는 녹림도들마다 눈에서 살의를 보이고 있었으니 마음이 편할 수가 없을 것이다.

철산 역시 이곳에서 오래 머물 생각은 없었기에 불만은 없었다.

곁에 있던 곽동이 그들의 이야기에 콧방귀를 뀌며 끼어들었다.

"흥. 그들은 참으로 뻔뻔스럽더군. 특히 대사형인가 뭔가 하는 자는 자기가 파천권마를 죽였다고 여기저기 자랑하고 다닌다지?"

아마 장충이 단홍립의 숨을 끊은 것을 두고 하는 말일 것이다.

'등 뒤에서 암습하는 짓 따위는 우리 녹림에서도 하지 않는다고.'

그러나 곽동은 뒷말은 오혜령의 눈치를 보며 속으로 삼켰다.

사문에 대한 이야기가 나오면 그녀도 기분이 좋지 않을 것이기 때문이다. 곽동은 오혜령이 평생 처음 보는 미녀이기도 했고 또한 정파 제자답지 않게 겸손하기도 했기에 그녀에게는 호감을 가지고 있었다.

"뭐 어쨌든 자네들이 가는 길에 나도 동행하기로 했네."

철산이 의외라는 표정을 짓자 곽동이 부연 설명을 했다.

"우리 녹림도 이번 일에 개입이 되었으니 잠시 동안만 정파와 협력하기로 했거든. 일단 당주 몇 명 정도 데리고 소림으로 갈 생각이야. 또 우리 애들 죽거나 다친 것에 대해서도 따져야 하고."

마지막 말은 대충 흘리듯 한 말이었으나 철산은 그 말에서 살의와 분노를 느낄 수 있었다. 그는 장충과 그의 사제들이 자신의 부하를 장난하듯 도륙한 행위에 대해 결코 쉽게 넘어가지 않을 생각인 듯했다. 어쩌면 그것이 굳이 그가 소림까지 가겠다는 주목적인지도 몰랐다.

어찌 되었든 그가 동행한다는 것에 대해 철산이 반대할 이유는 없었다.

다음날 해가 뜨자마자 장충은 빨리 출발하자며 일행을 재촉했다. 그의 성화에 젊은 사제들은 아침도 먹지 못하고 모여야 했다.

하지만 장충은 자신의 능력 밖의 인물들. 즉, 오혜령이나 철산에겐 재촉을 하지 못했고 특히 곽동의 경우에는 말도 쉽게 붙일 수 없었다. 사정이 그렇다 보니 결국 그들은 산채 입구에 모여 반 시진 이상을 선 채로 기다려야만 했다.

철산과 오혜령이 곽동과 함께 아침 식사를 마친 후 모이기로 한 장소로 가자 장충은 화를 삭이지 못하고 씩씩거리고 있었다.

그러나 정작 세 사람이 나타나자 어떤 말도 하지 못했다.

"가자!"

장충은 성질을 드러내듯 빽 소리치고 몸을 돌렸으나 그를 따르는 이는 아무도 없었다.

올 때는 그가 일행을 이끌었을지 몰라도 지금은 사정이 달라진 것이다. 그보다 나이가 많고 더 많은 부하들을 대동한 곽동이 있었기 때문이다.

사제들이 머뭇거리자 장충은 그들에게 버럭 소리를 질렀다.

"어서 오지 않고 뭐 하는 것이냐?"

사나운 고함에 그제야 본분을 기억해 낸 정파의 사제들이 그를 따라 나선다.

하지만 세상일이 으레 그렇듯 무리의 우두머리는 재력과 권력이 있는 자가 차지하게 마련. 처음엔 장충의 말에 절대적으로 따르던 사제들도 시간이 지날수록 자신들의 사형보단 곽동의 눈치를 보게 되었다.

그도 그럴 것이 그들이 가는 길은 곽동의 부하들이 미리 앞서서 먹을 것과 잘 곳을 다 준비해 놓고 있었다. 일행이 할 일은 길을 가다 곽동의 부하들이 마련해 놓은 곳에서 미리 만들어놓은 음식을 먹고 준비된 숙소에서 편하게 자는 것뿐이었다.

단지 뒤를 따라다니는 것만으로 편하고 안락한 여행을 보장해 주고 있었으니 굳이 장충의 말을 따르며 고생할 필요가 없는 것이다.

그리고 길을 떠난 지 이틀이 되었을 때, 선두를 고집하던 장충이 은근슬쩍 곽동의 뒤로 빠지는 것으로 우두머리 쟁탈전은 끝이 났다.

그들이 곽동의 눈치를 살피는 반면, 곽동은 그들에 대해서는 전혀 신경 쓰지 않았다. 마치 그들이 보이지도 않는 것처럼 언급조차 하지 않았다. 철저히 무시하고 있는 것이다.

그렇게 어울리기 힘든 화산, 공동의 제자들과 녹림도들은 일행 아닌 일행으로 함께 길을 가게 되었다.

열흘가량이 지나자 그들은 소림사에 도착할 수 있었다.

갈 때에 비하여 두 배 가까이 더 걸린 격이었다. 곽동이 걸음을 재촉하지 않았기도 했고 또한 아직 부상을 완전히 치유하지 못한 이들도 있기 때문이었다.

흉악해 보이는 사내들이 잔뜩 산에 오르자 소림사에선 잠시 소동이 일어났다.

하지만 곽동이 정중히 신분을 밝히고 장충이 나섬으로 인해 별다른 일 없이 혜공에게 안내되었다.

그들이 녹림에서 벌어진 일들에 관해 이야기를 나누는 동안 철산은 조용히 그곳을 빠져나왔다. 자신이 낄 만한 이야기가 아니라고 생각했기 때문이다.

지정된 숙소로 돌아가려는데 소사미 한 명이 종종걸음으로 다가왔다.

"장 대협, 태사숙조님께서 찾으십니다."

태사숙조라 함은 아마도 굉료를 뜻하는 말일 것이다. 철산 역시 딱히 할 일이 없었기에 그의 부름이 반가웠다.

"어디 계시오?"

소사미는 철산을 소림사에서 약간 벗어난 숲으로 안내했다. 그곳은 푸른 나무가 울창하고 한쪽에는 시냇물이 졸졸 흐르고 있어 매우 운치있는 곳이었다.

소사미는 냇물 맞은편에 지어진 아담한 목옥 앞에 이르자 공손히 합장하며 말했다.

"태사숙조님, 장 대협을 모셔왔습니다."

소사미의 말에 목옥 문이 열리며 두 명의 노인이 나란히 걸어나왔다. 그중 한 명은 굉료였고 다른 한 명은 뜻밖의 인물이었다.

"허허. 역시 내 생각이 맞았군. 자네가 이곳에 올 거라 생각하고 있었지."

크게 웃으며 손을 맞잡아오는 것은 바로 남궁세가의 남궁산이었다. 남궁산과의 재회는 철산으로서도 전혀 생각지 못했었다.

"어르신이 이곳엔 어떻게……."

철산의 물음에 남궁산은 빙긋이 웃으며 답했다.

"자네가 가고 나니 너무 적적했었다네. 처음엔 그냥 참아보려 했지만 열흘 정도 지나니 도저히 좀이 쑤셔 못 견디겠더군. 그래서 잠시 고민을 해보았지. 자네가 비무 수행을 한다고 했으니 어디로 갈까 하고 말이야. 그랬더니 딱 떠오르는 곳이 바로 여기였다네. 중원 무림의 본산지인 소림사를 빼놓고 어찌비무 수행을 말할 수 있겠는가? 그래서 자네가 반드시 이곳에올 것이라 생각했다네. 그 길로 이곳으로 왔더니 자네가 이미녹림으로 한바탕하러 갔다지 뭔가? 그래서 여기 굉료 선배에게 신세 지며 기다리고 있던 참이네."

"에잉. 이놈이 어찌나 네 녀석을 찾아대던지 아직까지 귀가 다 따갑다."

"허허. 선배님은 안 그러셨던 것처럼 이야기하시는구려. 하루가 멀다 하고 방장실을 뒤집어엎었지 않았습니까?"

"그거야 예절 교육 차원에서 그랬던 것이지."

굉료가 무안한 표정을 짓자 남궁산은 다시 한 번 웃으며 철산을 안으로 잡아끌었다.

"자자, 여기서 이럴 것이 아니라 안으로 들어가서 이야기하세. 보기에는 허름하지만 나름대로 편한 구석도 있다네."

"이놈아, 아주 네놈 집이라고 문패라도 걸어놓지 그러느냐?"

남궁산이 철산을 데리고 안으로 먼저 들어가 버리자 굉료는 어이없다는 듯 버럭 소리 지르며 따라 들어갔다.

녹림에서의 일을 듣고 난 남궁산은 놀라움을 금치 못했다.

"호오. 파천권마와 싸웠다니… 자넨 정말 볼수록 나를 놀라게 하는군."

"그저 운이 좋았을 뿐입니다."

철산의 말에 굉료가 고개를 저었다.

"우내칠존이라는 명칭이 괜히 생긴 것이 아니야. 그들은 운만 가지고 싸울 수 있는 자들이 아니지."

"그렇다네. 그들의 무공이 화경에 이르지 못했다면 무림에서 그토록 숭배받지 못했을 것이네. 무공이 화경에 도달한 자를 운이 좋다고 해서 꺾는다는 것은 불가능하다네."

그들의 말에 철산은 딱히 반박을 하지 않았다. 남궁산은 생각할수록 궁금하다는 듯 자리에서 벌떡 일어났다.

"대체 어떻게 그자를 상대했는지 말해주게."

"마침 이 앞에 놀기 좋은 공터가 있으니 거기로 가지."

굉료 역시 궁금했던지 후닥닥 밖으로 뛰어나갔다.

두 노인의 성화에 철산은 단홍립과의 싸움을 하나하나 재연해 보았다. 노인들은 조용히 철산의 이야기를 듣다가 단홍립을 땅에 구르게 만든 대목에 이르자 손뼉을 치며 탄성을 발했다.

"허허. 자네 정말 대단하군. 당금 무림에 어느 누가 파천권마를 땅에서 기게 만들 수 있을까?"

"이놈, 정말 대단한 싸움꾼이야."

굉료의 말에 남궁산이 의아해하며 물었다.

"싸움꾼이라니요?"

"넌 나이를 그만큼 먹었으면서 아직 싸움과 무공의 차이도 모르냐?"

굉료는 가볍게 핀잔을 주며 설명했다.

"자고로 무인이라는 족속은 자신의 무공에 자부심을 가지고 적과 싸울 때도 모든 방법을 무공에서 찾으려고 하지. 그들은 임기응변이나 눈속임 같은 잔술수를 부로 놓지, 결코 주로 놓진 않아. 하지만 이 녀석은 상대가 강하든 약하든 무공이 주가 됐든 부가 됐든 그런 것에 관계없이 물고 늘어져서 이기고야마니 그것이 바로 싸움꾼이 아니겠느냐? 무공으로 치면 이 아이보다 훨씬 높은 자들이 어이없이 쓰러지는 것도 그것과 관련없긴 않을 게야."

남궁산이 그 말을 듣고 보니 그럴듯하기도 했다.

"하긴 초식이 기괴한 면이 없지 않아 있지. 아무튼 계속해 보게."

철산이 단홍립과의 혈전을 마저 재연하자 두 노인의 표정이 의아함에 물들었다.

"이상하군, 이상해."

"선배님도 그렇게 생각하셨나 보군요."

철산은 그들의 말을 이해할 수 없었다.

"뭐가 잘못되었습니까?"

"파천권마의 장기는 상대에게 근접하여 박투를 벌이는 것이네. 그의 권법 자체가 워낙 음유하기 때문에 스치기만 해도 내상을 입게 되기 때문이지. 상대는 그의 공세를 막다 보면 영문도 모르고 피를 토하게 되지. 그런데 자네 말대로라면 그는 마지막 일격을 제외하곤 전혀 붙으려고 하질 않았네. 그것은 파천권마의 싸움 방식이 아니라서 이상하다는 것이네. 또한 그의 권법은 무림에 상대할 자가 없을 정도로 강력한데, 자네가 어떤 방법으로 그의 팔을 터뜨린 것인지 알 수가 없군."

남궁산의 설명에 철산은 그들이 의문을 가지는 이유를 알 것 같았다.

"사실은 폭혈검마라 불렸던 노인에게 한 가지 전해 받은 것이 있었습니다."

철산은 포 노인에게 화령과의 기운을 전해 받은 사실을 이야기했다.

"호오. 폭혈검마라… 그러고 보니 그의 무공은 강한 화기를 띤다는 소문을 들은 것도 같군. 그렇다면 근접전을 즐기는 권마에겐 최악의 상성이 될 수밖에 없었겠어. 그가 너를 필요 이상으로 경계했던 이유를 알겠어."

그저 흥미로움 정도를 드러내는 굉료와는 달리 남궁산의 표정은 상당히 굳어 있었다.

"자네, 그 이야기는 다른데 가서 하지 말게나. 정파에는 폭혈검마에게 원한이 있는 자들이 많다네."

"알겠습니다."

철산에게 다짐을 받아내자 남궁산의 얼굴에 다시 웃음이 돌아왔다.

"그럼 그 이야기는 대충 접어놓고, 오랜만에 한번 겨뤄볼까?"

남궁산의 말에 굉료가 기다렸다는 듯 자리를 잡는다.

"네 녀석들에게 노익장을 보여주마."

그날부터 세 사람의 논검이 시작되었다.

남궁산은 무공 지식이 방대하여 다양한 초식을 보여주었고 반대로 굉료는 탄주술 하나만으로 모든 공격에 대응하였다. 철산은 그들의 초식을 몸으로 받아내고 매번 새로운 역습을 가하기도 했다.

간혹 상식을 벗어난 철산의 공격은 두 노인이 머리를 싸매고 고민에 빠지게 만들기도 했다.

한적한 곳에서 정파의 명숙이라 할 수 있는 두 노인과 벌이는 치열한 논검 비무. 무림인이라면 누구라도 바라마지 않는 환경 속에 닷새가 지나갔다.

그들은 낮에는 주로 공터에서 직접 시연을 하며 논검했고 날이 어두워지면 근처 연못가로 가곤 했다. 연못에는 넓고 평평한 바위와 돌 의자가 놓여 있어 담화를 나누기엔 매우 좋은 곳이었다.

그날도 철산은 늦은 밤까지 두 노인과 논검을 나누고 있었다.

마침 휘영청 떠오른 달이 은은한 색채를 내비추었고 시원한 바람은 몸을 살포시 어루만져 주고 있었다. 눈이 맑아지는 풍경과 상쾌한 기분에 굉료는 숨겨 두었던 곡주까지 가져왔다.

은은한 취기가 더해지자 그 환상적인 분위기에 빠진 세 사람은 논검도 잊고 주변 환경에 녹아들었다.

얼마간의 시간이 지났을까?

시간이 너무 늦었음을 느낀 철산은 돌아가자는 말을 하려고 했다. 그러나 조용히 앉아 있던 남궁산과 굉료의 모습이 뭔가 이상했다. 가만히 앉은 채로 고개를 살짝 숙인 모습이 마치 술에 취해 졸고 있는 것 같았다. 조금 전과 달리 자연스럽지 못한 두 사람의 모습. 그들의 머리가 힘없이 엎어지는 것을 보는 순간, 철산의 몸이 튕기듯이 두 사람을 뛰어넘었다.

그가 향하는 곳은 두 사람의 십여 보 뒤. 희미하게 어른거리는 검은 그림자를 향해서였다.

쉬이익.

단번에 거리를 좁힌 철산의 주먹이 그림자를 향해 뻗어졌다.

콰직!

어느새 사라진 검은 인영 대신 뒤에 있던 나무가 반으로 꺾어져 나간다. 상대를 놓쳤음에도 철산은 멈추지 않았다. 그대로 몸을 회전시키며 좌측 팔꿈치를 수평으로 휘둘렀다.

피잇.

이번엔 미약하게 걸리는 것이 있었다.

상대의 존재를 확인하자 거칠 것이 없었다. 철산의 공세가 폭우같이 쏟아졌다. 귀신같은 신법으로 피해내던 상대도 점차 공격을 맞받기 시작했다.

콰콰콰콱.

두 사람의 몸이 부딪치며 둔중한 소리가 연달아 흘러나왔다.

철산은 상대와 부딪친 부위가 금세 얼얼해짐을 느꼈다. 몸을 단련한 이래 육체가 가장 강력하게 단련된 상대였다.

그런 놀라움은 철산뿐만이 아니었다. 상대 역시 철산과 부딪치자 상당히 놀란 기색이었다.

"대단하군."

묵직한 음성을 흘리며 그림자를 벗어던진 자는 덩치가 매우 큰 사내였다. 흰머리가 듬성듬성 나 있고 군데군데 나 있는 주름살로 보아 육십 정도의 노인 같았으나 팽팽히 부풀어 오른 근육과 우람한 몸집은 기껏해야 중년 정도로 보이게끔 만들었다.

철산이 그를 살피는 동안 상대 역시 철산을 살피고 있었다.

"당신은 누구요?"

먼저 입을 연 것은 철산이었다. 남궁산과 굉료의 상태를 살펴야 했기에 시간을 끌고 있을 수 없었다. 일단 상대가 적인지 아닌지부터 확인해야 할 필요가 있었다.

정파무림의 중추라 할 수 있는 소림사의 지척지간에 있는 곳에 침입해 올 간 큰 사람이 있을까 싶었으나 지금 철산의 느낌으로는 충분히 그럴 수 있는 상대 같았다.

철산의 물음에 사내는 의식을 잃고 있는 남궁산과 굉료를 힐끗 쳐다보았다.

"잠시 혈을 짚어놓은 것뿐이네. 내일 아침쯤이면 아무렇지 않게 깨어날 것이야."

그의 말에 철산은 한숨 놓을 수 있었다. 최소한 상대가 거짓말하는 것 같진 않았다. 철산이 안도하자 이번엔 사내가 물어왔다.

"자네가 난투무귀라 불린다는 장철산이지?"

그는 철산을 알고 찾아온 듯했다. 그 말은 철산에게 용건이 있다는 뜻.

"나를 아시오?"

"보고를 통해 많이 들었지. 최근에는 이장로를 꺾기도 했다지? 아! 이장로라 하면 모를 수도 있겠군. 자네들이 파천권마라 부르는 단홍립이 본 회의 이장로라네."

철산의 표정이 딱딱하게 굳어졌다. 그의 어투에서 심상치 않은 정체를 짐작할 수 있었기 때문이다.

"당신이……."

"자네들이 암중 세력이라 부르는 단체를 만든 사람이네."

그 순간 철산의 신형이 섬전처럼 쏘아졌다. 그의 신형이 빠르게 좌우를 휘저으며 사내의 사각으로 파고들었을 때, 커다란 손이 철산의 어깨를 덥석 잡았다.

"성격이 급하군. 일단 이야기를 들어보게."

사내의 손아귀가 태산과 같이 철산의 어깨를 짓눌러왔다.

사내는 단홍립조차 당황하게 만들었던 벽파를 단번에 꿰뚫고 단지 어깨를 누르는 것만으로 가공할 거력을 보이고 있는 것이다.

그의 말에 철산은 어깨를 크게 비틀며 사내의 손을 튕겨냄과 동시에 뒤로 훌쩍 물러났다.

철산이 단번에 자신의 손에서 벗어나자 사내는 다시금 감탄의 표정을 보였다.

"과연 대단하군. 자네를 한 번 만나보고 싶었네."

그는 천천히 남궁산과 굉료의 옆자리에 앉았다.

"달이 참 밝군."

사내는 잠시 주변 풍경을 즐기는 듯하더니 굉료의 앞에 놓인 술잔을 가져와 한 입에 털어 넣는다.

"자네도 와서 한잔하게나."

사내는 자신이 이곳의 주인이라도 되는 양 거리낌없었다.

그럼에도 그에게서 딱히 살기를 느낄 수 없었기에 철산은 순순히 그의 맞은편 앉았다. 사내는 철산의 앞에 놓인 술잔에 술을 따라주며 다시 입을 열었다.

"자네는 내가 왜 이곳까지 찾아왔는지 궁금해하는 눈치로군."

"그렇소."

"사실 별다른 이유 없다네. 그저 달도 밝고 해서 이야기 상대가 필요했는데 마침 자네에 대한 보고가 떠올라 찾아온 것이야."

"보고엔 뭐라고 쓰여 있었소?"

"무공 연원도 확실치 않고 스승도 없으며 어느 날 갑자기 하늘에서 뚝 떨어지다시피 나타나서는 많은 고수들을 주먹으로 때려잡았다고 적혀 있더군."

"마치 내가 귀신이라도 된 것 같구려."

"우리가 보기엔 그리 틀린 말은 아니야. 자네 같은 사람이 나타날 거라곤 상상도 못했으니까. 하지만 무림이 언제 사람 뜻대로 흘러간 적이 있던가? 자네에 관해서도 그냥 그러려니 했다네. 단홍립까지 때려잡은 건 좀 뜻밖이었지만 말이야."

철산은 씁쓸한 표정을 지었다.

"그는 내가 아닌 포 노인에게 진 것이오."

"음? 포 노인? 아, 폭혈검마 말이로군. 그 친구 일은 나도 정말 안타깝게 생각하고 있다네. 참 마음에 드는 친구였는데……."

사내의 눈이 잠시 빈 허공을 응시했다. 포 노인에 대한 기억을 떠올리는 모양이었다. 잠시 침묵을 지키던 사내가 다시 입을 열었다.

"조금 뜬금없긴 하겠지만 옛날이야기 하나 들려주겠네. 나름대로 인생 역경이 담긴 이야기라 크게 지루하진 않을 걸세. 약 사십 년쯤 전에 목검명이라는 기재 한 명이 무림에 나타났다네. 그는 자신의 재능을 살려줄 수 있을 만한 곳을 찾아다니다 무학이 심오하다는 곤륜파에 입문하게 되었다네. 곤륜파에서는 그의 자질을 높이 여겨 상승무공을 가르쳤다네. 그러나 곤륜파의 무공은 대부분 내공심법을 이용한 축기가 바탕이 되는 무공들이었어. 그는 그런 선법 위주의 무공에 회의를 품게 되었네. 무공이란 것이 상대를 쓰러뜨리기 위한 몸짓에 다름 아닌데, 상대를 이기기 위한 육체 단련보다 내공에 더욱 치중하는 것이 이해가 되지 않았던 것이야. 결국 그는 곤륜파를 뛰쳐나와 오 년간 육체를 극한으로 단련시켰다네. 아울러 자신을 부정했던 이들을 승복시키기 위해 하나의 새로운 신공을 만들었다네. 그것은 자신의 내공을 침투시켜 상대의 내공을 흐트러뜨리는 무공이었지. 그는 그것을 파단공(破丹功)이라 이름 지었다네. 그리고 자신이 옳다는 것을 입증하기 위해 구대문파를 찾아다니며 비무를 벌였다네. 당시 그는 내공 역시 높은 경지에 이르러 있었지만 구대문파의 고수들을 상대함에 있어선 일체 내공을 사용하지 않았다네. 그럼에도 파단공에 의해 내공을 사용할 수 없게 된 구대문파의 고수들은 단 한 명도 그에게 십 초 이상 버텨내질 못했네. 마지막으로 자신에게 무공을 주었던 곤륜을 찾아가 당대제일고수로 평가받았던 곤륜검선의 검을 부러뜨리며 자신의 생각이 맞았음을 인정해 달라 소리쳤지. 하나 돌아오는 것은 구대문파의 칼날이었네. 내공의 수행을 무엇보다 중요시 하는 구대문파로서는 결코 그를 인정해 줄 수가 없었던 게지. 더욱이 일개 파문제자가 당대의 내로라하는 정파의 고수들을 모두 꺾어버렸으니 그 수치심을 견디기 어렵기도 했을 거야. 평소 점잖고 입바른 소리만 하던 그들의 공격은 참으로 모질고도 끈질겼다네. 목검명도 처음에는 사람을 해칠 생각은 없었지만 그런 허술한 마음으로 받아내기엔 상대가 너무 많았었지. 결국 예전 곤륜파에 있었을 당시의 스승에게 일장을 얻어맞아 허점을 보이고 말았네. 그로서는 한때나마 스승이었던 사람을 내칠 수 없어 머뭇거렸던 것이 실수였던 것이지. 그 한순간의 방심이 그에게 씻지 못할 내상을 입히고 말았다네. 죽지 않은 것이 이상할 정도로 심한 부상이었지. 그 상태에서도 생에 대한 의지 하나로 구대문파의 천라지망을 뚫고 아무도 찾지 못할 오지로 몸을 숨겼다네. 그가 몸을 숨긴 지 얼마 후, 곤륜파에는 한 장의 서신이 날아왔다네. 언젠가 다시 찾아올 것이라는 내용이 적힌 서신이었지. 구대문파에서는 전적으로 목검명이 잘못한 것이라는 소문을 퍼뜨리고 이 일을 곤륜지벽이라 부르곤 했다네. 곤륜의 벽. 즉, 목검명의 주장은 곤륜파의 정통 수련법을 넘어서지 못했다는 의미였지. 목검명은 그들에게 이를 갈며 하나의 단체를 만들었다네. 단천회. 즉, 하늘이라 일컬어지는 구대문파를 자르겠다는 뜻이지."

긴 이야기를 마친 사내는 격앙된 감정을 가라앉히려는 듯 술을 마셨다. 이야기 속의 주인공이 누구인지는 굳이 물어보지 않아도 알 수 있는 일. 철산은 사내, 목검명을 조용히 응시했다.

"그래서 복수를 원하십니까?"

"복수니 중원 정복이니 하는 거창한 목표를 가지고 있는 것은 아니네. 나는 단지 그들을 꺾어 그들의 잣대만이 진리가 아니라는 사실을 일깨워 주고 싶을 뿐이야. 그러기 위해선 힘이 필요하다는 사실을 뒤늦게 알게 되었지. 그들이 나의 무공과 정당하게 겨룰 수밖에 없게 만들어주는 힘. 그들을 이기고 나서 내가 옳았다고 진실을 밝힐 수 있을 만한 힘. 그들을 꺾은 후 내 안위를 걱정하지 않아도 되는 힘 말일세. 사십 년 전에는 그 힘이 없어서 쫓기듯이 도망쳐야만 했네. 하지만 이제는 그 힘이 있지. 내 주장을 마음대로 펼칠 수 있다는 말이네."

목검명은 다시 술로 목을 축인 후 말을 이었다.

"사실 그 힘을 갖춘 것은 이십 년 전이네. 정파에 억눌렸거나 구대문파에 악감정을 품고 있는 사람들을 끌어 모았었지. 그러나 정파의 고수들에게 입었던 부상이 완전히 치료되지 않아 나설 수가 없었다네. 마침 그 무렵에 자질이 뛰어난 아이가 눈에 띄어 그 아이를 가르치며 다시 이십 년이 흘렀네. 그동안 내 목표는 오직 구대문파의 아집을 꺾는 것. 그 이상도 이하도 아니었네. 하지만 제자 녀석은 내 뜻을 잘못 이해하고 정파무리의 굴복을 원했지. 어쩌면 그 아이의 야심이 원래 컸던 것일지도 모르지. 그 아이는 구대문파를 모두 봉문시키고 마도천하를 이루려 한다네. 단천회의 이름을 신마령(神魔領)으로 바꾸기까지 했더군. 어차피 뜻을 이룬 후엔 그 아이에게 모든 것을 맡기고 물러설 생각이긴 했지만 사부의 뜻을 몰라주니 약간 섭섭하기도 하다네. 자네를 보니 어쩌면 내가 제자를 잘못 키운 것 같다는 생각이 들기도 하는군."

목검명은 그 말을 하며 철산을 빤히 쳐다보았다. 그의 표정에는 은근하게 아깝다는 기색이 엿보였다.

"제자 녀석은 내가 목적을 이루고 나면 곧바로 움직일 것이네. 그 기간이 그리 길진 않을 것 같군. 내게 남은 시간이 얼마 없기 때문이지. 안타깝게도 내가 입은 내상은 천고의 신약이라는 천보신단으로도 치료가 되질 않더군. 간신히 예전의 힘을 되찾을 수 있었을 뿐이야. 그래서 이미 반년 전에 구대문파의 장문인들에게 똑같은 서신을 보내놓았었네. 곤륜지벽에 관련한 일로 만나자는 내용이었지. 약속 날짜가 며칠 남지 않았다네. 그들이 제자들을 데리고 나올지, 그들만 나올지는 모르겠지만 반드시 나올 수밖에 없다는 것은 확실하네. 뭐 사정이 이렇다 보니 내가 자네하고 싸울 일은 없을 것이네. 싸워야 할 상대가 아홉 명이나 있으니 말일세. 그래서 자넬 찾아온 것이네. 싸우지 않아도 될 것 같아서."

목검명의 이야기는 들을수록 놀라웠다. 그 말대로라면 그는 구대문파 장문인 아홉 명과 동시에 싸우려 한다는 소리가 아닌가?

구대문파의 장문인들이 비록 우내칠존의 그늘에 가려져 있었으나 무공이 약한 것은 절대 아니었다. 몇몇 인물들은 장문인이라는 신분만 아니었다면 능히 우내칠존과 비견되는 명성을 얻을 수도 있는 실력자들이었다. 그런 이들을 한꺼번에 상대한다는 말은 누가 들어도 황당무계한 소리였다. 하지만 철산은 그의 말이 왠지 허황되게만 들리지 않았다.

"제게 그런 이야기를 하신 이유는 뭡니까?"

목검명은 잔잔한 눈길로 철산을 쳐다보았다.

"그냥 자네가 남 같지 않아서일세. 처음 자네에 대한 보고를 들었을 때는 나와 같이 어두운 길을 걷는 자가 또 나타난 줄 알고 아찔했었다네. 무림을 어지럽히는 것은 나 하나로도 충분하거든. 하지만 의외로 자넨 이들과 잘 어울리더군. 자넬 보니 어쩐지 내가 성격이 이상해서 일이 이렇게까지 된 게 아닌가 하는 생각도 들어. 뭐 그렇다 할지라도 이미 돌이키기엔 늦었지만 말이야. 그런데 사람 심리라는 것이 희한해서 어차피 벌어진 일, 기왕이면 다른 사람도 그 과정을 알아주었으면 좋겠다는 생각이 들더라고. 정파 쪽에서는 당연히 내 존재를 극구 부인할 테고, 마땅한 인물도 없던 차에 자네가 생각났지 뭔가? 그러니 자네가 내 싸움이 의미하는 바와 그 결과를 지켜봐 주었으면 하네."

철산은 그의 말에 대답하지 않았다. 이미 그의 이야기를 들어주고 있는 것으로 대답은 충분히 된 셈이기 때문이다.

목검명은 고개를 끄덕이며 천천히 몸을 일으키며 철산을 쳐다보았다.

"요즘 시대에 자네와 같은 무인은 원시인 취급을 받게 마련이지. 성취감 높고 효능 좋은 내공 대신 힘들고 어려우면서도 여간해서는 효력이 없는 외공을 주로 익혔으니 말이야. 아마 그들은 자네의 비효율적인 움직임과 싸움법을 보고 비웃을지도 몰라. 하지만 이것은 알아두게. 자네가 무림인들과 달리 내공을 수련하지 못했듯이, 무림인들 역시 자네와 같이 뼈를 깎는 수련으로 몸을 단련하지 못했다는 것을."

돌아서려던 목검명은 멈칫 하더니 다시 말했다.

"아. 그리고 혹시 내 제자를 만나게 되면 한번 겨루어보겠는가? 내 딴에는 강하게 키운다고 키웠는데 자넬 보니 조금 의구심이 드는군. 그래도 상당히 강한 편이니 조심하게. 그 녀석도 파단공을 익혔거든. 하긴 자네에겐 큰 해를 못 입히겠군. 그러고 보면 자네가 그 녀석에겐 천적일지도 모르겠어. 그 녀석도 꽤나 불쌍하게 자란 녀석이니 혹시 자네가 꺾게 된다면 목숨만은 남겨주게나."

"제자를 아끼지 않습니까?"

"물론 아끼지. 그렇기 때문에 꺾어달라는 것이네. 난 제자 녀석이 희대의 마두가 되어 무림을 피로 물들이는 모습을 보고 싶진 않거든. 아까도 말했듯이 그런 역할은 나 혼자서도 충분하다네."

철산이 그의 말에 담긴 의미를 되새기고 있을 때 목검명은 천천히 어둠 속으로 사라져 갔다. 나타날 때와 같이 자취조차 남기지 않는 사내. 그가 다녀간 흔적은 오직 비어 있는 술병뿐이었다.

날이 밝은 후 남궁산과 굉료는 뻐근한 목을 토닥이며 일어났다. 그들은 간밤의 일은 전혀 알지 못했다. 단지 자신들이 술과 분위기에 취해 그대로 곯아떨어진 것이라 생각할 뿐이었다.

철산은 그들에게 목검명에 대한 이야기를 해야 할지 잠시 고민했다. 하지만 그것은 구대문파의 체면과 직접적으로 관련된 일이었고, 또한 자신을 믿고 털어놓은 이야기를 남에게 발설하는 것이 마음에 내키지 않았다.

무엇보다 철산은 목검명의 사나이다운 성격과 목표를 향한 순수한 집념이 마음에 들었다. 또한 웃으며 말을 해도 숨길 수 없이 묻어난 고독함에 동질감을 느낀 탓도 있었다.

그리하여 달 밝은 밤의 은밀한 방문은 조용히 묻히게 되었다.

제 49 장

신마령의 침입

신마령의 침입

　　　　　철산이 뜻밖의 방문을 받고 며칠이 지나지
않았을 때였다.

　무림에는 몇 가지 소문이 나돌기 시작했다.

　하나는 어느 산골짜기에서 구대문파의 장문인들이 모두 심
각한 부상을 입은 채 쓰러져 있는 것이 발견되었다는 것이다.
그들을 처음 발견한 사람은 인근에서 약초를 캐던 약초꾼이었
는데, 끙끙 앓는 소리가 나서 달려가 봤더니 아홉 명이나 되는
사람들이 쓰러져 있었다고 했다.

　약초꾼은 그들을 모두 데려갈 수가 없어서 산 바로 아래에
있는 무관에 도움을 청했는데 무관에서 연륜이 많은 노인이
그들 아홉 명을 보자 절을 하더라는 것이다.

나중에 알려진 바로는 무관의 노인은 십수 년 전에 구대문파에서 주최한 무림대회에 구경 갔다가 장문인들의 얼굴을 본 적이 있었는데 기억 속의 그들의 얼굴이 부상당한 이들과 일치하더라는 이야기였다.

물론 그 소문을 믿는 사람은 몇 명 되지 않았다.

구대문파의 장문인들이 이름없는 산골짜기에 모두 모였다는 것도 말이 되지 않는데다, 그들이 모두 쓰러졌다는 것은 조금도 설득력이 없었다.

무림인들은 그 소문을 이야기 좋아하는 누군가가 퍼뜨린 헛소문쯤으로 치부했다.

그리고 두 번째 소문. 그것은 바로 몇몇 문파에서만 감지하던 암중의 세력이 드디어 정식으로 모습을 드러냈다는 것이다. 자신들의 조직명을 신마령이라 밝힌 그들은 중원 곳곳에서 모습을 드러냈다.

원래 사파였던 곳이 문호를 바꾸기도 했고, 명문정파라 불리던 곳이 어느 날 갑자기 신마령으로 돌변하기도 했다.

그들의 출신은 천차만별이었으나 부르짖는 구호는 하나였다.

―구파봉문 마도재림.

구대문파를 봉문시키고 마도천하를 이루겠다는 그들의 외침을 처음 들은 사람들은 모두 코웃음을 쳤다. 정도천하가 된 지 수십 년. 정파가 무너질 것이라 생각한 사람은 아무도 없었다.

하지만 속속들이 드러나는 그들의 조직은 상상외로 거대했다.

중원 각지에서 궐기한 문파들이 지역별로 모이기 시작하자 각 성의 패주라 불리던 이름 난 문파들이 속절없이 무너졌다.

특히 중원에선 가장 외지에 있는 곤륜파와 청성파가 신마령이라 자처하는 자들에게 습격을 받아 수많은 고수들을 잃고 봉문까지 하게 되자 이 일은 더 이상 가벼이 여길 수 없는 일이 되었다.

일이 이렇게 되자 소림사에서는 신마령에 대항하기 위해 무림맹의 결성을 알렸다. 그에 따라 전 중원의 이목이 소림사에 몰리기 시작했다.

조용하던 소림사가 며칠 사이에 중원의 판도를 결정짓는 태풍의 핵이 되어버린 것이다.

철산은 그런 소림사의 한구석. 눈에 띄지 않는 숲 속의 한 목옥에서 두 노인과의 논검으로 하루하루를 보내고 있었다.

급변하는 바깥의 판도 같은 것은 그들에겐 큰 의미가 되지 않았다. 누군가 그들에게 무림 평화에 대한 책임감 같은 것을 느끼지 않느냐고 물어본다면 이렇게 대답할 것이다.

"그럼 뼈다귀만 남은 늙은 몸이 나가서 싸우기라도 하리?"

"난 이미 은퇴해서 조카들한테 다 맡겨놨네."

그들은 이미 세상 모든 일에 관조할 나이인 것이다. 두 노인의 낙은 오로지 철산과 함께하는 논검뿐이었다.

철산은 매일매일 어디서 그런 초식을 만들어내는지 하루도

빼놓지 않고 두 노인의 입을 벌어지게 만들었다. 두 노인에게 있어 물리쳐야 할 대상은 철산이었지 알지도 못할 신마령 같은 곳이 아닌 것이다.

그들이 서로의 초식을 풀기 위해 머리를 싸매고 있을 때 누군가의 목소리가 들려왔다.

"여어. 아우, 대체 여기서 뭐 하고 있는 건가?"

특유의 호탕함을 잔뜩 드러내며 나타난 것은 녹림의 총채주인 곽동이었다. 곽동은 철산과 함께 이곳에 온 이후 연일 바쁘게 뛰어다니느라 얼굴을 마주할 기회가 없었다.

전해 듣기로는 장충 등의 만행으로 죽고 부상당한 부하들을 내세워 정파와의 오십 년 불가침조약을 받아냈다고 했다. 원래 신마령의 연락책을 맡았던 녹림이었던 만큼 많은 정보를 알고 있을 터. 아마도 이번에 정파와 한 배를 타며 불가침조약 외에도 많은 이득을 챙겼을 것이다.

그래서인지 곽동의 얼굴엔 싱글벙글 웃음기가 가시지 않았다.

"이 실없이 헤벌쭉거리는 녀석은 뭐 하는 물건이냐?"

곽동의 모습에 굉료가 눈썹을 곤두세우며 물었다.

그가 눈썹을 곤두세우는 것은 보통 심사가 꼬였음을 나타낸다.

굉료는 자신의 거처에 허락없이 들어와 놓고 인사도 않는 곽동이 괘씸했던 모양이다.

"이분은 녹림의 총채주인……."

괭료의 심사가 꼬였음을 눈치 챈 철산이 그를 소개하려 했으나 곽동이 화를 버럭 내며 괭료에게 삿대질을 했다.

"이놈의 영감탱이가 누굴 보고 물건이래? 영감, 명대로 살기 싫어?"

곽동의 성격이 아무리 호탕하다고 하나 결국 산적 두목. 제 성격이 어디 가는 것은 아니었다. 다만 오늘은 그 상대를 잘못 골랐다는 것이 실수라고나 할까?

피이잉.

가타부타 말도 없이 바로 염주알이 날아다녔다.

그리고 고요한 산중에 듣기 거북한 돼지 멱따는 듯한 소리가 울려 퍼지기 시작했다.

"끄아악! 꿰에엑! 이놈의 영감이 노망이 들었나? 사람 살려!"

산속을 떠들썩하게 만들던 비명은 반 시진 동안 지속되었다.

곽동은 딱 죽지 않을 만큼 맞은 다음에야 풀려날 수 있었다.

"그, 그러니까… 정파의 고수들이 모두 이곳으로 모여들고 있고 그중에는 천룡무제와 화산검존의 행보도 포착이 되었다는 말을 전하러 왔지요."

곽동은 더듬더듬 용건을 말하면서도 괭료가 만지작거리고 있는 염주알에서 시선을 떼지 않았다. 그러면서 혹여 괭료가 손가락이라도 꼼지락거리면 잽싸게 철산의 뒤로 숨어버린다.

"그게 무에 대수로운 일이라고 이렇게 발정 난 개처럼 뛰어

다닌 것이냐?'

'발, 발정 난 개!'

괭료의 독설에 곽동은 인상을 팍 썼으나 차마 덤빌 생각은 하지 못했다. 이미 괭료의 탄주술이 자신의 능력 밖이라는 사실을 충분히 인지했기 때문이다.

'아무리 그래도 그렇지, 어떻게 한 개도 못 피할 수가 있지?'

곽동은 스스로를 문책하는 한편 자신의 행동에 정당성을 부여하기 위해 설명했다.

"그렇지만 우내칠존을 만나는 것은 쉬운 일도 아닌데다 그들에게 한 수 가르침이라도 받을 수 있으면 실력도 확 늘 수 있고……."

곽동은 갈수록 자신이 없어 나중에 가서는 기어 들어가는 목소리였다. 그 모습에 괭료는 한심하다는 듯 혀를 찼다.

"쯧쯧. 네놈도 철산이가 단홍립과 싸우는 것을 보았다고 하지 않았느냐? 그런데도 이 녀석이 그들에게 가르침을 받아야 되는 수준이라고 생각하느냐?"

괭료의 말에 곽동은 그제야 생각났다는 듯 탄성을 발했다.

"아! 그러고 보니 아우는 같은 우내칠존인 파천권마를 쓰러뜨렸었지?"

곽동은 자신의 머리를 탓하듯 주먹으로 콩콩 때렸다.

"그렇게 때려서 어디 반성이 되겠느냐? 이리 와라, 내가 제대로 때려줄 테니."

괜히 염주알을 치켜드는 굉료의 모습에 곽동은 기겁하여 도망쳐 버렸다. 그 뒷모습을 허허 웃으며 쳐다보던 남궁산이 표정을 굳히며 말했다.

"그래도 화산검존까지 나선 것을 보면 사태가 생각보다 심각한 것 같군요."

무림에 무슨 일이 생길 때마다 이리저리 끼어드는 천룡무제와 달리 화산검존은 여간해선 산을 내려오지 않는 것으로 유명했다.

그가 일평생 산을 내려온 것은 단 두 번밖에 되지 않았을 정도였다. 그런 인물까지 산을 내려온 것을 보면 분명 겉으로 보이지 않는 사정이 있으리라 생각되는 것이다.

다만 철산만은 그것이 목검명과 관련이 있으리라는 것을 짐작할 수 있었다. 어쩌면 그는 정말로 구대문파의 장문인들을 모두 이긴 것일지도 몰랐다.

만약 그렇다면 구대문파는 이미 싸우기도 전에 목검명과 그의 제자들에게 진 것이나 마찬가지였다. 목검명이 그토록 주장해 오고 구대문파에서 부정해 오던 무공을 결국엔 꺾지 못한 것이었으니 말이다.

물론 그 싸움은 목검명의 제자를 주축으로 세를 일으키고 있는 신마령과 정파무림의 싸움과는 별개의 것이었다.

철산이 목검명에 대한 생각에 잠겨 아무 말도 하지 않자 굉료는 무거운 주제를 던져 버리듯 손을 털며 일어났다.

"그놈들도 대가리가 있다면 고수들이 바글거리는 본사로

바로 쳐들어오는 황당한 짓은 하지 않을 거 아니냐? 어차피 본사로 직접 쳐들어오지 않는 이상 우리가 걱정할 필요가 무엇이냐? 논검이나 하자."

꽹료의 말에 남궁산과 철산은 다시금 서로의 초식을 파훼하는데 정신을 집중했다.

그러나 다음날.

꽹료의 말대로라면 황당한 일이 벌어지고 말았다. 그것도 눈이 튀어나올 정도로 황당한 일이.

"아우! 아우! 큰일 났네!"

날이 밝자마자 고래고래 소리를 지르며 달려오는 곽동의 모습은 마치 전날의 매타작이 부족했다고 반항하는 것 같았다.

"이놈이 그래도?"

꽹료가 밥을 먹다 벌떡 일어나 염주알을 날리려 했으나 곽동의 심각한 표정에 의아함을 표했다.

"무슨 일이냐?"

곽동은 숨을 고를 새도 없이 소리쳤다.

"그놈들이 쳐들어왔소."

"으잉? 그놈들이라니? 어떤 놈들?"

"그 신마령인가 하는 놈들 말이오. 그놈들이 지금 절을 빽빽하게 에워싸고 있단 말이오."

곽동의 말에 꽹료의 안색이 까맣게 굳어졌다.

"이런 잡놈들. 감히 여기가 어디라고……."

항상 관망하는 태도를 보이던 꽹료도 막상 자신의 사문이

침공을 받았다고 하자 분노가 치밀어 올랐던지 더 이상 말할 사이도 없이 본전 쪽으로 달려갔다.

"우리도 어서 가보세."

철산은 남궁산과 함께 굉료가 사라진 방향으로 달려갔다.

그들이 도착했을 때 본당 주변에는 수백 명이 밀집해 있었다.

소림사의 무승들을 비롯하여 각대문파에서 미리 모인 정파의 고수들이 한 축을 이루고 있었고 살기와 적대감이 풀풀 흐르는 자들이 반대 축을 이룬 채 대치를 하고 있었다.

정파의 고수들에 비해 신마령 소속의 사파 고수들은 세 배 이상 많았다. 가운데 벌어진 공간에는 양측 대표로 보이는 인물들이 한 명씩 나와 있었다.

"쥐도 안 물어갈 낯짝을 가진 시주들은 어디서 온 귀인이신가?"

카랑카랑한 목소리로 소리친 것은 바로 굉료였다.

그의 맞은편에 버티고 키가 크고 비쩍 마른 노인이었다. 노인은 검은색에 무슨 원한이라도 졌는지 신발부터 상의까지 모두 흑색 일색이었다. 심지어는 수염과 머리조차 먹으로 찍기라도 한 듯 새카맣게 번들거렸다.

노인은 굉료를 힐끗 보더니 한쪽 입술을 비틀어 웃는다.

"소림에 나이를 먹고도 죽지 못하는 노물이 있다더니 그게 당신인가 보군."

그의 삭막한 어투와 메마른 목소리는 듣는 이로 하여금 불쾌감을 느끼게 만들었다. 굉료 역시 인상을 찡그리며 반문했다.

"죽지 못하는 나와 비슷해 보이는 네놈은 누구냐?"

"내가 누구냐고? 크크크크."

노인의 입에서 귀에 거슬리는 괴소가 흘러나오기 시작했다.

웃음소리는 처음에는 그저 인상을 살짝 찌푸리게 만들 정도로 미약했으나 점점 소리가 커져 나중에는 귀를 꽉 틀어막고도 고통을 느껴야 할 정도가 되었다.

그 괴소에 내공이 약한 몇 명이 피를 토하고 나서야 사람들은 노인의 정체를 알게 되었다.

"마령소(魔令笑)!"

누군가의 부르짖음은 앞으로 나서려고 하던 정파인들로 하여금 뒷걸음치게 만들기 충분한 것이었다. 마령소는 무림에서 공포의 대상으로 불리는 한 인물을 상징하는 무공이었기 때문이었다.

"만겁마존(萬劫魔尊)……."

마령소는 바로 우내칠존의 일인인 만겁마존의 독문절기였다.

만겁마존은 정통 마교 출신이었기에 마도의 상징과도 같은 인물이었다. 같은 우내칠존이자 사파의 거두들인 혈천마제와 파천권마에 비해 강호에 나서는 빈도는 낮았으나 한 번 무림에 나서면 반드시 피의 향연을 펼치곤 하는 인물이었다. 워낙 신출귀몰하였기에 그의 행적을 찾는 것은 불가능에 가깝다고 알려진 인물이라 이곳에서 모습을 드러낼 줄은 아무도 몰랐다.

마령소를 견디지 못하는 사람들이 극심한 괴로움을 호소할 때 굉료의 입에서도 대소가 터져 나왔다.

"크하하하. 자존심 강하기로 유명한 만겁마존이 언제부터 듣도 보도 못한 단체의 개가 되었던가?"

쩌렁쩌렁한 그의 목소리에는 불문의 심공이 깃들어 있어 사악한 기운이 담긴 마령소를 몰아내는 역할을 해주었다.

가히 사자후에 버금가는 굉료의 일갈에 만겁마존의 얼굴에 떠올라 있던 웃음기가 지워졌다.

"늙은이가 제법이군."

"어울리지도 않게 인간들을 이끌고 쳐들어온 이유를 말해라."

굉료의 물음에 만겁마존은 다시금 비틀린 웃음을 지었다.

"소림사는 손님이 와도 방장이 얼굴도 안 내미는 곳인가 보군."

그의 말에 굉료는 약간 당혹스러운 표정을 지었다. 그가 느닷없이 방장을 찾는 이유를 알 수가 없었기 때문이다. 그러나 상대의 말을 곧이곧대로 들어줄 생각은 없었다.

"본사의 방장이 너희 따위에게 얼굴을 내밀기 위해 있는 줄 아느냐?"

"홍. 혹시 나오지 않는 것이 아니고 못 나오는 것이 아닌가?"

만겁마존이 자꾸 방장에 대해 걸고 넘어가자 정파 측에서 술렁거림이 생기기 시작했다. 그들이 보기에도 이토록 큰 소란이 벌어졌는데 방장인 혜공이 모습을 보이지 않는 것이 이상했던 것이다.

불안한 군중심리가 정파측에 번져 가자 만겁마존은 희미한 미소를 지었다.

'그렇게 무너지거라.'

그때 죽 늘어선 정파인들의 뒤쪽에서 부드러운 음성이 흘러나왔다.

"누가 소승을 찾으셨소?"

굉료의 것과 같이 날카롭진 않았으나 은은하게 울려 퍼지는 소리가 사람들의 귀를 기분 좋게 만든다. 목소리가 들린 곳으로 고개를 돌린 사람들의 입에서 함성이 터져 나왔다.

"오오. 혜공 방장님이시다!"

그들의 시선이 모아진 곳에 혜공이 걸어나오고 있었다.

혜공의 등장은 만겁마존으로서도 뜻밖이었던지 놀란 빛을 감추지 못했다.

철산 역시 목검명의 이야기를 들었기에 혜공이 나타날 줄은 몰랐었다. 하지만 곧 철산은 자애롭게 웃고 있는 혜공의 안색이 매우 창백하다는 것을 눈치 챘다.

철산이 눈치 챈 것을 만겁마존이 알아채지 못했을 리 만무한 일.

만겁마존의 얼굴에 다시 여유가 찾아왔다.

"크흐흐. 방장이 나왔으니 이야기가 쉽게 풀리겠군. 방장은 이미 본 령의 무서움을 맛보았을 테니 더 이상 길게 끌지 않겠다. 오늘부로 소림사는 봉문을 하라. 만약 따르지 않을 시엔 모두 죽이겠다."

단호하면서도 반드시 그렇게 할 수 있다는 확신이 들어 있는 말이었다. 일부러 강렬한 기세를 피워 보이는 그의 요구에 혜공은 담담히 답했다.

"하지만 본사는 봉문할 이유가 없을 뿐더러, 설령 있다 할지라도 남의 강요에 의해 하진 않을 것이오."

혜공의 말에 돌아온 것은 귀신의 소리처럼 음산한 목소리였다.

"그렇다면 죽어야지."

그와 함께 사파인들 무리에서 붉은 인영이 섬전처럼 튀어나왔다. 혈영은 대번에 무리를 가로질러 혜공에게 짓쳐들었다.

"어림없다!"

혜공의 앞쪽에 위치해 있던 굉료가 대갈일성을 지르며 염주알을 뽑아 던졌다.

쐐애액.

일시에 발출된 다섯 개의 염주알이 혈영을 뚫고 지나가려는 순간, 빨간 그물 같은 강기가 염주알을 감아버렸다. 동시에 붉은 인영은 굉료의 머리를 뛰어넘어 혜공을 노리고 떨어져 내렸다.

"멈춰라!"

뒤늦게 굉료가 붉은 인영의 배후를 공격하려 할 때, 바로 지척에서 만겁마존의 건조한 목소리가 들려온다.

"늙은이는 잠시 빠져 줘야겠어."

대경한 굉료가 몸을 회전시키며 염주알을 던지려 했으나 등 뒤에 바짝 붙어 있는 만겁마존을 맞출 수는 없었다.

그러는 동안 붉은 인영은 그대로 혜공의 머리 위에 한 손을 올린다.

"어디 다시 한 번……."

큰 소리 쳐보라는 말이 미처 새어 나오기도 전이었다.

붉은 옷의 아래에서 강철 같은 주먹이 불쑥 튀어 올라왔다. 어느새 움직인 철산이었다.

"헛!"

놀란 붉은 옷의 사내가 혜공을 놓고 뒤로 훌쩍 물러서자 철산은 그 뒤를 바짝 따랐다.

그 쾌속함은 붉은 자가 물러나는 속도를 훨씬 능가하고 있었다.

"감히 내게 덤비다니."

붉은 옷의 사내는 자신이 쫓기고 있다는 사실을 자각했는지 걸음을 멈추고 두 손을 크게 휘둘러 일시에 쏟아냈다.

슈아악.

아까 굉료의 염주알을 휘감았던 것과 같은 붉은 강기가 천지를 뒤덮을 듯 치솟더니 이내 거친 파도와 같이 철산을 덮쳐 왔다.

그 기괴한 공세를 앞에 두고도 철산은 주저없이 달리던 그대로 주먹을 내질렀다.

콰쾅!

상당한 꽹음이 터지며 걸리는 모든 것을 삼켜 버릴 것 같던 혈강에 커다란 구멍이 생겨났다. 그 구멍으로 철산의 모습이 드러나자 혈강을 만들었던 자의 입에서 경악성이 터져 나왔다.

"이럴 수가!"

하나 그가 놀라고 있는 사이에 철산은 어느새 지척에 다가와 또 한 번 주먹을 뻗을 준비를 하고 있었다.

그때 철산의 뒤쪽에서 심상치 않은 기운이 날아왔다.

철산은 주먹을 그대로 내지르며 반대 손을 뒤로 휘둘렀다.

퍼펑.

철산의 주먹을 장력으로 막으려던 혈의사내가 미끄러져 나갔다. 동시에 철산의 등을 노리던 기운이 손목에 막혀 튕겨져 나간다.

투웅.

철산은 손목에 찬 흑완을 통해 전해지는 묵직한 기운을 떨쳐 내며 조금 전 뒤를 공격해 왔던 만겁마존을 향해 달려나갔다.

쉬이익.

대번에 거리를 좁혀 들어간 철산은 주춤거리는 만겁마존의 사각으로 스며들어 일권을 날렸다.

만겁마존은 그에 대응하지 못하고 그대로 주먹을 얻어맞고 말았다.

파앗!

기이한 일은 그때 일어났다. 철산의 주먹은 분명히 만겁마존의 배를 치고 지나갔는데 만겁마존의 모습이 물가에 비쳐진 것마냥 흔들거리기만 하는 것이 아닌가?

그 의문에 관해서는 지켜보던 남궁산이 풀어주었다.

"마교의 환영술! 위험하다."

그러나 그가 소리치기도 전에 철산의 왼발은 뒤쪽으로 세차게 올려 차고 있었다.

퍼억.

이번에는 실제로 타격음이 터졌다.

"제길!"

만겁마존은 욱신거리는 팔을 주무르며 뒤로 물러났다.

장내는 잠시 침묵이 감돌았다.

"저자는 혈천마제……"

만겁마존과 함께 격퇴당한 혈의사내의 정체가 만천하에 드러나자 침묵은 더욱 길어졌다.

어디선가 나타난 청년이 만겁마존과 혈천마제를 동시에 격퇴시켜 버렸으니 그런 침묵은 당연한 것일지도 몰랐다.

하지만 철산의 얼굴을 알아본 사내의 한마디로 인해 침묵은 곧 환호로 바뀌어갔다.

"오옷. 저 사람은 난투무귀다. 호북성과 안휘성에서 맹활약한 신진고수!"

순식간에 정파 진영에서는 환호성이 터져 나왔다.

연달아 등장하는 상대측 절대고수에 비하여 정파에서는 고수가 부족한 상황이었다. 그런 상황에 우내칠존과 겨루어 비등하게 싸울 수 있는 인물이 있다는 것은 그들에게 더할 나위 없는 희망을 안겨주었다.

반면 사파 측 인물들은 하나같이 인상을 쓰고 있었다.

철썩같이 믿던 만겁마존 혈천마제가 고작 한 명에게 밀리자 배신감까지 느껴지고 있었다.

정파와 사파의 인물들이 자신으로 인해 극과 극의 감정을 경험하고 있을 때, 철산은 주변을 둘러보고 있었다.

목검명의 말에 의하면 이들은 필시 그의 제자가 이끄는 자들일 것이다. 그렇다면 목검명의 제자 역시 근처에 있을 것이 분명했다. 그를 쓰러뜨리지 못하면 지금의 싸움은 끝나지 않을 것이었다.

철산이 그런 생각을 하고 있을 때 그와 비슷한 걱정을 하고 있는 사람이 있었다.

'이들이 문제가 아니다. 정녕 걱정해야 할 것은……'

혜공은 주변을 둘러보았다.

물론 만겁마존과 혈천마제만 하더라도 자신으로서는 감당하기 어려운 절대의 고수들이었다. 하지만 그의 기억 속에 남아 있는 사내에게 비할 수는 없었다.

무공으로는 누구에게도 쉽게 지지 않을 것이라 자신했던 자신. 그리고 그 이상으로 무공이 높은 다른 여덟 명의 장문인.

그 모두가 단 일인에게 당해 쓰러져야만 했다. 그것도 백 초를 버티지 못하고.

그 수치심과 무력함은 둘째 치고 그런 인물이 나타나면 어찌해야 하나 싶었다.

철산과 혜공이 각기 목검명과 그의 제자의 행방을 찾고 있을 때 이곳의 주도권을 쥐고 있으면서도 소외당하고 있는 두 명의 절대고수는 진한 살기를 일으키고 있었다.

"크크크크. 우리를 앞에 두고도 다른 곳에 신경을 쓰는 인간이 있을 줄이야……!"

"흥! 건방진 애송이, 다시는 눈을 뜨지 못하게 해주마!"

그들이 이를 갈며 철산을 노릴 때였다. 청아한 목소리가 온 산에 울려 퍼졌다.

"두 분 장로님, 그는 제게 양보하시지요."

어디에서 들려오는지 짐작조차 할 수 없이 사방에서 울리는 목소리는 지척에서 들려오듯 맑고 또렷했다.

그 목소리가 들려오자 만겹마존과 혈천마제는 눈살을 찌푸리며 철산을 노려보았다.

"애송이, 운 좋은 줄 알아라."

"그러나 영주와 상대하는 것이 우리에게 찢기는 것보다 덜하진 않을 게야."

그들의 말에 철산은 가만히 한쪽을 쳐다보았다. 꾕료의 거처가 있는 방향이었다. 그쪽에서부터 자신을 부르는 투기가 느껴지고 있었다.

"기다리고 있으니 어서 오시오."

그러나 그의 재촉에도 철산은 쉽사리 걸음을 뗄 수 없었다.

자신이 가고 나면 만겁마존과 혈천마제를 상대할 사람이 없기 때문이었다. 그들의 난폭한 성격을 볼 때 자칫 큰 피를 보게 될지도 몰랐다.

철산이 망설이자 그 마음을 읽은 남궁산이 소매를 걷어붙이며 나섰다.

"허허. 이제 밥값을 좀 할 때가 된 것 같군."

그가 나서자 굉료 역시 목에 걸고 있던 염주알을 빼낸다.

"케케케. 그동안 연습한 초식들을 좀 써먹어 봐야겠군."

굉료와 남궁산은 지금 이곳에 있는 정파인들 중에서 가장 강하다 할 수 있었다. 하지만 상대는 우내칠존. 더욱이 이미 은퇴하다시피 하여 실전을 치른 지 오래된 두 사람이 항시 피에 젖어 사는 마인들을 상대할 수 있을지 걱정되었다.

하나 그들을 걱정하는 것은 또한 두 사람에 대한 모욕이 될 수도 있었다. 지금으로썬 그들을 믿는 수밖에 없었다.

"다녀오겠습니다."

철산의 한마디에 모든 대화가 압축되어 있었다.

철산은 굉료와 남궁산이 결의를 다지는 것을 보며 돌아섰다.

목소리의 주인공은 예상했던 대로 굉료의 목옥 근처 공터에 있었다. 그곳은 굉료, 남궁산과 더불어 초식 연구를 하던 곳으로 바닥이 산지답지 않게 넓고 평평했다.

그곳에서 철산을 기다리고 있는 것은 서른 살 정도의 덩치가 매우 큰 청년이었다. 그는 별다른 장신구 없이 수수한 검은 무복만을 걸치고 있었다.

"목운생이라 하오."

"장철산이오."

서로의 이름을 짧게 밝힌 두 사람은 서로를 마주보았다.

두 사람의 눈빛은 매우 대조적이었다.

목운생의 눈빛은 흡사 뇌전과도 같이 강렬하면서도 상대의 구석구석을 살피는 예리함을 갖추고 있는 반면, 철산의 눈빛은 그저 평범했다.

비범함과 평범함의 차이. 눈빛만으로 승부가 결정된다면 진작 목운생의 승리가 확정지어졌을 법하다.

그러나 의외로 뚫어져라 쳐다보던 목운생이 먼저 시선을 돌리고 말았다.

"사부님이 내 뜻을 이루고 싶으면 먼저 당신을 꺾어보라 하시더군. 지금도 그게 무슨 뜻인지는 알 수 없지만 한 가지는 알 것 같소."

"그게 뭐요?"

"당신이 결코 만만치는 않겠다는 것이오."

그의 말에 철산은 피식 웃었다.

"만만한 싸움이란 것이 어디 있겠소?"

이번에는 목운생이 웃는다.

"내겐 항상 그랬소. 우내칠존이라 불리는 저들도 내겐 백 초를 넘기기 힘드오."

철산은 더 이상 아무런 말도 하지 않았다. 두 사람 사이에
더 이상의 말은 필요없었다.

목운생은 뒷짐을 진 채 한 손을 내밀었다.

"선수를 양보하지."

철산은 천천히 투지를 불태우며 그에게 달려들었다.

후우웅.

철산이 벽파를 사용함에 따라 거센 바람 소리가 울려 퍼진
다.

그 어떤 때보다 격렬하고 빠른 움직임이었다.

여간한 사람들이 보았다면 그의 몸이 사라졌다가 목운생의
앞에 나타난 줄 알았을 것이다. 순식간에 목운생의 좌측으로
파고든 철산은 옆구리를 노리고 주먹을 쳐 올렸다.

쉬잇!

바람 소리조차 끊어지는 쾌속한 일격.

목운생이 좌측 팔꿈치로 옆구리를 막으며 우측 팔꿈치를 수
평으로 후려쳤다.

퍼억.

철산은 주먹이 목운생의 팔꿈치에 막히는 순간 바위를 친
것 같은 묵직한 충격을 느꼈다. 동시에 고개를 숙이자 빛살 같
은 속도로 날아든 목운생의 팔꿈치가 머리 위를 스치고 지나
갔다.

휘이잉.

단지 머리 위를 지나친 것뿐이었음에도 철산은 몸이 밀려나는 것 같은 착각을 느껴야 했다. 철산이 몸을 웅크리자 목운생이 그의 양어깨를 움켜잡았다. 철산은 기다렸다는 듯 몸을 펼치며 두 주먹을 빠르게 쏟아냈다.

퍼퍼퍼퍼퍼퍽.

눈에 보이지도 않을 정도로 쾌속한 주먹이 수십 차례 목운생을 두들겼다. 그러나 처음에는 움찔하던 목운생이 아무런 충격도 없는 듯 철산을 옆으로 집어 던지는 것이었다.

목운생이 던지는 힘이 워낙 강하여 철산은 물건처럼 허공으로 날려졌다. 등이 나무에 부딪치려는 순간 몸을 뒤집어 나무를 걸어찼다.

콰직.

꽤 두꺼워 보이던 나무가 반으로 동강 나며 쓰러진다.

벌떡 몸을 바로 하여 고개를 돌리자 조금 전까지 전면에 있던 목운생이 보이질 않았다. 본능적으로 상체를 숙이고 뒤를 걸어차자 묵직한 타격감이 느껴진다.

하나 단지 그것뿐.

목운생은 자신의 명치에 닿아 있는 철산의 발을 덥석 잡더니 머리 위로 번쩍 들어 올렸다. 그대로 땅에 내리꽂으려는 순간, 철산이 잡히지 않은 발로 목운생의 목을 휘감았다. 뒤이어 몸을 획 뒤집자 목운생이 머리부터 땅에 곤두박질치게 되었다.

머리가 땅에 꽂히기 직전 목운생의 손이 가볍게 땅을 짚었다.

턱.

슬쩍 밀치듯 팔을 펴자 목운생은 어느새 몸을 바로하게 되었다.

몸을 일으킨 목운생은 씁쓸한 표정으로 한숨을 내쉬었다.

"사부의 말을 듣고 뭔가 기대했는데 아쉽게도 당신도 기대 이하군."

그가 전력을 다하지 않았음은 철산도 알고 있었다. 반면에 철산은 항상 최선을 다해 공격하고 있었다. 그럼에도 그에게 어떤 상처조차 내지 못한 것이다. 하지만 철산은 그런 것에 실망하지 않았다.

상대가 전력을 다하든 안 하든 그 스스로가 최선을 다하면 되는 것이다.

자신의 말에 철산이 아무런 반응도 없자 목운생은 고개를 절레절레 저었다.

"반드시 피를 보아야 눈물을 흘릴 사람이로군."

목운생은 더 이상 시간을 끌지 않겠다는 듯 눈빛을 번쩍였다.

그의 살의가 지금까지와는 비교할 수 없이 강렬해졌다.

철산을 노려보는 눈빛은 흡사 먹잇감을 노리는 야수의 그것과 같이 돌변했다.

그의 몸이 가볍게 땅에서 떨어졌다 싶은 순간, 철산은 본능적으로 머리를 감쌌다.

퍼억!

육중한 충격이 머리를 감싼 팔을 통해 전해져 온다.

두 발이 땅에서 떠올라 힘의 방향으로 밀려남을 느꼈을 때, 이번엔 반대쪽에서 충격이 전해져 왔다.

좌우전후면을 가리지 않고 공격해 오는 목운생의 움직임은 거의 보이지 않았다. 단순히 보이지 않았을 뿐만 아니라 길쭉한 잔영까지 남아 어떤 것이 실체이고 잔영인지조차 구분할 수가 없었다.

서서히 쓴물이 올라오고 팔에 감각이 없어졌다.

목운생은 철산이 쓰러질 때까지 절대 공격을 멈출 생각이 없는 듯했다.

'어차피 이대로는 아무것도 하지 못하고 지게 된다.'

철산은 이를 악물고 몸을 잔뜩 웅크려 머리와 배를 보호하던 팔을 내렸다. 때를 놓치지 않고 목운영의 주먹이 날아들었다.

그 순간 철산의 주먹이 빠르게 목운영의 턱에 꽂혔다. 거의 동시에 철산의 몸이 크게 내동댕이쳐졌다.

"으음⋯⋯."

목운생은 잠시 주춤하긴 했으나 큰 충격을 느끼진 않은 듯 쓰러진 철산에게 다가갔다.

쓰러져 있던 철산이 그가 다가옴과 함께 튕기듯이 일어나며 주먹을 뻗는다. 그 대담함에 목운생은 다시 한 번 같이 주먹을 마주 뻗었다.

퍼퍽!

동시에 울려 퍼지는 격타음.

목운생의 몸이 슬쩍 흔들렸고 철산은 거의 넘어지다시피 크게 휘청거렸다. 그러나 조금 전과 달리 내동댕이쳐지진 않았다.

목운생은 철산을 무너뜨리지 못하자 자존심이 상한 듯 재차 주먹을 뻗었다. 철산은 이번에도 그것을 몸으로 받으며 주먹을 마주 뻗었다.

퍼퍽!

이번엔 목운생의 몸 역시 눈에 띄게 흔들렸고 철산은 전보다 더욱 조금 휘청인다.

"믿을 수 없다."

목운생은 이번엔 두 주먹을 연달아 내질렀다. 어느 하나만 맞아도 목숨이 끊어질 만한 가공할 권력이 담긴 주먹이었다.

철산은 그것을 반쯤 흘리고 반쯤 몸으로 받으면서 마주 주먹질을 했다. 건달패들이 서로의 주먹을 실험하기 위해 쓰러질 때까지 서로의 얼굴을 한 대씩 때리는 것 같은 모습이었다.

무림인이 본다면 수준 낮은 싸움이라며 고개를 내젓고 등을 돌렸을 것이다. 하지만 두 사람의 주먹에 담긴 힘은 결코 쉽게 여길 수 있는 것이 아니었다.

철산을 때리려다 슬쩍 비켜 나간 목운생의 주먹이 커다란 바위를 산산조각 낸 것만 봐도 그들의 권력이 어지간한 무림인은 흉내조차 내기 어렵다는 것을 알게 해준다.

그렇게 제자리에 선 채 주먹질만 해대던 두 사람. 목운생의 눈살이 슬슬 찌푸려지기 시작했다.

'어째서! 어째서 쓰러지지 않는 것이지?'

그의 판단하에 철산은 진작 쓰러졌어야 했다. 그런데 끈질기게 버티며 기어이 자신에게 일격을 넣고 있었다. 그 알 수 없는 저력이 목운생을 불쾌하게 했다.

반면에 철산은 조금씩 기분이 좋아지고 있었다. 사실 목운생을 몰랐으나 처음 일격을 제외하고 철산은 계속해서 그의 권력을 흘려보내고 있었다. 그것은 무극문의 뛰어난 수비 초식인 무극원공의 원리를 이용한 것이었다. 손으로 펼치는 무극원공을 몸으로 이행하기란 매우 어려운 일이었으나 철산은 굉료와 남궁산과의 도움으로 그것을 몸에 익혀가고 있었다.

철산의 무극원공이 워낙 절묘한데다 주먹과 주먹을 겨룬다는 상황이 목운생에게 지나친 투지를 불러일으킨 탓에 그는 철산의 수법을 알아내지 못했다.

자신의 방식이 안 먹힌다 싶자 목운생은 노성을 터뜨리며 저돌적으로 달려들었다. 철산은 몸을 잔뜩 낮춘 채 미끄러지듯 목운생의 뒤쪽으로 돌아갔다.

하나 목운생은 달려가던 그대로 몸을 휙 돌려 버렸다.

하늘 높이 들어 올린 그의 손에서는 푸르스름한 기운이 치솟아 오르고 있었다.

땅에 붙을 듯이 몸을 낮추고 있는 철산과 그를 내려보며 높이 들어 올린 손을 내려칠 준비를 하고 있는 목운생. 마치 천신이 벌을 내리려는 듯한 광경이었다. 그러나 그 위기의 순간,

철산은 몸을 벌러덩 눕히며 목운생의 무릎을 발로 걷어차 버렸다.

"읏!"

목운생의 몸이 살짝 흔들린 틈을 타 철산의 두 손이 땅을 내리찍었다.

퍼퍽!

땅이 파이자 흙과 돌이 치솟아 목운생의 시야를 방해한다.

"미꾸라지 같군."

분노한 목운생은 불안정한 시야를 무시하고 그대로 손을 내리찍었다.

콰콰쾅!

가공할 힘에 주변의 땅이 모두 흔들리며 먼지가 가득 피어오른다. 그가 자신이 만든 커다란 구덩이를 보았을 때, 철산은 이미 그의 등 뒤로 빠져 있었다.

그의 왼손은 붉게 달아올라 있었다. 폭혈신공을 사용한 것이다.

강한 화기를 띈 주먹이 그대로 꽂히려는 순간, 등을 돌리고 있던 목운생이 번개같이 몸을 돌리며 철산의 왼손을 움켜잡았다.

푸시시.

목운생의 손 안에서 터진 폭혈신공은 기대했던 요란한 폭음과는 달리 초라한 연기만을 피워 올렸을 뿐이다.

"아깝군. 내겐 파단공이란 것이 있어서 이런 무공은 통하지 않아. 그럼 이젠 끝을 내도록 하지."

목운생은 회심의 미소를 지으며 철산의 손을 더욱 움켜잡았다.

그러나 철산의 눈을 보는 순간, 그는 뭔가 일이 잘못되었음을 직감했다. 필시 회심의 일격이었을 폭혈신공이 무위로 돌아갔음에도 조금도 절망하는 눈빛이 아니었던 것이다.

"어째서……."

목운생이 이유를 물으려 할 때였다.

감춰진 철산의 오른손이 살짝 움직이는 듯했다.

눈여겨보지 않으면 움직이고 있다는 것조차 알 수 없는 미세한 움직임. 그러나 그 움직임 속에서 목운생은 번쩍이는 빛을 본 듯한 느낌이 들었다.

그와 함께 철산의 몸이 조금씩 일그러져 보이기 시작했다.

의식이 몸에서 멀어질 듯 말 듯할 무렵에서야 그는 자신의 실수를 깨달을 수 있었다.

"그 왼손의 기운은 나를 속이기 위한 것이었군……."

그 말을 끝으로 목운생의 거구가 무너져 내렸다.

콰당!

요란한 소리를 내며 쓰러진 목운생을 보며 철산은 긴 숨을 내쉬었다.

"일격에 상대를 쓰러뜨릴 수 있는 힘을 의식하지도 않으면서 주먹에 담을 수 있게 된다면 그것을 막을 수 있는 사람은 아무도 없을 걸세."

  그것은 바로 남궁산과 무극문의 최후 초식인 무극무변에 관
해 이야기할 때 그가 해주었던 말이었다. 처음 목운생의 비정
상적인 운동신경과 강인한 몸을 상대하게 되었을 때 철산은
막막하기만 했다.

  특별한 무공을 펼치지 않고도 인간이 이토록 강해질 수 있
을까 하는 의문이 들 정도였다. 그러나 우연히 목운생의 턱을
쳤을 때, 그도 사람임을 느낄 수 있었다. 주먹이 턱에 닿는 순
간 그의 전신 근육이 일시에 응축되어 크게 부풀어 오르는 것
을 본 것이다.

  문제는 그의 초인적인 반사신경을 속이고 제대로 일격을 찔
러 넣는 것이었다.

  철산은 그 방법을 폭혈신공과 무극무변에서 찾아냈고 결국
그를 쓰러뜨린 것이다.

  쓰러져 있는 목운생을 보자 철산은 착잡한 심정이었다.

  분명 목검명의 말대로 목운생은 매우 강했다. 파단공까지
익힌 그에게 일반적인 무림인이라면 아무도 이길 수 없었을
것이다. 다만 내공이 주가 아닌 철산이었기에 그를 쓰러뜨릴
수 있었다.

  그러나 철산이 느끼는 착잡함은 강자인 목운생을 쓰러뜨렸
다는 데서 오는 것이 아니었다.

  목운생이 보여준 지나친 순수함. 자신의 감정을 그대로 드

러내고 싸움 방식조차 지나치게 단순하다. 상대를 속이는 변초 같은 것은 전혀 생각지 않았고, 아이가 투닥거리듯 보이는 대로 주먹을 내뻗는 것이 다였다.

　다만 초인적인 힘과 운동신경이 그런 단순함을 천하의 신공으로 바꾸어놓았을 뿐이었다.

　세상의 흙탕물을 경험해 보지 못한 인물이 지난 수년 간 그토록 세밀하고도 음흉한 음모를 꾸밀 수 있었을까? 그것도 사부의 눈까지 속여가면서?

　그가 보기에 목운생은 결코 그럴 수 있을 만한 인물이 아니었다. 철산은 정사파의 인물들이 맞서고 있을 본전 쪽을 쳐다보았다. 여기저기에서 검은 연기가 피어오르고 있었다.

　급히 걸음을 떼려던 철산은 목운생에게 눈길이 닿자 잠시 고민하다 그를 업었다. 워낙 거구의 몸인지라 발이 땅에 끌렸지만 그런 것까지 신경 써줄 수는 없었다.

제50장

마인들의 최후

마인들의 최후

연기가 나고 있는 곳은 여기저기에서 혈전이
벌어지고 있었다.

신마령의 명을 받드는 사파의 고수들은 압도적인 수로 정파
인들을 몰아세우며 소림의 경내를 약탈, 방화하고 있었다. 정
파인들은 지리멸렬하여 자신들의 목숨을 부지하기에도 바빴
다.

그런 난전 중에서도 가장 눈에 띄는 것은 중앙에서 벌어지
고 있는 싸움이었다. 그곳에서는 다른 여타 싸움과는 수준이
다른 공방이 펼쳐지고 있었다.

"크크크크. 늙은이, 이제 그만 쓰러질 때도 되지 않았나?"

만겁마존의 비웃음에 광료는 입가를 씰룩거렸다. 성격상 소리라도 질러주고 싶은데 말이 나오질 않았기 때문이다.

그는 만겁마존과 쌍장을 맞붙이고 있었다. 내공 대결을 하고 있는 것이다. 처음부터 내공 대결을 하려 했던 것은 아니었다.

원래는 철산이 돌아올 때까지 만겁마존을 붙잡고 있겠다는 생각으로 거리를 벌리며 염주알을 튕기는 방식으로 싸웠었다.

아무리 그의 탄주술이 일절이라 할지라도 만겁마존에 미치지 못함은 굉료 스스로도 알고 있었기 때문이다.

만겁마존 역시 처음엔 굉료의 탄주술을 상당히 경계했었다.

굉료에 대한 명성은 그도 알고 있었다.

'과연 그의 탄주술은 대단하군.'

허공을 가르며 날아다니는 염주알은 아무리 만겁마존이라도 자칫하면 부상을 입을 정도로 위력적이었다.

하지만 만겁마존은 무공이 절정에 이른 만큼 싸움에도 노련했다. 현란한 신법과 마교의 환술을 이용하여 굉료에게 접근해 갔다. 그가 작정하고 거리를 좁혀오자 굉료로서는 막을 수가 없었다.

그리고 벌어진 상황이 바로 이것이었다.

만겁마존은 안전하게 내공으로 굉료를 말려 죽일 작정인 것이다.

만겁마존의 쌍수가 마치 먹물을 칠한 듯 검게 변하자 굉료의 승포가 팽팽히 부풀어 오르고 그의 깡마른 팔에 굵은 힘줄이 꿈틀거리며 솟아오른다.

두 사람의 내공 차이는 확연했다. 만약 굉료가 사악한 기운을 거부하는 불가의 내공을 익히지 않았다면 진작 몸이 터져 나갔을 것이다.

굉료가 아슬아슬하게 견뎌내고 있을 때, 남궁산 역시 사정이 크게 다르지 않았다. 혈천마제의 파상공세는 그야말로 숨 한 번 내쉴 기회조차 주지 않았다.

카카카카캉.

혈천마제의 쌍수에서 만들어진 피의 강기는 마치 수레바퀴처럼 남궁산을 몰아붙였다. 남궁산 역시 무공에 일가견이 있었지만 혈천마제의 공격에는 속수무책이었다.

'역시 우내칠존인 것인가…….'

남궁산은 지금껏 우내칠존이라는 자들에 대해 크게 생각해 보지 않았었다. 그들의 명성이 하늘을 찌르고 있다고는 하나 무공으로는 남궁산도 역시 누구에게도 뒤지지 않을 자신이 있었다.

단지 우물 안의 개구리와 같은 좁은 식견으로 내린 판단이 아니라 넓은 곳을 돌아다녀 보고 얻은 결론이었다.

그래서 안휘성에서 흔히 그를 우내칠존과 비견하곤 하는 말을 듣고도 그저 웃을 뿐 부정하진 않았었다.

하지만 지금 혈천마제와 몇 수 겨뤄보고 나자 자신의 판단이 완전히 틀렸음을 인정하지 않을 수 없었다.

그들은 무공의 경지가 어쨌느니 하는 것으로 논할 수 있는 수준이 아니었다. 가볍게 내뻗는 한 수 한 수가 모두 가공할 위력을 담고 있었다. 이것은 견뎌낼 수 있고 없고의 문제가 아니었다.

애초에 인간의 몸으로 저런 공격을 받아낼 수 있다는 것이 상상도 되지 않았다. 매 공격마다 안간힘을 쓰며 겨우겨우 버텨내는 것이 고작인 것이다.

그런 남궁산의 모습에 혈천마제는 썩은 이를 드러내 보이며 괴소를 흘린다.

"크크큭. 꽤 하는군. 네놈이 마음에 드니 이것으로 끝을 내주마."

혈천마제의 말이 끝남과 동시에 남궁산은 천지사방이 피로 물든 것 같은 착각이 들었다. 혈천마제의 강기가 그를 가둬 버린 탓이다.

혈천마제의 붉은 강기는 닿는 모든 것을 찢어발기는 힘을 지니고 있었다. 이미 몇 차례나 그것에 대응하려다 쓴맛을 보았던 남궁산은 사방을 조여오는 붉은 벽을 보고 절망감을 느꼈다.

'이렇게 끝나는 것인가…….'

이미 진작 내공은 고갈되고 몸은 탈진 상태였다.

혈천마제를 상대로 이만큼이나마 버틸 수 있는 것도 무림을 통틀어 몇 명 없을 것이다. 그런 생각이 들자 남궁산은 자포자기 심정이 되어버렸다.

'그래, 나는 할 만큼 했다. 상대가 너무 강한 것뿐.'

그는 모든 것을 체념하고 손을 늘어뜨렸다.

혈천마제의 무공이 무서운 점은 바로 이렇게 상대를 마음으로부터 무너뜨린다는 것이었다. 그것은 그의 무공 자체에 사람의 감정을 무너뜨리는 사악한 기운이 담겨 있었기 때문이다.

남궁산의 경우는 그의 수양이 깊어 그만큼 오래 걸린 것이다.

"크크크. 네 녀석은 피를 뿌리는 보람이 있겠군."

혈천마제가 남궁산을 찢어 죽이는 상상을 하며 즐거운 미소를 지었다. 그가 남궁산에게 최후를 안겨주려는 바로 그때,

콰아앙!

굉음이 터지며 남궁산을 가두었던 핏빛 강기가 산산이 깨어져 나갔다.

"웬놈이냐?"

혈천마제가 놀라며 소리치는 순간, 아무것도 없던 허공에 느닷없이 무쇠 같은 주먹이 나타났다.

쾅!

"으윽!"

혈천마제는 신음을 흘리며 물러났다. 그의 앞에는 어느새 철산이 태산처럼 버티고 서 있었다.

"이놈!"

혈천마제가 노성을 지르며 공격하려 할 때, 가만히 서 있는 듯하던 철산이 쏘아져 왔다. 마치 물이 흐르듯 자연스럽고도 시원한 움직임이었다.

"어림없다!"

혈천마제는 코웃음을 치며 핏빛 강기를 불러일으키려 했다.

그러나 그의 눈앞에 무언가 번쩍인다 싶더니 형용할 수 없는 고통과 함께 몸이 붕 떠올랐다.

"크아악!"

혈천마제는 얼굴이 짓뭉개지는 고통에 비명을 지르며 땅을 나뒹굴었다.

일격에 혈천마제를 날려 보낸 철산의 신형은 멈추지 않았다.

굉료를 위협하고 있는 만겁마존을 향해서였다.

만겁마존의 검은 기운은 이미 굉료의 파를 넘어서고 있었다.

굉료는 자신의 몸을 침범하는 마기에 괴로운 표정이 역력하다.

만겁마존의 기운이 조금만 더 들어온다면 폭주하는 마기를 감당할 수 없을 것이었다.

'드디어 부처님의 곁으로 가는구나.'

굉료가 자신의 최후를 직감하고 속으로 불경을 외려던 그 순간, 혈천마제를 처리한 철산이 저벅저벅 걸어오더니 만겁마존의 앞에 이르러 주먹을 뒤로 크게 젖히는 것이 아닌가?

'이놈아, 그랬다간 네놈은 우리 두 사람의 내공을 한 번에 감당해야 할 게야.'

굉료는 철산을 만류하려 했다. 그러나 그에겐 그런 말을 할 힘조차 남아 있지 않았다. 그리고 철산의 주먹이 만겁마존을 향해 떨어져 내렸다.

쾅!

거대한 폭음이 일며 주변의 흙이 세 사람을 중심으로 크게 말려 올라갔다.

움푹 파인 구덩이 속에 세 사람은 조금 전과 같은 자세를 취하고 있었다. 다만 다른 것은 만겁마존의 안색이 창백해졌다는 것뿐.

철산의 주먹이 높이 들어 올려졌다.

한 번이 안 되면 두 번 한다. 두 번이 안 되면 열 번, 스무 번이라도 할 것이다. 그의 우직한 근성을 확실히 알려주는 주먹이었다.

철산이 주먹을 그대로 내려치려는 순간, 만겁마존은 더 이상 견딜 수 없었던지 비명과도 같은 고함을 질렀다.

"이런 무식한 새끼! 둘 다 죽일 작정이냐!"

고함과 함께 만겁마존은 굉료를 떨쳐 내며 철산의 주먹을 맞받으려 했다. 그러나 그가 굉료를 튕겨내는 순간, 가만히 서서 주먹을 들고 있던 철산이 기다렸다는 듯이 번개같이 파고든다.

"허억! 속, 속임수!"

만겁마존이 대경하여 물러서려 했으나 그의 얼굴에는 이미 철산의 주먹이 꽂히고 있었다.

콰아! 콰직!

만겁마존은 앞선 혈천마제와 같이 피를 토하며 날려졌다.

두 마인이 쓰러지자 장내의 분위기가 싸늘해졌다. 상대할 자가 없다는 무적의 고수들을 주먹 하나로 쓰러뜨린 사내. 눈으로 보고도 믿을 수 없는 광경이었다. 그리고 사람들은 각기 두 가지 감정으로 그것을 받아들였다.

환호와 패배감.

"와아아아아! 난투무귀가 우내칠존을 쓰러뜨렸다!"

소리없이 번져 간 철산에 대한 믿음이 정파인들에게 새로운 투지를 불러일으켰다.

"사파놈들을 물리치자!"

"무림 평화를 위하여!"

승승장구하던 사파인이 조금씩 밀리기 시작했을 때, 승패에 쐐기를 박는 한마디가 터져 나왔다.

"천룡무제 단 대협과 화산검존 오 대협이 오셨다!"

그 한마디는 험난했던 싸움의 종결을 의미하는 것이었다.

정파인들의 환호성 속에 화산과 천룡문의 제자들이 우르르 나타났다.

싸움이 끝나가자 철산은 굉료를 부축했다.

"괜찮으십니까?"

"이놈아, 누굴 죽이려고 그렇게 무식하게 두들겨 팬 것이냐?"

굉료는 신경질적으로 내뱉으면서도 철산의 손을 마다하지 않았다. 주변을 둘러보니 아까와는 반대로 사파인들이 수세에 몰려 있었다. 게다가 정파를 대표하는 화산검존과 천룡무제라는 두 명의 절대고수가 있었으니 싸움은 오래지 않아 끝날 것이다.

그렇게 모든 것이 끝나가고 있다 생각했을 때 또 한 번의 이변이 일어났다.

"멈추어라!"

뇌성벽력이 떨어지듯 귀청을 얼얼하게 만드는 호통이 들려온 것이다. 소림사 전체가 흔들릴 정도로 어마어마한 내공이 실린 호통에 장내 모든 이들의 움직임이 멈추었다.

사람들이 멍한 머리를 부여잡은 채 주변을 두리번거리고 있을 때, 산문을 통해 천천히 걸어 들어오는 사내의 모습이 보였다.

그가 나타난 순간, 장내에 알 수 없는 긴장감이 감돌았다.

"회, 회주!"

땅을 뒹굴고 있던 만겁마존과 혈천마제가 그를 보고 기쁨을 감추지 못한다. 목검명은 별다른 반응을 보이지 않고 두 사람이 쓰러져 있는 곳으로 다가갔다.

그때 뒤늦게 쓰러져 있던 혈천마제를 발견한 백발의 노인이 노성을 토했다.

"이놈! 상천기! 내 반드시 네놈을 찢어 죽이고자 하늘에 맹세했다!"

백발의 노인을 보자 혈천마제의 표정에 다급함이 떠올랐다.

"으으으… 단운곡……."

백발노인은 바로 혈천마제의 손에 손자를 잃은 천룡무제였다.

천룡무제는 깊은 원한을 그대로 드러내며 혈천마제에게 달려들었다. 혈천마제가 깜짝 놀라 그에 대응하려 할 때였다.

거침없이 달려들던 천룡무제 앞으로 거센 바람이 불어 닥쳤다.

천룡무제가 그 바람의 정체를 알아챌 겨를도 없이 목검명의 수도가 그의 목에 꽂혔다. 천룡무제는 신음을 토할 사이도 없이 풀썩 쓰러져 버렸다.

여기저기서 경악성이 터져 나왔다.

목검명은 타인의 반응에는 조금도 신경 쓰지 않고 만겁마존과 혈천마제에게 시선을 돌렸다. 그의 시선이 닿자 두 마인은 고개를 조아렸다.

"회주, 어서 신위를 보여 저들을 쓰러뜨려 주시오."

그들의 말에 목검명은 철산의 옆에 쓰러져 있는 목운생을 잠시 쳐다보았다. 그리고 그의 시선이 다시 돌아 왔을 때,

쉬익.

목검명이 슬쩍 움직인다 싶은 순간 어느새 그는 양손에 두 마인의 목을 잡아채고 있었다.

"케엑!"

"회, 회주, 왜······!"

마인들은 뜻밖의 상황에 영문을 알 수 없다는 표정이었다.

하지만 목검명은 그들의 눈을 정면으로 쳐다보며 잔인한 미

소를 지었다.

"자네들이 내 제자를 억지로 부추겨 마도천하를 이루려 했다는 것을 나는 진작부터 알고 있었네."

목검명의 말에 두 마인의 눈이 부릅떠졌다.

"하지만 그건 당신의 제자를 위해……."

혈천마제는 간절히 빌며 변명하려 했고 만겁마존은 발버둥 치며 벗어나려 했다. 하지만 두 사람 다 소용없는 몸짓에 불과했다.

우드득!

일세를 풍미하던 마인들의 최후치고는 너무 초라한 광경이었다.

목검명은 우내칠존이라 불리는 두 마인의 목을 나뭇가지 하나 꺾듯 간단히 부러뜨리고는 철산을 향해 걸어왔다.

그때 가슴에 매화 무늬가 그려진 검객이 그의 앞을 막아섰다.

"멈추시오."

목검명은 그를 힐끗 보고는 고개를 끄덕였다.

"자네가 오천중이군."

검객은 바로 무림 제일의 검객이라 불리는 화산검존 오천중이었다.

"사형을 그렇게 만든 것이 당신이오?"

오천중은 잔뜩 굳은 얼굴로 목검명의 앞길에 검날을 겨누었다.

오천중의 검을 슬쩍 쳐다본 목검명은 피식 웃으며 답했다.

"자네가 말하는 것이 화산 장문인을 가리키는 것이라면 내가 맞다."

오천중의 얼굴에 숨길 수 없는 승부욕이 떠올랐다. 사실 그가 산을 내려온 것은 다른 이유가 아닌 바로 그의 사형이자 화산의 장문인 백운의 부상 때문이었다. 백운은 다른 모든 이들에겐 말하지 않았으나 오천중에게는 구대문파의 장문인이 한 인물에게 패배했다는 사실을 말했었다. 그 이야기를 듣는 순간 오천중은 끓어오르는 승부욕을 견딜 수가 없었다.

그리고 지금 그를 산에서 내려오게 만든 인물이 앞에 서 있었다. 오천중은 검을 들어 올려 예를 표하며 말하려 했다.

"화산의 오천중이 비무를……."

그러나 그가 말을 제대로 끝맺기도 전이었다. 어느 순간 다가온 목검명이 그의 검을 덥석 잡아버렸다.

오천중은 내공을 끌어올려 떨쳐 내려 했으나 목검명의 손에 닿는 순간 온몸의 내공이 모두 흩어지고 기운이 없어졌다.

결국 오천중은 목검명이 검을 놓아줄 때까지 아무런 행동도 하지 못했다.

스윽.

목검명은 아무 일도 없었다는 듯 그를 스쳐 지나갔다.

두 사람 사이에 무슨 일이 있었는지 알아볼 수 있는 사람은 거의 없었다. 그저 목검명이 곁을 지나감에도 오천중이 그를 공격하지 않은 것으로 보였을 뿐이었다.

깊은 패배감에 고개 숙이고 있는 오천중만이 진실을 알고 있을 뿐이었다.

목검명은 오천중을 뒤로 한 채 철산에게 다가왔다.

"죽이지 않아 고맙네."

그는 쓰러져 있는 목운생을 들쳐 업었다.

"무림에서 이 녀석과 나를 상대할 수 있는 것은 자네밖에 없을 것 같군. 아깝군, 정말 아까워. 내게 조금의 시간만 더 있었다면 자네와 멋진 승부를 펼쳐 보였을 텐데. 그랬다면 아마 내 생에 가장 통쾌한 승부가 되었을 것이야."

철산은 그의 눈이 죽어가고 있음을 느낄 수 있었다. 일전에 말했듯 그에겐 시간이 얼마 남지 않았던 것이다.

그 사실을 가장 잘 알고 있을 목검명은 씁쓸한 표정으로 돌아섰다.

"신마령 및 단천회는 들어라! 모두 이곳을 신속하게 빠져나가라. 늦는 자는 목을 벨 것이다!"

이미 패세가 짙었던 사파인들은 그의 명령에 주저없이 소림사를 뛰쳐나갔다. 정파인들은 그들을 저지하고 싶었으나 목검명의 가공할 신위에 눌려 움직일 수가 없었다.

자신의 부하들이 퇴각하는 것을 가만히 지켜보던 목검명은 서글픈 표정으로 철산을 보았다.

"아무래도 나와 내 제자는 마인이 되어야 할 팔자인가 보네. 혹여 나중에라도 내공을 흐트러뜨리는 술수를 쓰는 마인이 세상을 어지럽힌다는 소문이 돌거든 자네가 처리해 주었으면 좋겠군."

목검명은 그 말을 남긴 후 제자를 업은 채로 천천히 소림사를 벗어났다.

불현듯 일어난 황당한 일은 그렇게 연기처럼 사라져 갔다.

*   *   *

무림은 다시 예전처럼 평화로워졌다. 하지만 전처럼 정도천하로서의 평화는 아니었다. 어느 날 갑자기 불길같이 일어난 신마령이라는 사파 연합체와 정파 간의 협력에 의한 평화였다.

신마령이 어디에 있는지, 또한 영주가 누구인지는 결코 밝혀지지 않았으나 분명한 것은 그들이 필요없는 출혈을 싫어한다는 것이었다.

그리고 몇 달이 지나 중양절이 돌아왔다.

철산과 종리강은 드디어 서로를 마주하게 되었다.

"다시 한 번 물어보겠소. 반드시 겨루어야 하오?"

"그러기 위해 이곳으로 온 것 아니오?"

철산의 대답에 종리강은 씁쓸한 표정을 지었다.

"안타깝군. 당신과는 좋은 친구가 될 수 있을 것 같았는데."

철산은 피식 웃으며 고개를 내저었다.

"우리 마을에서는 친구는 반드시 한 번은 싸워야 한다고 가르치고 있소. 그래야 정이 든다고 하더군."

철산의 말에 종리강은 고개를 번쩍 들었다.

"그 말은······."

"한 번 신명나게 어울려 봅시다."

하늘은 높고 바람은 선선하여 땀을 흘리기엔 더할 나위 없는 날씨였다.

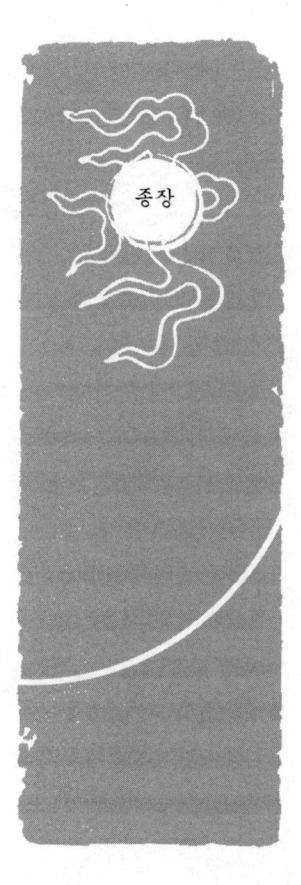

종장

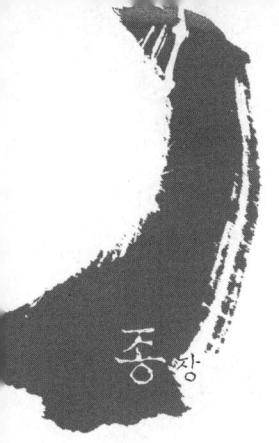
종장

　　　오 년 후.

　낙양의 작은 공사장에서는 목수들의 부지런한 망치 소리가
쉬지 않고 이어졌다.

　뚝딱뚝딱.

　부지런히 움직이는 인부들 속에서 유독 한 사람만이 불평불
만을 호소하고 있었다.

　"야, 이놈아, 대체 이게 어딜 봐서 큰일이라는 것이냐?"

　대머리 인부의 투덜거림에 옆에서 망치질을 하던 사내가 히
죽 웃으며 답한다.

　"커다란 집도 짓고, 커다란 건물도 지으니까 큰일이죠. 그럼
우 노대는 무슨 일을 바라는 건데요?"

"그거야 당연히 멋있고 돈도 잘 벌리면서 여자들한테 인기 있는 그런 직업이지."

"그런 직업이 뭔데요?"

"으음. 부잣집 아들?"

"그럼 돈 많은 노부부 찾아가서 양아들 시켜달라고 졸라보시던가요."

"제길. 어쨌든 이런 건 아니란 말이다."

두 사내가 투닥거리고 있을 때 공사장 바깥에서 부르는 소리가 들려왔다.

"어이! 철산, 누가 찾아왔어!"

부르러 온 것은 덩치 큰 목수였는데 망치를 손 안에서 빙글빙글 돌리는 모습이 매우 익숙해 보인다.

한때 쟁자수가 되기 위해 표국을 찾았다가 피투성이가 되었던 사내. 그는 낙양에서 목수로서 자리 잡는다 큰소리치던 석웅이었다.

망치질을 하던 사내, 철산이 석웅의 부름에 땀을 닦으며 천천히 몸을 일으켰다. 몸집은 그리 크지 않았으나 군살 하나 없이 꽉 차 오른 근육과 날렵해 보이는 몸매가 보는 사람으로 하여금 감탄하게끔 만든다.

철산이 성큼성큼 가버리자 대머리 우삼광은 신경질을 내며 드러누워 버렸다.

"제길. 저놈이 큰일하러 가자고 꼬실 때 알아봤어야 하는 건데."

공사장 밖에서는 비단 옷을 걸친 배불뚝이 중년인이 거만한 표정으로 기다리고 있었다.

"자네가 장철산인가?"

"그렇소만?"

철산의 대답에 중년 사내는 눈살을 찌푸렸다. 그는 이 근방 공사 현장에 대한 인사권을 쥐고 있는 관리였다. 아무리 잘나가는 기술자라 할지라도 그의 앞에서는 고개조차 들지 못했다. 그런데 고작 이름없는 목수 따위가 고개를 빳빳이 들고 대답을 하고 있으니 건방지다는 생각이 든 것이다.

그러나 혼쭐을 내는 것은 나중에 해도 되는 일. 지금은 시급한 용건이 있었다.

"멀리서 오신 귀한 분이 어쩐 일인지 네게 볼일이 있다고 하니까 예의 바르게 굴어라. 이렇게 대가리 빳빳하게 세우고 다니지 말고 말이야."

중년인은 눈살을 찌푸리며 들고 있던 부채로 철산의 머리를 툭툭 치더니 어디론가 느릿느릿 걸어갔다.

잠시 후 중년인은 금포를 입은 노인 한 명과 같이 돌아왔다.

그런데 조금 전의 거만하고 위엄 넘치던 표정은 사라지고 어떻게 하면 허리를 더 잘 숙일 수 있는지를 연구하는 사람처럼 굽신거리고 있었다.

"헤헤. 이자입니다, 어르신."

중년인의 말에 노인은 눈이 침침했던지 비비적거리더니 철산에게 얼굴을 바짝 들이댔다. 그대로 놓아두었다 간 입맞춤이라도 할 기세였기에 철산은 한숨을 쉬며 말했다.

"방 집사님, 맞습니다."

철산의 한마디에 노인은 펄쩍 뛰며 땅에 엎드린다.

"아이구. 장 대협, 소인이 눈이 어두워 미리 알아보지 못했습니다요. 용서해 주십시오."

노인의 행동에 철산은 난감함을 금치 못했다. 일단 노인을 일으켜 세우며 물었다.

"어서 일어나십시오. 이번엔 또 무슨 일이랍니까?"

노인은 송구스럽다는 듯 조심스럽게 말한다.

"노마님의 서재가 무너져서……."

"후… 또 알 수 없는 화재인가요?"

"예예. 그렇지요."

노인은 자신이 말을 하면서도 한숨을 푹 내쉬었다. 이미 한두 번 나누어본 대화가 아닌 모양이었다.

"이번에도 안 데려가면 맞아 죽습니까?"

"허헛. 노마님의 성깔… 이 아니고 성질을 아시지 않습니까?"

"하지만 저번에도 안방이 불에 탔다고 해서 갔더니 멀쩡했지 않습니까?"

"이, 이번엔 진짜입니다. 늙은이 하나 살리는 셈치고 같이 가주십시오."

아예 땅에 엎드릴 준비부터 하는 노인이었다.

"그럼 다음 달 중순쯤에 들르겠다고 전해주십시오. 이번 달

엔 광료 스님이 육십세 번째로 죽을병에 걸리셔서 그쪽에 가
봐야 하거든요."

철산의 말에 노인의 입이 함지박만 하게 벌어진다.

"아이구. 그럼 그렇게라도 해주십시오. 이거는 오실 때 노
자로 쓰시라고 노마님이 보내오신 것입니다."

노인이 내미는 것은 금자가 잔뜩 들어 있는 돈주머니였다.

족히 이십 냥은 되는 거금에 철산이 난색을 띠자 노인은 또
다시 엎드릴 자세를 취한다.

"그럼 이 돈은 나중에 돌려 드리는 것으로 하지요."

철산의 말에 노인은 그제야 웃으며 발길을 돌렸다. 멀리서
이 광경을 지켜보던 중년인이 노인을 쫓아가며 말했다.

"저… 저희 인부가 혹시 무슨 흉악한 짓이라도 한 건가요?
말씀만 하십시오. 제가 당장 옥에 처넣어 다시는 그런 짓을 못
하게……."

그는 노인이 벌벌 떠는 것을 보고 인부가 협박이라도 했다
고 여긴 모양이다. 그러나 그의 말이 떨어지자마자 돌아오는
것은 지팡이질뿐이었다.

"뭐야, 이놈? 감히 누굴 옥에 가둬? 네놈 상관이 누구냐? 내
당장 삭탈관직시켜 버리겠다!"

노인의 고함 소리에 중년인은 대경하여 찰싹 엎드린다. 상
대는 대남궁세가에 몸을 담고 있었다. 관부에 깊은 영향력을
행사할 수 있는 남궁세가라면 그와 같은 말단 관리 따위는 하
루에 열두 번도 더 바꿀 수 있었다.

"아이고. 어르신, 제가 잘못했습니다. 살려만 주십시오."

단 몇 마디 때문에 중년인은 장장 반 시진 동안 노인에게 훈계를 들어야만 했다. 훈계의 주 내용은 인부를 잘 대하라는 것이었다.

"웬 돈이냐?"

우삼광은 철산이 들고 오는 돈을 힐끗 보더니 퉁명스레 물었다.

"남궁 어르신이 보낸 돈이오."

철산은 말과 함께 우삼광의 배에 돈주머니를 떨어뜨렸다.

"꾸웩! 이놈아, 누구 죽일 일 있냐? 어이쿠, 많이도 넣으셨군."

우삼광이 주머니를 열어보고 눈이 휘둥그레졌다.

"필요하면 가져요."

철산의 말에 우삼광은 돈주머니를 도로 묶어서 철산에게 휙 던졌다.

"일없다. 하루 번 돈도 다 못 쓰는 노총각이 이런 큰 돈 가지고 있어봐야 무겁기만 하다."

그때 철산에게 날아가는 돈을 휙 낚아채는 손이 있었다.

"둘 다 필요없으면 절 주시면 되죠. 히히. 이런 거 버리실 거면 진작 절 불러주시잖고."

키득거리며 주머니를 품에 집어넣는 것은 어느덧 턱수염이 거뭇거뭇 나고 있는 곽호였다.

"야, 이 녀석아, 어린놈이 벌써부터 그렇게 돈을 밝히다니. 어른 된 입장에서 잘못된 버릇을 고쳐 주어야겠구나."

우삼광은 벌떡 일어나 곽호를 부둥켜안고는 돈주머니를 다시 뺏어갔다.

"쳇. 좋은 소식이나 전해주려고 왔더니."

"임마, 좋은 소식은 작년에 공짜로 산채에 건물 짓고 돈 안 낸 네 아버지가 돈 내러 오는 게 좋은 소식이지."

"우이씨. 대머리 아저씨는 만날 구박이야. 산적이 돈이 어딨겠어요, 돈이! 그렇게 재촉만 하지 말고 조금만 더 기다려 보라고요. 아버지가 조만간 큰 건 하나 준비하고 있다고 했으니까. 그리고 말이야 바른 말이지 난투무귀의 돈을 떼먹을 간 큰 산적이 어디 있겠어요? 그랬다간 산적질 접어야죠."

곽호와 우삼광의 대화에 철산은 피식 웃으며 조금 전까지 일하던 망치를 들어 올렸다. 그러나 곽호의 말이 그를 멈칫하게 만들었다.

"그건 그렇고 화산파의 이쁜이 누나가 아저씨를 찾고 있대요."

"오 소저가 나를? 무슨 일로?"

철산이 의아하여 묻자 곽호는 의미심장한 표정을 지었다.

"으이구. 그걸 꼭 말해줘야 알겠어요? 하도 연락이 없으니까 건물 지어달라는 부탁을 핑계로 얼굴 좀 보자는 거죠. 원래 남자가 먼저 찾아가야 하는 거 아니에요? 이 사람들은 어떻게 된 게 남녀가 뒤바뀐 것 같아."

곽호의 말에 철산은 그제야 이해한 듯했다. 우삼광이 그런 철산의 눈치를 슬슬 살피며 물었다.

"이놈아, 여기 일손도 많이 부족한데… 당연히 안 갈 거지?"

우삼광의 말에 철산은 당연하다는 듯 망치를 집어 던졌다.

"우 노대는 혼자서도 할 수 있을 거예요."

"허억. 안 돼! 나도 아직 노총각인데 네놈 먼저 장가가는 꼴은 죽어도 못 본다. 가려거든 날 매달고 가라. 같이 가자, 이놈아!"

우삼광을 질질 끌고 걸어가는 철산의 모습에 곽호는 어이없다는 듯 어깨를 으쓱거리며 그들을 따라갔다.

"이놈아, 네놈 말대로 하늘까지 닿는 큰 집을 짓고 나면 그땐 또 뭘 할 생각이냐?"

"그땐 또 다른 큰일을 찾아야죠."

"제길. 이번엔 배 타고 바다에라도 나가자고 하는 거 아냐?"

"오오. 그거 좋군요."

"아이고. 이놈의 자식아, 날 그냥 죽여라."

유쾌한 대화를 주고받으며 지나치는 그들의 뒤로 한 더벅머리 총각이 무관에 뛰어들며 소리치고 있었다.

"광동의 싸움꾼 취두팔이 주먹을 겨루어보고자 왔소!"

그의 말에 무관 안에서는 비명과도 같은 외침이 들려왔다.

"또야? 대체 이놈의 중원에는 뭔 놈의 싸움꾼이 무림인보다 많은 거야?"

　　　　　*　　　*　　　*

　"할아버지, 무림이라는 곳에선 누가 제일 세?"
　"당연히 무공이 강한 사람이겠지."
　"그럼 무공이 강한 사람이 세상에서 제일 센 거야?"
　"그건 아니란다. 양주 출신의 어떤 싸움꾼이 가장 세다고 하더구나."

〈完結〉

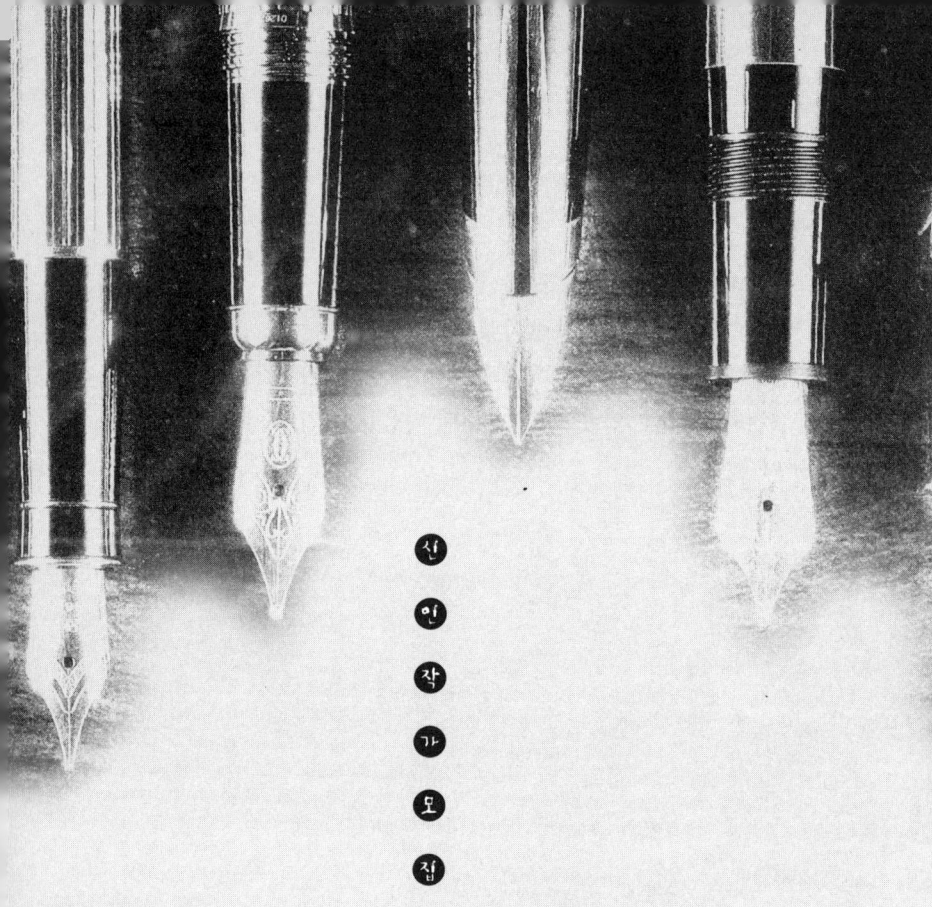

신인작가모집

시작이 반이라고 했습니다.
작가의 길에 대한 보이지 않는 벽을 과감히 깨뜨리십시오!
청어람은 작가 지망생 여러분들의
멋진 방향타가 되어드리겠습니다.

저희 도서출판 청어람에서는
소설 신인 작가분들을 모집합니다.
판타지와 무협을 사랑하시는 분들의 많은 참여를 바랍니다.
소정의 원고(A4용지 150매)를 메일이나 우편으로 보내주시면
검토 후 출판 여부를 알려드리겠습니다.

주소:경기도 부천시 원미구 심곡1동 350-1 남성B/D 3F 우편번호420-011
TEL:032-656-4452 · **FAX**:032-656-4453
http://www.chungeoram.com
e-mail:chungeoram@chungeoram.com

저작권 보호!!

장르문학의 성장에 힘이 되어주십시오

저작물의 무단 전재와 복제, 불법 다운로드!
이것은 관심이 아니라 무관심입니다!

작가님들은 창의적 열정과 시간을 투자해 자신의 꿈과 생계를 유지합니다.
한 권의 책을 만들어 많은 사람들은 자신의 인생과 미래를 설계합니다.

저작물 속에는 여러 사람의 노력과 희망이
담겨 있습니다!

저작물의 무단 전재와 복제, 불법 다운로드는 여러 사람들의 꿈과 생계를
위협함으로써 장르문학을 심각한 상황에 빠뜨리고 있습니다.

이제는 무관심이 아니라 관심으로 장르문학의
성장에 힘이 되어주세요.

[도서출판 청어람-블루부크는 항시적인 저작권 보호를 통해 장르
문학과 여러분의 희망을 지키겠습니다.]

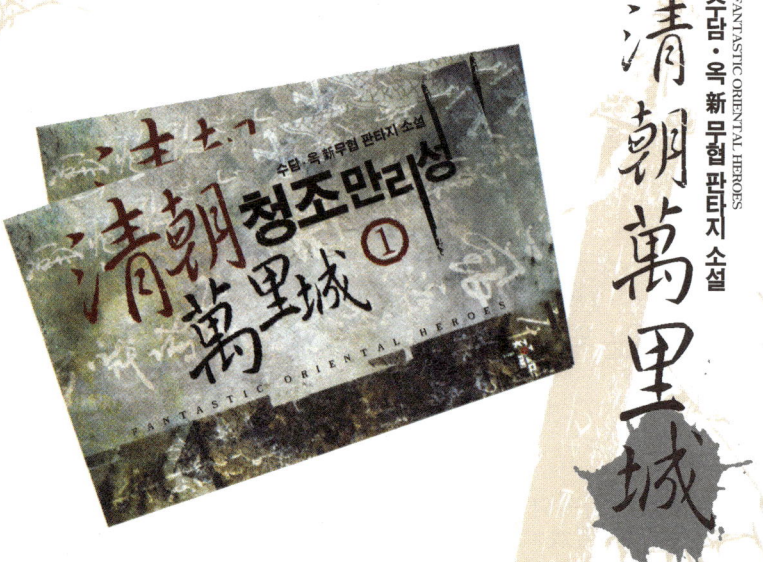